その罪は描けない

S・J・ローザン

「証明してくれよ、おれが犯人だと」銃を持って私立探偵ビル・スミスの家に押しかけてきた男はそう言った。彼の名はサム・テイバー。かつての依頼人で殺人者だ。収監された刑務所で絵の才能を見出されて仮釈放となり、現在は画家として活躍中。記憶も証拠もないが、最近ニューヨークで起きた二件の女性殺害事件は自分の犯行だと主張するサムの話の真偽を調べるため、ビルはサムと交流のある美術業界の関係者を相棒リディアと訪ねる。だがその矢先に、第三の犠牲者が……。必読の現代ハードボイルド〈リディア・チン&ビル・スミス〉シリーズ！

登場人物

ビル・スミス……………………私立探偵。わたし
リディア・チン…………………私立探偵。ビルの相棒
サム・テイバー…………………画家
ピーター・テイバー……………サムの弟。建築家
レスリー・テイバー……………ピーターの妻
エリッサ・クロムリー…………サムの友人。アーティスト
シェロン・コネツキ……………ギャラリーのオーナー
トニー・オークハースト………写真家
アマラ……………………………トニーの助手
マイケル・サンガー
フランクリン・モンロー }……美術コレクター
スーザン・トゥーリス…………サムの弁護士
エイミー・エバンズ……………サムが殺した女性
ティファニー・トレイナー……第一の犠牲者

アニカ・ハウスマン……………第二の犠牲者
キンバリー・パイク……………アニカの友人
アンジェラ・グリマルディ……一九分署の刑事
ガビーノ・イグレシアス………一九分署の部長刑事
アイク・キャバノー……………クイーンズ北署の刑事
ミセス・チン……………………リディアの母

その罪は描けない

S・J・ローザン
直良和美訳

創元推理文庫

THE ART OF VIOLENCE

by

S. J. Rozan

This book is published in Japan

by TOKYO SOGENSHA Co., Ltd.

Japanese translation rights arranged with

BIAGI LITERARY MANAGEMENT, INC

through Japan Uni Agency, Inc., Tokyo

その罪は描けない

ニューヨーク警察の
グレース・エドワーズとフィル・マーティンに

謝　辞

エージェントのジョシュ・ゲッツラー
#チーム・ゲッツラー！
クレイボーン・ハンコック社
編集者のケイティ・マグワイヤー
ともに楽しく仕事をしたペガサス・ブックスのすばらしい方々

シャーロット・ドブス

エリザベス・エイブリー、ジャッキー・フレイマー、シャーリン・コルバーグ、マーガレット・ライアン、キャリー・スミス、シンシア・スウェイン、ロレーナ・ヴィーヴァス、ジェイン・ヤング

スティーヴン・ブライアー、ヒラリー・ブラウン、スーザン・チン、モンティ・フリーマン、チャールズ・〝マクガイバー〟・マクィナニー、マックス・ルーディン、ジェームズ・ラッセル、エイミー・シャッツ

これまでも、これからもＮＴＬの日曜の朝、月曜の夜に

KSWSのThe Saloon
パトリシア・チャオ
ジョナサン・サントロファー

1

巨大なネオン看板が刻々と色を変えて光をまき散らし、春の宵の霧が立ち込めた路地にたたずむ人影を浮き上がらせた。

鼓動が速くなったが、わたしは歩調を変えずにその横を通り過ぎて、自宅のある建物の前まで行った。鍵を開けてなかに入る時間はあるが、放っておくと次は不意打ちを食らうかもしれない。

ジャンパーのジッパーを下ろしてふところに手を入れ、鍵を探すふりを装った。おぼつかない足取りで歩く音が近づいてきた。わざとらしく音を忍ばせている。このまま通り過ぎるだろうか。案の定というべきか、足音はぴたりと背後で止まった。

わたしは銃を構えて素早く向き直った。「動くな」

「わお！　おいおい、やめてくれよ」人影は三流西部劇のならず者よろしく、両手を高く挙げてあとずさった。右手のオートマチック銃が光った。小型だが殺傷力は十分ある。「話をしたいだけなんだ」

「だったら、その銃はなんだ？」

「話を聞いてもらうためだ」

ろれつのまわらない声に聞き覚えがあった。「明るいところに出てこい」

「おれだよ、おれ」人影がよろよろと進み出る。「サム・テイバーだ」

たしかにサムだった。がりがりに痩せて青白く、きょときょと落ち着きなく目を動かして、決して相手を見ようとしない。最後に会ってから六年経つが、まったく変わっていなかった。

アドレナリンが引いていった。「銃を寄越せ」

「銃……」サムは初めて気づいたかのように、しげしげとオートマチックを見た。「おれのじゃないんだ」

「壊さないよ」

サムは肩をすくめて、銃を渡して寄越した。にやっと笑って、訊く。「びっくりしたかい？」

「そりゃあ、銃を持ってうちの前にいたらびっくりする。だけど、会ったこと自体には驚かない。出所したのは知っていた」

「みんなが知ってるもんな。みんな、サム・テイバーについてありとあらゆることを知っている。話がある。一杯、やろうぜ」〈ショーティーズ〉の窓で瞬くバドワイザーの看板に顎をしゃくった。

「あいにく、銃を振りまわす前科者と酒を飲む習慣はない」

「ちぇっ」サムは壁にもたれて、いっぽうの手で顔をつるりと撫でた。「しくじっちまった。だろ?」

「なにをしたかったかによる」

「力を貸してもらいたい」

「だったら、しくじった。銃は……?」

「おれの頼みを知っておまえが断ったときのためだ」

「断ったら、撃つのか?」

サムは酔っぱらい特有の大きな身振りで、何度も首を振った。「さっき、言っただろ。話を聞いてもらうためだよ。そうすりゃ、おれが真剣だってわかる」

たしかに、真剣らしい。わたしはサムの銃をポケットに、自分のそれをホルスターに収めて言った。「アルコールはだめだ」玄関の鍵を開けて、サムをなかに通した。「コーヒーを飲め」

上階《うえ》のアパートメントで湯を沸かしてコーヒーを淹れるあいだ、サムは示された肘掛椅子に座って、指と目玉だけをさまざまなリズムでせわしなく動かしていた。その視線は室内のあらゆるところへ飛び、まるで方向感覚を完全に失って、どの道も同じようでかつ望み薄に見え、あたふたしているドライバーのようだった。

いつから飲んでいるのだろう、最後に食事をしたのはいつだろう、と心配になった。数日前の夜にリディアが中華風アーモンドクッキーを持ってきたのを思い出して、皿に盛った。「コーヒーに砂糖かミルクは?」わたしは訊いた。

「スコッチがいい」

サムにクッキーとブラックコーヒーを渡し、わたしも同じものを持ってソファに座った。サムは渋い顔をしてマグカップを両手で持ち、酒浸りの彼には常備薬ともいえる液体をちびちび飲んだ。飲む合間に言った。「元気そうだと言わないだけ、おまえはましだな」

「だって、目も当てられない有様だからね」

「おれのファンはこういうのが好きなんだ。苦悩するアーティスト！」

「『アート・ナウ』の表紙を見た」

「もうちょっと、感激してくれよ。なあ、あれはトニー・オークハーストが撮ったんだぞ。狂った天才って感じだったろ？」

「疲れ果ててよれよれって感じだった。いまほどではないが」

サムは勢いよくうなずき、そのままリズムに乗って首の運動を続け、大きくひと振りして止めた。「ほら？　な？　だから、ここに来たんだ。おまえは絶対に嘘をつかない。それにおれのことを怖がらない」

「当たり前だ。さっきの銃はこのポケットのなかにある」

「銃じゃない。銃のことを言ったんじゃない。だいいち、それには弾が入っていない。おれがどういう人間だか知ってて怖がらない、って意味だ。おまえはいつも、おれをふつうの人間みたいに扱ってくれた。打ち合わせに来たとき、それが気に入った」

「何度も打ち合わせをしたが、結局あまり役に立たなかったな」

サムは不意にわたしと目を合わせた。ごく稀にこうするときの彼の目は常に澄んでいて鋭く、どぎまぎさせられる。「うん、まあね。だってさ」サムは言った。「弁護側の主張しようとした一時的心神喪失の欠点てのはさ、おれが精神異常だって思われることだ。そうすると、施設に入れられる。おれが以前、自分から施設に入ったことを忘れてもらっちゃ困る。あのときは酒に変なものをこっそり入れられたり、人を殺したりしなくても施設に入った」

「忘れていないさ。でも、あれは二十五年前だ。あんたは若くて、ノイローゼになっていた。それに酒浸りだった」

「いまも酒浸りだ」

「あんたはエイミー・エバンズを殺すまでは、一度も攻撃的な行動を取ったことがなかった。あの娘たちにPCP（麻薬、別名エンジェルダスト）を盛られるまでは、一度としてなかった。そこが肝心だ」

「いや、肝心なのはおれがエイミーをめった刺しにしたことだ」

「あんたは知らないうちに薬を盛られて興奮状態になっていた」

「あのパンチを飲んだのは、ほかに十一人いる。でも、誰も人を殺さなかった」

「ふたりが幻覚症状を起こして、入院した」

「だから、なんなんだ！　あいつらは人を殺さなかった。陪審団は、一時的心神喪失を信じたかもしれないが、肝心なのは――いいか、肝心なのはここだ。おれは実際に狂ってるんだよ。一時的心神喪失ってのは、あくまでも一時的って意味だろ。正気に戻ったら、施設を出される。

おれが正気になることは絶対にない。絶対にならないんだよ、スミス！」

六年前、サムの弁護士スーザン・トゥーリスとサムの弟ピーター、それにわたしも口々にこの主張を覆そうと努めたが、功を奏さなかった。サムは実際に狂っていたのかもしれないが、法廷は彼が自身の弁護に参加する能力があると認めた。その結果、サムは周囲の忠告にいっさい耳を貸さず、司法取引に応じた。最低十五年服役の終身刑が下されて、刑務所に収容された。ニューヨーク州最大の刑務所、グリーンヘブン矯正施設で小柄なサムが混乱しているところを想像すると気が気でなく、手紙を二通出したものの返事はなく、ピーターに二度電話をすると、二度とも「なんとかやっているみたいだ」という返事だった。つまりは苦労しているのだろうと思っていた。

そしておよそ一年前、チェルシーのギャラリーでたまたま手にしたチラシで、サムの釈放キャンペーンを知った。発端は、あるセラピストが驚くべきユニークなビジョンを持った異端の天才アーティストを刑務所で発見し、興奮を抑えきれずに作品のスライド――本人に内緒で撮影した――を友人の画商に送ったことだった。チラシにその作品とアーティストの写真が載っていた。そこに写っているサムは以前と変わらず小柄で、混乱していた。

画商は批評家にスライドを見せ、批評家はアート専門誌に評を寄せた。それはたちまち興奮を巻き起こし、多くの人が刑務所を訪れて作品やアーティスト本人について書きまくった。わたしがチラシを目にしたあと間もなく、キャンペーンはマスコミの学芸欄に取り上げられるようになり、そこには常に学芸員のインタビューや作品の写真、ほかのアーティストや批評家のコメントが巧妙に添えられていた。

〝サム・テイバーに自由を〟運動はアート界の大物たちが仕切っていてわたしの出る幕はなかったので、参加しなかった。その点はスーザン・トゥーリスも、身内のピーターでさえも同様だった。キャンペーン委員会は数多の有名人を顧客に持つ敏腕弁護士を雇い、さらには書くべき手紙、署名すべき請願書、仮釈放委員会への出席をピーターに指示した。ピーターの妻で仕事上のパートナーでもあるレスリーが同行することもあったが、それは稀だった。もっとも、仮釈放についての聴聞であってもピーターひとりということは決してなく、委員会の誰かしらが付き添った。ピーターは定評のある建築家で、メディアにもよく登場し、顧客に不自由することもないが、〝サム・テイバーに自由を〟運動の関係者に比べると小物であることは否めなかった。

「個展を見たよ」わたしはサムに言った。

「ん?」サムの心はどこかをさまよっていた。

「あんたの個展だ。好評だったね」

「大好評だった」妙に苦々しげな響きがあった。「ほんとに見にいったのか?」

「好奇心が起きて。事件の調査をしているときは、あんたが絵を描くとは知らなかった」

サムは部屋の反対側を指さした。「おれは、おまえがピアノを弾くなんて、いまのいままで知らなかった」

「他人には関係がないからだ」

「おれも前はそう言っていた。いまや、誰も彼もがくちばしを突っ込んでくる。人生ってたまげるよな。オープニングパーティーには来なかっただろ」

「オープニングパーティーは避けることにしている」

「おれも今度そうしよう。やらないって断ってみる。そうしたら、家にいさせてくれるかな?」答えはとうにわかっているのだろう、あきらめきった口調だった。「でさ、おれの絵は気に入ったか?」

「それを聞きたくて銃を持って押しかけてきたのか? 感想を聞くために?」

「おまえにはアートを見る目がある。以前は知らなかったけど、ここに来てわかった。あそこに掛かっているのは、サントロファーだろ。で、あっちはエレン・イーグル」

「本気で感想を聞きたいわけじゃないんだろう」

「答えになっていない」

わたしは煙草に火をつけて、マッチを振り消した。「よし、じゃあ答える。正直なところ、好きではない。巧みなテクニックには感心した。独学なのに驚いたよ。だけど、内容が問題だ」

「おいおい、あれこそが恐るべき天才のユニークで大胆な試みじゃないか」サムは人差し指を立てて解説口調になった。「『テイバーの作品は一見したところ、民衆生活を題材にした郷愁を誘う典型的アウトサイダー・アートに似ている。しかしながら彼の卓越した才能の真骨頂は、感傷的な美意識に疑問を投げかけて破壊し、取るに足らない平凡《クォーティディアン》な存在であるわれわれの根底に潜む醜悪な本質に目を向けさせることである』これが『アート・ナウ』のご高説だ。クォーティディアンなんて言葉、辞書を引いて調べたよ」

「ふうん、ご高説のとおりなんだろう」わたしはコーヒーを飲んで待ったが、サムは本題に入る心の準備ができていないようだった。「銃を振りまわした罰に」わたしは言った。「無料で質問させてもらうよ」

「どうぞ」

「刑務所に入る前もいまみたいな絵を描いていたのか？　それとも服役しているあいだに作風が変わった？」

「なんともまわりくどい質問だな。要するにこういうことだろ？　以前からこうしたすてきな暴力を描いていたんですか、ミスター・テイバー？　それともあのブロンドの若い女性を切り刻んだあと描くようになったんですか？」

　わたしは答えなかった。

「おい、スミス、おれは刑務所に入る前はウェイターだったんだぞ！　クイーンズの地下室で描いていて、見るのは弟だけだった。ああ、いまもそうならいいのにな」

「そのとき描いていたのは」わたしは口をつぐんだサムに、おだやかに尋ねた。「いまみたいな絵だった？」

「しつこい野郎だな。うん、これも覚えている。おまえは絶対にあきらめない。それと嘘をつかないところが、おまえのいいところなんだろうな。そうだよ！　いまみたいな絵だ！　おれはそれしか描かない。それだけを描く。何度も、何度も。いつも」手の動きと声に現れていた興奮が全身に広がった。サムは努めて自制を取り戻した。「まさか、あの血まみれの凄惨さに尻込みしたんじゃないだろうな？　銃を携えたマッチョな大男のおまえがさ」

わたしはマグカップを置いた。「気がすんだだろ、サム。絵の感想はこれでおしまいだ。もっとコーヒーがほしいか？　もう帰るか？」

「そのために来たんじゃない」

「へえ、こいつは驚いた」

サムはわたしの皮肉に反応しなかった。「おれの絵が気に入らないのはわかっていた。いまでも嘘をつかないか、たしかめたくて訊いたんだよ」マグカップを取って両手で包んだが、口には運ばなかった。「連続殺人犯がニューヨークにいる。ニュースで見たか？」

「いいや」

「フォックスTVと『ポスト』が報道していた。ほかのマスコミもすぐにあとを追う。女が殺された。ひとりは先週、もうひとりは六ヶ月前」

「つまり、ふたり？　連続殺人だと、どこのどいつが言っている？」

「なんでだよ、十分じゃないか。もっと必要だとでも？　六人？　十人？　だったら満足か？」

わたしはおだやかに説明した。「警察は軽々しく〝連続殺人〟という言葉を使わない。どう報道されようと、被害者が二名の場合に連続殺人とは定義しない。たとえ、そのふたりを殺したのが同一人物だと確信していても」

「もうすぐ三人になるかもしれない。だったら？」

「微妙なところだけど、まあ、連続殺人の範疇に入るだろうな。なんで気にする」

「おれが殺したんだ」

2

わたしは立ち上がってコーヒーを注ぎ足し、サムのカップにもたっぷり入れた。今度はミルクと砂糖も加えて渡すと、サムはひと口飲んで顔をしかめた。「げっ！ なんだ、こりゃ」

「いわば安定剤だよ」

つられて食べてくれるといいと思って、サムの横に置いてあった皿のクッキーを一枚取った。わたしがソファに戻ると、サムは言った。「連続殺人犯のタイプじゃない、と言わないのか？」

「その点については、わからないからね」

「ある意味、誉めているってことか？」

「違う。なんで来た、サム？ これがほかの人なら、自慢しにきたと思うところだが、あんたはそんなことはしない」

「タイプじゃないか？」陰険に笑う。

「街を出る、あるいは身を潜める手助けを頼みにきたのなら、あいにくだったな。ほんとうに殺したのなら、警察に突き出す」

「やれるもんならやってみな」

「こっちには銃がある」わたしは念を押した。

「銃は必要ないし、役にも立たない。もう試したんだ」

「なにを?」

「自首したのさ。そうしたら、女の刑事に追い出された。犯人のタイプじゃないんだって。連続殺人犯友好会に入りたくて自首してくる異常者ばかりで、うんざりしてるらしい。さっさと薄汚いケツを上げて出てけって言わんばかりだった」

「なんで異常者と決めつけたんだろう」

「おれはそもそも、異常者だ」

「サム」

「わかった、わかった。犯行について具体的な説明ができなかったんだよ。どっちの事件のときも記憶がない」しっかりした口調だが、手が震えていた。

「自分がやったと考える根拠は?」

「エイミーを殺したときの記憶がない」

「だから自首したのか? 殺したときの記憶がないから、自分が殺したに違いない。前に実際に殺したときに記憶がなかったのと同じだ。バカバカしい。ニューヨークで事件が起きるたびに、犯行を覚えていないから自分が犯人に違いありませんと自首するのか?」

「黙れ!」サムはいきなり立ち上がって、歩きまわった。「生意気な口を叩きやがって。そう言えば、前からそうだったな。おい、スミス、おれは力を貸してもらいにきたんだ!」サムはうろうろと歩きまわり、そのあいだ両手はありもしない物体を押しやり、引き寄せ、と意味のない動きを繰り返していた。

「サム？　望みはなんだ？」

サムはぴたりと動きを止めた。「証明してくれよ」サムは言った。「おれが犯人だと」

何杯ものコーヒーとサムのあらゆる理屈、わたしの放った数多の質問を経て判明したのはこうだ。『ポスト』の報道によると、〝連続殺人犯〟の犠牲となった女性はふたりともエイミー・エバンズと同じくブロンドで、サムがエイミーを殺した手口と同じく刺殺だった。サムは酒好きで、酔うと記憶を失う。

「だけどおれは、高機能アルコール依存症だろ」サムはこの言葉を幾度使って失地回復を図ったことか。耳にタコができそうだ。「へべれけでもやってのけたんだよ。前みたいに」

地下室で絵を描く飲んだくれのウェイターがどれほど高機能なものか疑問だが、それについては議論しなかった。「エイミー・エバンズを殺したとき、あんたは酔っていなかった」わたしは反論した。「知らないうちに飲まされたPCPのせいで異常な興奮状態になっていたんだ。それに、『やってのける』が、殺して逃げおおせるという意味なら、やってのけなかった。あんたはその場に座り込んで、泣きながら警察の到着を待っていた」

「世にも恐ろしい殺人鬼。だろ？」

「とにかく、そういうことだ」

「たぶん、あれで学んだんだよ」

サムの言い分はいつもながら筋道が立っていないので、理論で撃破することは不可能だった。サムは床だけを見つめて、右手で左手の指を一本ずつさすっていた。

「サム、真に受けろと言われても無理だ」

「おれがタイプじゃないから?」

「どんなのがタイプなのか、わからない。ただ、どうしても犯人とは思えない。あんたが事件について知っていることは全部、新聞に出ていた。どちらの事件の夜についても記憶がないうえに、血痕などの物的証拠も見つかっていない。ふた晩とも、夜じゅう自分のベッドで寝ていたんじゃないのか?」

「最初のときは、自分のベッドじゃない。あの夜はまだ、ピーターとレスリーの家にいた」

「だったら、犯人である可能性はますます低くなる。出所した次の日の夜、こっそり外出して人を殺して戻ったらピーターたちが気づかないわけがない」

「だけど、タイミングの問題がある。おまえは事実がほしい。これは事実だ」

タイミングはサムの理論の最大のポイントであり、唯一の不利で興味深い証拠だった。最初の事件はサムが出所した翌日、二番目は先週、サムの個展がオープンした翌日に起きている。

「な? 両方とも重要な出来事だ」サムは言い募った。「そういうときはストレスを感じて酒量が増える。生まれてこのかたそうだった」

「刑務所でも?」

「バカになる薬でも飲んだのか? 塀のなかには溺れるくらい密造酒があった。壜詰にして看守に配って、蒸留器を見逃してもらってさ」

「要するに──」

「要するに、おれはストレスがあると酔っぱらって女を殺す。このどこが理解できない？」

「理解はできるが、信じられない。だが、信じると仮定しよう。その場合、どうしてほしい？犯行を重ねないよう、お守りをしろとでも？」

「おれが生きている限り、つきまとって？　冗談じゃない」

「なら、よかった。どうせ、やるつもりはなかった」

「どのみち、うまくいかないさ。おまえをまくことも、クビにすることもできる。何ヶ月も待ったっていい。おれがもう犯行を重ねないって、あんたもおれも確信するまで。次の犯行まで何年も空ける連続殺人犯もいると、本に書いてあった」

「銀の銃弾で吸血鬼を殺すことができると、本に書いてあった」

「ふざけるな。スミス！　バカにしやがって！」

「悪かった、サム。座ってくれ。バカにしたわけじゃない。つまり、どっちもモンスターだろ。ホラーストーリーだ。ほかの本を読んでいたら、あんたはここではなくエクソシストのところへ行っただろう」

「ガキのころに読んだモンスターの本で一番怖かったのは、モンスターに襲われる場面だった。自分がモンスターになる場面じゃない」

「怖いというのは、自分を脅《おびや》かすものに対する感情だ。お粗末な分析を言わせてもらえば、過去の事件に対する罪悪感や将来への不安のせいで、突拍子もない想像をしているんだよ」

「そいつはどうも、くそったれフロイト博士！　お粗末な分析なんか聞きたくもない」

「だったら、どうしたい」

「調査してもらいたい。証拠を見つけてくれ。おれが犯人だと証明しろ」

「どうして？」

彼の顔から憤怒の色が消えていった。「わからないのか？」

「うん。説明してくれ」

サムは黙りこくった。しばらくして口を開いたとき、その声は低くくぐもり、はるかかなたから茫漠と響くこだまのようだった。

「おまえが確実な証拠を見つければ、警察はおれを逮捕する」

「それが望みなのか？」

「もちろん」かろうじて聞き取れるほどの声だった。「刑務所にいれば、誰も殺さないですむ。な、スミス？　もう誰も殺したくない」サムは両腕できつく胸を抱いて体を折った。「大急ぎで頼む」と、ささやいた。「すぐにやらないとだめだ」

「なぜだ」

「ホイットニー美術館のグループ展に出品することが急に決まったんだ。まいったよ。あした、オープンする」いきなり大声をあげた。「ストレス、ストレス、ストレス！　ストレス列車がやってくる、猛スピードでやってくる！　シュッ、シュッ、シュッ、ドカーン！」

「で、人殺しをするというわけか？　翌日に」

サムの声はふだんに戻った。「お、呑み込みが早いな」

「ほんとうに心配なら、閉じ込めてもらう方法はいくらでもある。逮捕してもらう必要はない。自分の意思で施設に入ればいい」

「やなこった。おれがあんなところに行くと思うなら、おまえのほうこそ頭がおかしい。前に入ったのは、きれいな庭があって設備の整った私営の施設だった。そこにいた八ヶ月がいまのおれを作った。薬に拘束衣、まぶしい照明、夜っぴて叫ぶほかの患者。やだね。金輪際、行かない」

「刑務所ならいいのか？　あんたが実際にふたつの事件の犯人で、それを証明したとしたら、刑務所に戻されて一生出られないんだぞ」

サムはにっこりした。「おれがムショでどうやって無事に過ごしたと思う？　おれみたいな瘦せっぽちの白人がさ？　ほかの囚人の似顔絵を描いてやったんだ。ときには看守も。みんなそれを、恋人や子供に渡すんだよ。ある終身刑囚なんか、こう言った。『女房は、セントラルパークの画家が描いたおれの似顔絵を持っているが、こっちのほうがずっとうまい』本人は目いっぱい誉めたつもりだろうし、おれもそう受け取った。そんなわけで、みんなよくしてくれた。笑えるだろ？　なんだか怖くて、ずっと誰にも絵を見せなかったのに、初めて見せた相手がギャングや人殺しときた。おまけにすごく誉めてくれた」

「きっといまは、どれもひと財産の価値があるだろうな」

「うん。ますます、笑える。それに、あのおっかない連中の家族がサム・テイバーのサイン入りの似顔絵を持ってるんだぜ。笑いが止まらないよ。刑務所はどうってことない、スミス。でも、施設は絶対にいやだ」

サムはがたがた震えていた。わたしは余っていたコーヒーを注いでやった。

「ちぇっ」サムは舌打ちした。「スコッチはないのかよ」

わたしは返事をしなかった。

「あれ、説教しないのか？『サム、禁酒しろ、このアル中め。アルコールで脳みそが溶けちまうぞ』って」

「お守りをしようとは思わない」

「ピーターはいまだに説教する。責任感を持ったおとなになれって。ここに来たことをあいつには黙っていてくれ。いいな？調査費を出すのは、あいつじゃない。おれだ。いまや、名高きサム・テイバーなんだからさ。金はいくらでもある」ふと口をつぐんだ。「しまった」

「どうした？」

「ピーターにここの住所を訊いた気がする」

「気がする？」

「いや、たしかに訊いた。でも、おれが来た理由は伏せておいてくれ。まだ知られたくない、少なくとも……」コーヒーをがぶりと飲んで、顔をしかめた。「おれはガキのころ悪さばかりしていた。ピーターは違った。おれのほうが年上だが、ピーターのほうが賢かった。ソファにいたずら書きをするのはいけないことだと、あいつはわかっていた。たとえ、親父とお袋がソファの張地を嫌っていても。おれが叩かれていると、ピーターは泣いて止めようとした。あいつはかわいかったから効果てきめんだった。もっとあとになると、家族全員がわめき、怒鳴るようになった。親父はお袋に向かって、この子はこんなふうに生まれついたんだからしょうがないとわめく。お袋は、この子は学ぶべきだと怒鳴り返す。ピーターは金切り声でおれに叫ぶ。なんか、もう……みんな、親父までもが、おれがわざと悪さをしていると思っていた。悪いことだと知っていて、やっているって。でも、そうじゃなかった。そうじゃなくて……ただ……理解できないことがたくさんあるんだよ、スミス。わかるか？」

「サム」わたしは言った。「あんたが正気かどうかは措《お》いておく。ただ、連続殺人犯とは思えない」

サムは再びカップを取って、渇望していた美酒にありついたかのように、今度はゆっくりすすった。カップをそっとテーブルに置いた。「ふうん」疲れた声で言った。「じゃあ、それを証明してくれよ」

3

サムが帰ったあと、わたしは長いあいだ椅子に座って壁の絵や写真を眺めていた。しまいにピアノの前に座った。ここのところシューベルトの即興曲を練習しているが、運指がどうもうまくいかない。何通りか試したがどれもだめだった。あきらめてベッドに入った。

寝ついてほんの十分と思われるころ、電話の音で深い眠りを破られた。手探りして受話器をつかみ、声を絞り出した。「スミスだ」

「ピーター・テイバーだ、スミス。朝早くにすまない」

「ピーター?」どきっとした。「サムがなにか?」

「知っている限りでは無事だ」ピーターは言った。「少し時間をもらえるかな」

「いったい、いま何時だ?」わたしはブラインドを脇に寄せた。一条の光が床を斜めに横切った。

「七時半だ。八時に会議がある。一日が始まる前に話をしておきたくて」

わたしの一日はふだんこんなに早く始まらない。枕にもたれかかって、煙草を取った。

「なるほど。話というと?」

「サムのことに決まっているじゃないか」ピーターは間を置いた。「きのうの夜、会いにきただろう?」

「サムはきみを雇おうとしたのか?」

「ああ」

「それは本人に訊いてもらいたい」寝起きの一服を吸うと、ニコチンが全身を駆け巡った。

「どうやら誤解しているようだな。雇いたがった理由ではなく、そういう事実があったのかと訊いたんだ」

「あったとしたら?」

「引き受けたのか?」

「ピーター、すまないがそれはぼくとサムのあいだの話だ」

ピーターはひと息入れて考えをまとめた。「いいかい、スミス。サムがなにを望んでいるにしろ――サムが正常でないことを忘れないでくれ。たしかに刑務所を出て自由に出歩き、絵が高値で売れている。だからと言って、自分がカンザス州にいるのか、オズの国にいるのかわかっているとは限らない」

「オズの話は出なかった」

「かなりのプレッシャーを感じているのは想像できるだろう。うまく対処することができないでいる」

「誰でも対処に苦しむんじゃないか」

「サムは……妄想癖があって調子のいいときと悪いときが繰り返し訪れる。妄想と言っても誇大ではないし、危険でもない。実際のところ、以前とたいして変わっていない。ただ、きっと突拍子のない奇妙なことを……」

「探りを入れても無駄だよ」

「探りを入れているわけではない。変な依頼だと思っても引き受けてもらいたいんだ。それを言いたくて電話をした」

「ほんとうに？」

「ああ。もし断ったのであれば、考え直してくれないか。サムの提示した金額で足りなければこちらで用意する」

わたしは誤解していたらしい。「どうして？」

ピーターは間を置いた。「いま、サムに初めてチャンスが巡ってきた。初めて、ひとかどの人物として認められた。〈レムリア・ギャラリー〉とシェロン・コネツキは業界のトップクラスだ。ほかのギャラリーもサムの作品を扱いたがっている。この意味がわかるか？　アーティストなら誰でも、ニューヨークのギャラリーが後ろ盾になってくれることを夢見ている。新人はギャラリーを巡り歩いて、作品を扱ってくれと土下座して頼むのがふつうなのに、向こうから求めてくるなんて聞いたことがない。しかも〈レムリア〉だ！　シェロンはギャラリー全部、上のフロアも下のフロアもサムに使わせて――」

「個展は見てきた」

「行ったのか？」ピーターはサムと同様、意外そうに訊いた。

「好奇心が起きてね」

「それで――どう思った？」

そこで、サムに話したのと同じ感想を述べた。

「まあ、それが一般的な感想だろうね」ピーターは言った。「びっくりするというか、心の平穏を失わせるというか。だが、アート界の重鎮も含めた多くの人がきみとは反対の感想を持っていることも事実だ。評論家やコレクターは、サム・テイバーの作品は画期的だと大絶賛している。『タイムズ』にも『ジャーナル』にも評が載った。『アート・ナウ』の表紙にもなった。いまや、重要人物だ」

わたしは背中を丸めてつぶやいていたサムを思った――おれはクイーンズの地下室で描いていた……ああ、いまもそうならいいのにな。

「しかし、このところ」ピーターは続けた。「このところ、サムは日に日に落ち着きを失っている。仮出所したときや個展がオープンする直前もそうだったし、ホイットニーが間近に迫ったいまもまた。ぼくもいけなかった。建築事務所の仕事が多忙で、サムではなくそっちに集中しろと、レスリーがうるさくてね。でも、こうなることを予測しておくべきだった。マスコミやシェロン、コレクターたちを遠ざけておけばよかったんだ。サムの名声にあやかろうとする、あの偏屈な写真家も」

「トニー・オークハースト？」

「最低な野郎だ」

オークハーストと面識がないのでどんな人物か判断はできないが、彼の作品は印象的な外見の下に暴力と恐怖が潜んでいる点で、サムの作品と妙に似通っている。その類似性にピーターは果たして気づいているのだろうか。

「でも、あの連中には借りがある」ピーターは言った。「サムの仮釈放は、彼らのおかげだ。だから、サムに会いたいと望まれると、断れなかった。刑務所や、仮釈放後は自宅、その後はスタジオで自由に会わせていた。なにが起きているか気づいたときには遅かった」

「遅かった？　どんな意味で？」

「ぼくはストレスにさらされたときのサムをずっと見てきた。サムは気を紛らわせるために妄想を作り上げ、浴びるように酒を飲む。だが、それで悪魔をおとなしくさせておけるとは限らない。ホイットニーのオープニングを今夜に控えて、サムはいまにも爆発しそうだ。そして、きみなら助けてくれると信じている。なにをすれば助けることができるのか、ぼくにはわからない。光線で吊り上げようとする火星人を阻止してもらいたいんだろうかね。とにかく、頼みを聞いてやってくれよ。やるふりをするだけでもいい。サムの転覆を防いでくれ。サムが火星人を恐れていることを誰にも知られないよう、ごくごく内密に。頼む」

「アート界を動かしている連中は、サムが正常でないことをとうに承知だろう」

「もちろん。それが魅力の一部でもある。殺人の前科を持ち、服役中に才能を見出された画家。彼らは作品から暴力を感じ取り、画家本人も凶暴だと想像して楽しんでいる。『ねえ、ダーリン、絶対に彼に会うべきだよ。ぼくなんか目が合ったとたん、鳥肌が立った』」ピーターは鼻にかかった高い声に変えて、退屈至極な愛好家を上手に真似た。「『最新作を手に入れて、以前クーンズを飾っていた場所に掛けたんだ』」ふだんの声に戻した。「まあ、遊園地のお化け屋敷と同じだね。本物のお化けではないから、恐怖を楽しむことができる。コントロールされたお化けだから。だが、サムはコントロールされていない。今夜は必ずホイットニーにいてもらわなければならない。スーツにネクタイとまでは望まないが、少なくともズボンを穿《は》いて。そして立っていることができる程度に素面《しらふ》で。火星人を追い払ってもらえばそれができるとサムが考えているなら、ぜひとも引き受けてくれないか。頼む」

「わかった。そうするよ」

「引き受けてくれるのか?」拍子抜けしたのか、ピーターの声が裏返った。「ありがたい。感謝する。小切手を送ればいいかな」

「いや、そもそもこれはサムの発案だ。じかに渡すこともできる」

「ああ、たしかに」ピーターは言った。「でも、オズ国立銀行発行の小切手を渡されたときは、知らせてくれ」

電話を終えるとコーヒーを淹れてカップに注ぎ、携帯電話の短縮番号を押した。

「これって、なにかの冗談?」リディアはわたしが口を開く前に言った。「ゆうべから寝ていないのね。そうでしょう?」

「残念でした。ぐっすり寝ているところを電話で起こされ、大金で仕事を持ちかけられたんだ。ここでひと晩過ごしていれば、事情がわかったのに」

「そうしたら、あなたはいまごろ大汗をかいて母に言い訳をしていたわよ。お金はともかくとして、依頼を引き受けたくなかったような口ぶりね」

「実際、引き受けなかった。一緒にランチをする時間はある？」

「どうして？　わたしと同じ早起きの依頼人を譲りたいの？」

「もっと込み入った事情がある」

「よかった。さもないと眠くなりそう」

「熟睡の重要性を軽視しているな。ちなみに、きみが必要か、いまの段階では判断がつかない」

「いつもわたしが必要だと思っていたのに」

「仕事についてはだよ」

「それなら許すわ」

「昼にははっきりする。どのみち、きみは昼飯にありつける」

「レストランを選んでもいい？」

「断っておくけど、金は受け取っていないんだよ」

「ハドソン・ストリートの〈ザ・ファッティ・クラブ〉。お洒落なマレーシア料理よ」

「名前は知っている。ぼくはあの店に行くほどクールじゃない」

「ええ。でもわたしがクールだから大丈夫」

あと二本電話をかけて、外に出た。八時半になっていた。車道は車で埋まり、歩行者が複雑斜めなパターンを描いて歩道を行き来する。四月の太陽が昨夜の霧を跡形もなく消していた。斜めに射す白々した陽光と朝のすがすがしさに目がくらんだ。

リディアは幾度となく、生活態度をあらためて早起きをし、これらをもっと頻繁に味わうよう勧める。そうしないのは、わたしの怠け心と身についた習慣のせいだと言うが、それは間違いだ。汚れていない光や澄んだ視界はきれいであってもまやかしだ。真実を糊塗し、実行できない約束をする。時間が経過して一日が終わりに近づいたとき、ようやく偽ることをやめる。だから、わたしは早起きをしない。

4

一九分署は昔のファサードを残して新築した、近代的な建物だ。建てていたときを覚えている。まず屋根を剝がして内部を全部取り払い、分署とその隣の消防署のレンガでできた正面だけを残して、鉄骨で支えた映画のセットのような状態にした。そうしておいて建築を始めた。ドアや窓を新品に取り換え、設備の整った使いやすい部屋を新設した。だから内部は新しいが、外観は以前とまったく変わらなかった。

受付の警官は「上階《うえ》だ」とぼそっとつぶやいた。曲がりくねった廊下を進んで刑事部屋に行き着いた。半ダースほどの警官が傷だらけのデスクに向かっている。入っていくとみないっせいに顔を上げ、そのなかでこちらをまっすぐ見ている女性のもとへ行った。

「スミスさん?」彼女は確認し、わたしがうなずくと言った。「グリマルディよ。そこに座って」

アンジェラ・グリマルディはわたしよりだいぶ若く、三十代半ばくらいだった。金色が交じった茶色の髪はきつく縮れて四方八方に広がり、たいがいは短くカットするものだが、彼女は肩まで伸ばして片側に櫛を差し込んで押さえていた。まくり上げたシャツの袖から出ている腕は、つやつやしてたくましい。

わたしは腰を下ろした。こちらに向けられていた視線は書類やコーヒー、キーボードに戻ったが、どの刑事も明らかにわたしの存在を意識していた。

「時間を割いてもらって悪いね」わたしは言った。

「まあ、こう期待したわけよ。あんたと話をすれば、あの素っ頓狂な男を遠ざけておいてくれるんじゃないかと」グリマルディが足を組んで反り返ると、椅子が揺れてきしんだ。

「それはサムのこと?」

「頭のねじがゆるんだ気味悪い男のこと」グリマルディは陽気に言った。「忙しくて、あんなやつの相手をしている暇はないの。そこに座って縮こまり、絶対に目を合わせなかった。ぞっとしたわよ」

「自分があのふたりを殺したと思って、サムは怯えている」

「怯えている?」グリマルディは鼻で嗤《わら》った。「喜んでいる、でしょ。それで、用件は?」

「二件の殺しについて、わかっていることを教えてもらいたい。ここで起きた一件とウエストサイドの件だ」

「なんでわたしがウエストサイドの件について知っていると思うの」

「ニューヨーク市警《NYPD》は連続殺人と称するのは時期尚早としているが、マスコミは二件を結びつけている。つまり、類似性がある。きみは街の反対側で起きた件を担当している刑事とすでに情報を交換したんだろう?　そして、どちらかが主導権を握っている。それがきみでないなら、さっき電話をしたときにそちらへ行けと言ったんじゃないか」

グリマルディは小首を傾げて、わたしを観察した。「認めるわ。図星よ。捜査班はまだ編成してないし、公式見解では『ポスト』の記事は誤報扱い。もう一件のほうを担当している二〇分署のメイソンは、単独の殺人事件として捜査している。もっとも六ヶ月近く経っているから、連続殺人の可能性があるとしても、いまは迷宮入りとして捜査を打ち切っているかもしれない。こっちの件もそうなりそう。でも、類似した事件が再び起きたら、あたしに情報が入る。つまり、あたしは情報センターってこと。連続殺人が起きた場合は、めんどくさい手順がごまんとあるのよ」

「そいつは知らなかった。驚きはしないけど」

「二年前、クアンティコにしばらくいたの。FBIの連続殺人事件研修で」

「『羊たちの沈黙』みたいだった？」

「クアンティコが？　すごかったわよ。ルームメイトに起床ラッパ——そういうのが好きなら、ずっと陸軍にいたわ」

「どうやら気に入らなかったようだね」

「冗談でしょ？　大好きだった。来年の夏の上級コースに申し込んだくらい。ところで、無料で教えてあげる。あんたの友だちのテイバーは犯人像に一致しない」

「どこが？」

「誤解しないで。この件でテイバーを逮捕できたら最高よ。ニューヨークじゅうの警官がそう願っている。仮釈放されたときは、誰もが嘆き悲しんだわ」

「ティバーは刑期を五年務めた」

「一生、務めるべきだったのよ。新しい証拠も、ティバーの犯行を否定する証人も見つかっていないのに、突然、彼はピカソだ、刑務所で才能を腐らせてはいけないときた。ふざけんな、ってのよ！　それに、あの絵。実家で暖炉の上に飾ってありそうなきれいな絵だけど、間近で見ると大違い。見たことある？」

「うん」

「だったら、わかるでしょ。でも、どうしようもないのよね。あたしは犯人を刑務所にぶち込むだけ。金持ち連中がそういうやつの釈放を求めて騒いでも、打つ手がない」

「サムはその意見に同意しないだろうな」

「頭のねじがゆるんでいるもの」

「うん、たしかに。犯人像に一致しないとはどういう意味？」

「それに答える前に、教えて。ここになにしに来たの？　サムの依頼で仕事をしているそうだけど、どんな内容だかまだ聞いてないわ」

「サムは、自分があのふたりの女性を殺したのではないかと不安に駆られ、殺したのか殺さなかったのか、はっきりさせたがっている」

「どうして？」

「あんな恐ろしいことを自分が実際にやったのか、知りたくなるのがふつうじゃないか？」

「そういう意味で訊いたんじゃないわよ。逮捕してもらえなかったからといって、わざわざ探偵を雇って、自分に人を殺す能力があることを証明しようとする人はあまりいない」

「サムは、自分がまた人を殺すことを恐れている。自分が犯人なら、次の犯行を止めてほしいんだよ」

「もしかして、からかってる?」

「大真面目だ」

「つまり、サムは刑務所に入りたがっているの? 簡単じゃない。赤信号で道を渡る。歩道に唾を吐く。銃を持ち歩く」

昨夜サムが銃を持っていたことには触れずにおいた。「サムは事実を知りたいんだ、刑事」

「まったくねえ」頭を振ると櫛がゆるみ、髪が暴走寸前になった。「だったら」櫛をぐいっと差し込んだ。「三人とも、目的がすれ違ってるってことよね? あたしは管区で起きた殺しの犯人を突き止めたい。いまのところ容疑者はいないけれど、あんたの依頼人の犯行ではないと睨んでいる。あんたは二件とも依頼人の犯行ではないと考え、いっぽう依頼人は自分の犯行だと主張する。こんなの初めて。まさか、捜査の邪魔はしないわよね? 証人を混乱させたり、証拠を汚染したりしないでしょうね?」

「捜査の邪魔にならないよう努めるし、やむを得ない場合を除いては証人に近づかない」

「やむを得ない場合って?」

「できれば、サムの犯行ではあり得ないと証明したくてね。事実や時系列がわかれば、誰かに話を聞かなくても無実を証明できるかもしれない」

グリマルディはうなずいた。「聞き込みはしたわよ。メイソンもやった。現場周辺でのテイバーの目撃情報は、どちらの事件でもゼロ。どちらかの被害者に目をつけていた証拠もない」

「なんだ、聞き込みをしたのか。頭のねじがゆるんでいると思っているのに？」

「思っているわよ。でも、サムが相手とあっては、無視するわけにいかない。エイミー・エバンズ殺しを担当したアイク・キャバノーにも、電話で意見を聞いたくらい。ちなみに、追い返したと話したら、受話器から飛び出してわたしを殴りかねない剣幕だった」

「キャバノーはサムを疑っているのか？」

「犯人であってほしいと願っているのよ。キャバノーのボスも。参考までに教えておくけど、あたしのボスも。つまり全NYPDとサム・テイバーは同じことを願い、グリマルディ刑事が、ちょっと待て、と立ちはだかっているってわけ。堤防に指を突っ込んだオランダの少年みたいに。たいした度胸でしょ」

　グリマルディは孤立を気にしていないようなので聞き流し、別のことを訊いた。「サムの犯行ではないと確信する根拠は？」

　制服警官が横を通って、誰もいないデスクに書類を置いた。こちらを見ようともしなかった。これでは、刑事に昇進する見込みはまずない。

　いっぽうグリマルディは、制服警官が部屋を出るまで目で追っていた。「さっき話したでしょ。テイバーは犯人像に一致しない」こちらに視線を戻す。「連続殺人犯には二種類ある。クアンティコではそれぞれ〝周到型《オーガナイズド》〟、〝恣意型《デイスオーガナイズド》〟と呼んでいる。知っていた？」

「いや、まったく」

「周到型は、ハンサムで人好きがする、事件のあとで『びっくりしたわ。まさか、あの人がね。すごくいい人なのに』と誰もが言う。他方はだらしない格好をしていて、見るからにおかしい。『なんだか変な人だといつも思っていたのよね』と言われる。テイバーが犯人だとすれば、こっちの型よ。でも、ふたつの事件の犯行はどっちも周到だったからこそ、関連性を疑っている。たとえば被害者の女性はふたりとも二十代後半でブロンドのショートヘア、小柄でほっそりしていた」

「サムが以前に殺した女性もそんな感じだった」

「そうね。でも、このふたりが飲んでいたのは流行の最先端を行く洒落たバーよ。犯人はバーで被害者を誘ったか、店を出た被害者のあとをつけたか。サムみたいな男は、どちらの店でも用心棒が絶対に通さない。それに、いずれの被害者も何十回も刺されたエバンズとは違い、二度しか刺されていない。犯行現場は二件とも屋外、公園だった。地下室ではなく」

「二件とも同じナイフ？」

「断定できないのよ。連続殺人と呼ばないのは、それも原因のひとつ。同じ種類ではあるけどね。それに、どうやら犯人は戦利品を持ち帰ったみたい。たまにいるのよ。戦利品を眺めて犯行を思い出したい変態が。サムはエバンズのときにはやってない」

「戦利品というと、どんなもの？」

グリマルディは人差し指を立てて振った。「だめ、だめ。悪いけど。自首してきた阿呆が本物かどうかチェックするために、伏せてあるの。訊く手間を省いてあげる。サムにも試したわ。そうしたら、ぜんぜん答えられなかった。あたしがなにを言いたいか、わかる？　ふたつの事件を結びつけている類似性が、テイバーの過去の犯行との違いを示しているのよ」

「サムは刑務所で五年過ごした。それに、彼は自分の頭のなかだけで生きている。人格が変わったってことはあるだろうか。非情になったとか」

「サムの犯行だと思っていないんじゃなかった？」

「思っていない。だが、やはり気になる」

「恣意的だった犯人が周到になるか、知りたいのね。そうした例は聞いたことがない。その反対は起きるわ。周到だった犯人が、最後のほうで精神的に破綻するのよ。たいがい、それで足がつく。巷では不注意になったと言うけれど、注意力の問題ではない。初期の犯行と同じように周到にやりたいのに、どうしてもできなくなる」

「だとしても、サムの自宅を捜索しても無駄にならないだろう？　令状は不要だ。サムはなかに入れてくれる」

　グリマルディは眉をひそめた。「なんの話？　とっくに調べたわよ」

「調べた？　サムは話さなかったな」

「しょうがない男ね。酔っていたから、覚えてないんだ」

「きみに追い返されたことは覚えていた」

「頭のねじがゆるんだ異常者だ、出ていけって言ってやった。それから、車で家に送っていったのよ。はるばるグリーンポイントまで。ぐでんぐでんに酔っていて、車のなかで寝てしまったわ。家に着くと目を覚まして、なかに入って見ていきなよってくすくす笑って招待してくれたわ。当然、見てきたわ。Uber《ウーバー》（タクシー配車サービス）の運転手じゃないんだから。サムはソファに倒れ込んで大いびき。壁にはなにも飾ってなくて、家具はほとんどなし。床にマットレスが置いてあって、あとはソファに椅子、テーブルくらい。そうそう、例の絵が一枚、画鋲で留めてあった。間近で見ると、やっぱり反吐《へど》が出そうだった」

「サムのやつ、室内を見せたことを話してくれればよかったのに」

「なんといっても、彼には殺人の前科があるのよ。出まかせばかり並べているのは間違いないけど、調べないわけにいかないでしょう」

「それで、なにも見つからなかったんだね？」

「ええ。連続殺人犯だと世間に思ってもらいたいなら、もっと努力しなくちゃ。『ポスト』の記事が出て以来、何人が自首してきたか見当がつく？　十四人よ。自分ではなく双子の兄の犯行だとほざいたひとりを除いて。そのバカには双子の兄なんかいなかった。三人が前科持ちで、そのうちひとりの前科は殺人。メイソンと協力して全員を調べたわ。どの供述も嘘八百だった。それは覚悟していたけれど、調べないわけにはいかない」

「サムのスタジオも捜索するのか？」

グリマルディは不承不承うなずいた。「ええ、きょうの午後。時間と税金の無駄遣いもいいとこ」

「それで、鑑識の結果はどうだった?」

「サムの自宅の? なにか発見できる見込みがないのに、科学捜査班を行かせる予算があるわけないでしょ。そもそも、頭のおかしい男につき合っている暇はないの」グリマルディは椅子の背にもたれて腕を組んだ。

「わかった」わたしは言った。「われわれの勘が当たっていて、サムが無実であることを願うよ。早く真犯人が見つかるといいね。それで、さっき頼んだ情報をもらいたいんだが」

「ええ、いいわよ」グリマルディは立ち上がった。「やっぱり赤信号で道を渡ったほうが手っ取り早いと思うけどね」そう言ってファイルを取り上げた。「見せてもかまわない資料をコピーしてくる。検視報告書は無理だけど、役立ちそうなのがほかに何点かある。ただし、よく覚えておいて。便宜を図ってあげるんだから」視線を険しくした。「今後、あのいかれた男を二度とあたしの前に来させないで。いい? あらあら、見てよ」

わたしは入口を振り返った。腹の突き出た、口ひげの男が戸口を塞いで立っている。襟に勤続二十年を示すNYPDのピンバッジが光っていた。

「ハイ、アイク」グリマルディは淡々と言った。「来るって言わなかったじゃない」

「ああ、だけど来た。こいつか?」

わたしは立ち上がって、近づいてくる彼を待った。「ビル・スミスだ」男に握手の手を差し出して、グリマルディに尋ねた。「『こいつ』って、ぼくのことか?」

「ええ」グリマルディは言った。「クイーンズ北署殺人課のアイク・キャバノー刑事よ。エイミー・エバンズ事件を担当した」

「会ったことはないが、名前は覚えている」わたしはキャバノーに言った。

「おれもあんたの名前は覚えている」キャバノーはわたしの手を睨みつけて、下ろすのを待った。

「テイバーが来たときアイクに電話したって話したでしょ」グリマルディは言った。「今朝、あんたが電話してきたときもアイクに知らせたのよ。情報センター役だから。アイクに言わせると、あたしは間違っているんだって」

「そのとおり」キャバノーは言った。「あのいかれ野郎、自分が連続殺人犯だと自白したんだろ。だったら、それでいいじゃないか。グリマルディはさ、女の直感とやらがあるそうだ」皮肉を込めて強調した。「加えて、クアンティコでFBIの研修を受けたから、連続殺人についてはなんでもご存じだ。ただし、頭のいかれたクソったれ、サム・テイバーのことはなにひとつ知らない。あいつがエイミー・エバンズにしたことを見ていない。当時、おれは殺人課に入って十六年目だったが、それまで目にしたなかで最悪だった。で、今度はふたり殺したって？　いいじゃないか、さっさとぶち込めよ。そもそも、ムショから出てはいけなかったんだ」

「サムがふたりの女性を殺した証拠はひとつもない」わたしは言った。

「ちゃんと探せば見つかるさ。空気の臭いを嗅いだり、波動を感じ取ったりだとか、バカバカしいことをやってないで目を開けて探せば」

グリマルディが顔をこわばらせ、キャバノーが睨みつける。刑事部屋はしんと静まり返った。

ふたりの刑事は、一戦交えるべきか、小便をして去るべきか、と値踏みし合う犬のごとく対峙した。

キャバノーがふとこちらを向いた。このラウンドはグリマルディの勝ちらしい。「お高く留まった芸術愛好家どもが、偉大なアーティストであるテイバーは自由を得てもっと絵を描くべきだ、とほざいて委員会を発足させたときは、はらわたが煮えくり返ったもんだ。だから、サムの仮釈放に反対するキャンペーンに寄付をした。こっちのキャンペーンは初耳だろ。なにしろ、向こうと違って大物も有名人もいなかったからな。エイミー・エバンズの遺族、友人、近所の人たちが中心になっていた。近隣の全員が仮釈放反対の嘆願書にサインしたってのに、感傷的で阿呆な判事が出所させちまった。一般市民なんて物の数に入らないんだろうよ」

「ぼくがここに来ると聞いて、あんたははるばるクイーンズからやってきた」わたしは言った。

「なぜだ」

「おまえは前に、あの人でなしが罪を逃れるのに手を貸した探偵だろ」

「逃れる？　サムは最低十五年服役の終身刑を受けた」

「終身プラス九十九年の刑を受けるべきだった。そうすれば五年で仮釈放なんてことにはならなかった。グリマルディときたら」親指で彼女を指す。「きのう電話で、サムが自首してきたが帰したと話した。きょうは、サムがおまえを雇ったと知らせてきた。そこで、サムが考え直したと睨んだのさ。クソったれのうじ虫野郎は、今度も責任逃れを企んでいる。それで、しくじるなと直接警告しにきたってわけだ。いいか、またあいつにしてやられたら、ただでは置かないぞ」

わたしはキャバノーの視線を受け止めた。それからグリマルディのほうを向いた。「じゃあ、コピーをもらえるんだね？」

「ええ」グリマルディの頬は燃えていたが、口調は冷ややかだった。「ねえ、アイク。興味深いことを教えてあげる。テイバーがスミスを雇ったのは、無実を証明するためではなく、自分が犯人だと証明してもらうためよ。そこをどいて。邪魔よ」

5

一九分署を出て路上でサムに電話をかけたが、留守電になっていたのでメッセージを残した。殺風景なアパートメントでうずくまり、呼び出し音に耳を澄ましているのだろうか。アパートメントには帰らずに、マンハッタンのスタジオで絵筆を握って制作に没頭しているのだろうか。

小さな食堂に入ってコーヒーを飲みながら、殺されたふたりの女性に関する警察の報告書を読んだ。グリマルディが語ったこと以外で目新しいのは、居住地、近親者、出身地、職業などで、犯罪の被害者になる前、犯人が紡ぐ物語の一部として公共の所有物になる前はどんな人だったのかを、物語っていた。

ティファニー・トレイナーとアニカ・ハウスマンはいずれも、人も羨むキャリアを持った若い女性で、流行に敏感だった。ティファニーはフォトスタイリスト、アニカはチェース銀行のM&A部勤務。ともにバー、クラブに頻繁に出入りし、なにを着るべきか、どこで遊ぶべきかを心得ていて、また友人たちの証言によればどんなタイプの男を連れ帰るべきかも心得ていた。たとえストリ（ストリチナヤ。ウォッカの銘柄）一杯であろうと、サム・テイバーに奢られているところは想像できないし、グリマルディも指摘したが、サムを店に入れる用心棒はまずいない。考えられるとすれば、サムが彼女たちに目をつけてどこかで待ち伏せしてあとをつけた場合だが、なにも覚えていないほどサムが泥酔していたのなら、容易に振りきることができたはずだ。もっとも、ティファニーとアニカがサム以上に酔っていたとすれば、話は別だ。だが、絶対とは言いきれないが、ありそうもない。

サムは酔っていたのではなく、一種の健忘状態にあったのだとしたら？　それなら、グリマルディの言葉を借りれば、思いもよらない〝周到さ〟を発揮したかもしれない。

正気を失ったときのサムはそれが常態化していたのではないか。常にクラブの外をうろついて、出てきた女のあとをつけていたのだろうか。前にも公園に追い込もうとしたが、成功したのはティファニーとアニカのときだけだった。なぜなら、ストレスをもたらす出来事のあとは――なんだろう？　決意が固かった？　巧みだった？

いや、以前も成功したが、今回の二件と似ていなかったのか。別の場所、別の凶器――グリマルディに電話をした。

「キャバノー刑事はどうだった？」

「あいつはクソ野郎よ。ちょうどよかった。断っておきたいことがある。キャバノーは石頭で、定石に従って捜査をする刑事よ。推論を立て、証拠を探す。警察学校で習ったとおりにね。それはそれでけっこうだけど、わたしは物事をいろいろな角度から見て、パズルのピースがぴったり嵌まるまで組み合わせを考える。キャバノーは自分の捜査方法こそが正しいと信じて、わたしのやり方を女の直感だとか言ってバカにする。ふだんは気にもしないけれど、念を押しておきたいのよ。あんたの依頼人を犯人と断定するにしろ、しないにしろ、それは証拠に基づいてのことで、女の直感や空気の臭いで決めたんじゃないって」

危うく吹き出すところだった。「ぼくの相棒は女性だ。女の直感で調査をしたなんて口を滑らせようものなら、即座に射殺される」

「だったら、いいわ。あと、ひとつ。キャバノーは最低なやつだけど、テイバーへの反感はどの警官も共通しているわ。いつまでも心のなかでくすぶっている事件って、あるものなのよ。わからないかもしれないけど」

「わかるとも。探偵業も同じだ。サムの件は、やはり心のなかでくすぶっている」

「なるほど。ところで、いま仕事中なんだけど。なにか用？」

「気になることがあってね。サムの出所後に起きた殺人事件のなかに、未解決の件がまだほかにある？」

「この二件に似たのはないわ」

「似ていなくてもかまわない」

「どうして？　なにを考えているの？」

「パターンを絞りすぎているかもしれないと思って」わたしは仮説のあらましを説明した。

「健忘状態ですって？　クアンティコで教わった。でもそれはＭＰＤ――多重人格障害に近い。この前聞いたところでは、テイバーにそれはなかったけど」

「そうか。でも、あのふたりを殺した犯人はそうかもしれない」

「ちょっと、捜査を肩代わりするつもり？　やめてよ。邪魔されるのも、指図されるのもまっぴら」

「すまない。そんなつもりはまったくない」

「そもそも、あんたはテイバーのアリバイを見つけたいんじゃなかった？」

「さっきもらった報告書のコピーを読んでいたら、つい気になって」

グリマルディは沈黙したあと、ため息をついた。「まあ、悪い考えではないわね。確認してみる。考えついたのはそっちだから、なにかわかったら教える」

わたしは礼を言い、コーヒーの代金を払って、洒落たマレーシア料理とやらを体験しにダウンタウンへ向かった。


テラス席にいるリディアが、ブロックの先に見えた。一瞬足を止めて、うららかな春の陽射しを浴びている姿を見つめた。グリーンのセーターと黒の革ジャンを着て、まばゆいばかりだが、それはいまに限らずいつも感じている。わたしはまた歩き出した。リディアは大きな丸いレンズのサングラスをかけた顔を上向けて、わたしのキスを受けた。

何ヶ月か前にミシシッピにふたりで行って以来、ふたりのあいだでいろいろな変化があったが、以前と変わらないものもある。キスは温かくて柔らかく、そしていつも――ベッドのなか以外は、あまりにも短い。リディアは人前で親密にすることを好まない。そして、ルールを決めるのは、以前と同じくリディアだ。

「日陰を譲ってあげる」リディアは、わたしが体を起こすと言った。「朝の光を見て、まだ目がくらんでいるでしょうから」

「いや、きみに目がくらんでいる」わたしは腰を下ろしてメニューを手に取った。「なにがお薦め？」

「なんでもおいしいけれど、ウズラのエッグシューターを頼むなら、わたしは帰る」

そこで、スイカの漬物とクリスピーポーク、バナナの葉に載せて焼いたエイをふたりで分けることにした。リディアはすでにサンペレグリノを頼んでいて、半分くらい空《から》になっていた。わたしはシンハービールを注文。

「それで九時前に電話をしてくる勇敢な依頼人って誰なの？　九時ではなく八時だっけ？」リディアは訊いた。「その勇気に脱帽するわ」

「金は受け取らなかったと話しただろう」

「でも、わたしが必要になるかもしれないと言った。つまり、なにかある」

「そうやって推理をする驚異的な能力は……ええと驚異的だ。その依頼を受けなかったのは、すでに依頼人がいたからだ」

「もっと早くに連絡してきた人がいた？　あり得ない」

「うん。昨夜遅くだった。サム・テイバーを覚えている？」

リディアは炭酸水を飲んで、とくと考えた。「アーティストね。何年か前に人を殺し、去年の秋に仮釈放された。かなり騒がれたわね。世にも稀な天才だとか。あなたはその殺人事件の調査をした。その人ね？」

「そうだ。出所して六ヶ月になる」

「またなにか、しでかしたの？」

「いや、そういうわけでもない」料理を待つあいだにサムがなにを恐れ、なにを望んでいるかを話した。

「おやおや。ほんとうにどこかおかしいんだと思う？」

「うん。でも、きみの考えているのとは違う」

リディアは疑わしそうに眉を上げた。

わたしは説明した。「サムはたしかに変わっている。詳しくは知らないが、昔からだったらしい。強迫性障害《OCD》、注意欠如・多動性障害《ADHD》、アスペルガー障害など、さまざまに診断されている。二十代の前半にノイローゼになって、自ら施設に入った。話をするときに相手の目を見ないし、話が嚙み合わない。自分の世界に入り込んでは這い出してくる。それに、酒飲みだ。たいていの人が、気味が悪いと形容する」

「サムはいろいろな声が聞こえるの？　ぶんぶん飛びまわる真っ黒なヘリコプターが見えるの？」

「いいや。それに歯の詰め物を介してメッセージを受け取ることもない」

この会話の最中に、ウェイターが料理の皿とココナッツライスの入ったボウルを運んできた。リディアはテーブルの上の箸の入った筒を掻きまわして、同じ長さのペアを二組作った。

「前のときは、実際に殺したんでしょう？」箸を渡しながら訊く。

「経緯を全部覚えているかい？」

「いいえ。サムは不当な取引をさせられたと、あなたがこぼしていたことくらい」

「サムは刑務所に入るべきではなかった。聞き捨てならない言い草だろうが、サムは悪くなかった。薬物を飲まされたのが原因だった」

「サムは薬物を飲まされ、そのせいで人を殺したの？」

「そう言っていいだろう。サムは食堂のウェイターだった。きちんと真面目に働いていた。だが、同僚たちは距離を置いていた。職場に友人はいなかった」

「気味悪がられていたから？」

わたしはうなずいた。「そしてある夜、ふたりのウェイトレスがサムをパーティーに招いた」

「あ、思い出した！　パンチになにか入っていたのよね」

「PCP。彼女たちは手に入れた薬物を試してみたかったんだ」

「友人を実験台にして？」

「自分たち自身も。サムのほかに二名が重度の薬物性精神障害を発症し、幻覚や被害妄想に襲われて入院する羽目になった。サムはエイミー・エバンズを地下室に連れていってセックスをし、そのあと殺した」

「誰も見ていなかったの？　止める人は？　どうやって地下室へ連れていったの？」

「サムはなにも覚えていないし、ほかの人も同様だ。ただ、比較的素面《しらふ》だった女性がひとりいて――遅れて来たためにパンチはなくなっていて、ビールを一本飲んだだけだった――エイミーは薬物で激しい躁状態に陥っていて、サムに抱きついて大笑いしながら一緒に地下室へ行ったと証言した。そのあと、彼女――つまり証人は地下室の悲鳴を聞いた。階段を少し下りたところで、サムがエイミーをめった刺しにしているのを目撃した。階段を駆け上がって地下室のドアにかんぬきを掛けて、通報した」

一匹のテリアが膝に鼻をこすりつけてきた。隣のテーブルにいる飼い主の女性は噂話に夢中だ。こっそりポークを分けてやった。

「当時依頼された仕事のひとつは」わたしは言った。「パーティーの様子を再現して、パンチに薬物が入っていることをサムが知らなかったと証言してくれる人を探すことだった」

「証人は見つかった？」

「見つかった。薬物を入れた張本人ふたりも証言した。だが、事件は公判に持ち込まれなかった。一時的心神喪失を弁護理由にする方針だったが、サムは施設に入れられることを恐れて、地方検事が提案した司法取引に同意した」

「サムは施設よりも刑務所のほうがいいの？」

「当時も、きのうの夜もそう言い張った」

「そのこと自体が、サムが正気ではない証拠じゃないかしら」

「さあ、どうだろう。サムみたいな人間には、刑務所は必ずしも悪い場所ではないかもしれないよ。規則に縛られ、行く場所も決められ、選択に悩む必要がない。サムは混乱しやすいからね」

「でも、ああいう人が——刑務所が怖くないのかしら」

「施設ほどには怖がっていなかったな。それに、グリーンヘブンの連中は、アート好きだった」サムがほかの囚人の似顔絵を描いていたことを話した。「興味深いことに、刑務所に入る前は弟のほかには誰にも絵を見せなかった。ところが刑務所では安心しきって似顔絵を描き、ほかの絵も描くようになった。そうしているうちに、才能を見出された」

「そして、自由の身となったいま、あなたのリビングルームで自分は連続殺人犯だと告白した。真実である可能性は万が一にもあるかしら？」

「絶対にないとは言いきれないね。どっちなのか、突き止めよう」

テーブルを待つ人で歩道が次第に混み合ってきた。わたしは、リディアのほうがはるかに上手な、被害者の遺族や友人の聞き込みを頼んだ。被害者の日常や殺された夜の行動を丹念にたどって、サムとの接点の有無を確認するためだ。

「アイク・キャバノーという刑事に注意して」わたしは言った。「行く先々で彼の影を感じるかもしれない」

「その人は敵？　味方？」

「きみに実際に会えば、彼もご多分に漏れずきみの虜になる。だが、ぼくは不倶戴天の敵らしい」

「またNYPDの一員のご機嫌を損じたのね」リディアはため息をついた。「その刑事は二件のどちらかを担当しているの？」

「いや、そっちではなくエイミー・エバンズ殺しを担当した。そして、恨みを抱いている」キャバノーとグリマルディについて話した。「グリマルディはキャバノーに手を引かせたいが、キャバノーはなにがなんでもサムが犯人だと証明する気でいる。どこかで出くわすかもしれないな」

「キャバノーはグリマルディ刑事をあまり好いていないみたいね」

「反対に、きみは絶対に彼女のことが好きになる。タフな者どうしで」

「あら、わたしはマシュマロよ」

この話題に関して勝ち目はなかったので、仕事に徹することにした。ウェイターが勘定書をテーブルに置いた。わたしはグリマルディの書類のコピーを渡した。「きみが聞き込みをしているあいだに、別の角度から調査を進めるとしよう。事件当夜のサムの行動を洗って、サムが納得できる確実なアリバイを探してみる」

「ビル?」リディアはお茶を飲み干した。「サムは実際に偉大なアーティストなの?」

「たぶん」

「でも、あなたは彼の絵が好きではない。口調でわかるわ。どうして?」

こうして何度も評を語るくらいなら、『アート・ナウ』に枠をもらうべきだろう。「サムのそばに長くいることは難しいが、絵についても同じことが言える」わたしは言った。「傑作なのだろうが、逃げ出したくなるんだ」

「前に立って鑑賞したくない絵が、なぜ偉大なアートとしてもてはやされているの?」

「サムの絵は、心の奥深いところに触れてくるからだろうな。たとえ嫌悪にしろ、誰もが強い反応を示す」

わたしは勘定書の下に現金を置いて、席を立った。わたしたちが三歩と進まないうちに、テーブルは待ちかねていた食通に占拠された。

「どんな絵なのか、説明できる?」リディアは歩きながら言った。

「うーん、正しくできるかわからないが、やってみよう。第一印象は、とても美しい。陸や海の風景、杭垣のある庭に囲まれた小さなコテッジ。凍った池に夕陽が照り映える、冬の黄昏。街角のアートフェアで見る類《たぐい》の絵だ。きれいな色、巧みな構図、軽妙で洒脱。自分には縁のなかった人生への郷愁を掻き立てる。ぼくの言いたいことがわかるか?」

「ええ、わかる気がする」

「そこで、湧き上がった温かな感情をもう少し長く味わおうと、近くに寄る。そしてよく見たとたん、静謐な光景ときれいな色が、身の毛のよだつ生々しい暴力を描いた微小な絵で構成されていることを知る。血や爆弾、鎖でつながれ、殴打され、虐殺される人々。苦痛、憤怒、恐怖、絶望が画面を埋め尽くしている。この微小な絵は新聞写真の黒い点々と同じで、絵から遠ざかると見えなくなる。でも、あの美しい絵を構成していることに変わりはない。ぼくがサムの個展に行ったとき、誰もが絵に顔を近づけては飛びのいていた。でも、見てしまったら、見なかったことにはできない。不意に一発殴られたとき――」わたしは言葉を探した。「大嘘がばれたとき、とんでもない偽善者だと人前で暴露されたとき、そんなときに抱く感情を持つ。

ものすごく気まずくて不愉快になる」

「気まずくて不愉快？　最悪だわ」

「だが、そのパワーを認めないわけにいかない」

「アートってそういうもの？　人を不愉快にするパワーであっても、重要なの？」

「いい質問だ。どうなんだろうな。でも、アート界はサムの作品のパワーを愛している」

「自分を不愉快にするものを愛するなんて、その人たちは頭がおかしいのよ」

「彼らはそのことを気まずく感じているのかもしれないな。絵を見たいなら、〈レムリア〉に行ってごらん。今夜オープンするホイットニー美術館の〝バイオレンス展《ショウ》〟でも見ることができる。サムは三点出品する」

「バイオレンスショウですって？」

「〝アート・オブ・バイオレンス――バイオレンス・オブ・アート展〟だよ」

「冗談でなく？　血やはらわただとかの惨たらしい絵を展示するの？」

「サムの絵は別として、あとは違う。もっと広い意味のバイオレンスだ。ロシア皇帝が所有していた、玉ネギ形ドームが刻まれたコルト・レボルバーが出品されると聞いた。ばらばらに分解して、各部品を金メッキの額に入れてあるそうだ」

「ふうん。ねえ、ひとつ聞きたいことがあるの。サムの絵は嫌いなんでしょう。サム本人のことは好き？」

わたしは煙草を取り出した。「サムに借りがある気がしてね。それに、誰かがサムの面倒を見てやらなくては。以前は両親が、いまは弟がその役目を負っている。でも、サムはこの依頼を弟に知られまいとしている」

「わたしが連続殺人犯だったら、やはり兄たちには内緒にしておく。ねえ、サムが犯人なら、どれほど偉大なアーティストであっても、刑務所に戻らなくてはならないのよ」

わたしはうなずいた。「サムはそれを当てにしている」

イーストサイドへ向かうリディアと地下鉄の駅で別れた。わたしはサムのスタジオのあるアップタウンへ向かう。サムがいれば話をするが、不在でもまったくの無駄足にはならない。サムに銃を提供した人物と真剣に話し合う必要があるのだ。

6

本人が言うように、サムは刑務所に入る前は誰にも絵を見せなかった。ミドルスクールのころから、憑かれたようにひたすら自分のためだけに描く、典型的なアウトサイダー・アーティストだった。正規の美術教育を受けたことはなく、川向こうの華々しいアート界と関わりを持ったこともなかった。

だが、そのアート界がサムを刑務所から出し、そして有名にした。サムはいまやその一員となった。もっとも本人の言や、わたしが彼の目、肩を落とした姿勢から読み取った限りでは、〝一員となった〟は〝溶け込んだ〟を意味しない。アート界に〝所有されている〟が正しい。

ピーター・テイバーは今朝のとんでもなく早い時刻の電話で、サムは初めてひとかどの人物として認められた、と単純に喜んでいた。サムの感想は違うと思うが、誰もサムの気持ちなど尋ねない。それに、無名であればクイーンズの蛍光灯が瞬く地下室で自由に描くことができるが、ひとかどの人物ともなればそうはいかない。サムはいま、マンハッタンのウエストサイドにある元倉庫の大きな一室をスタジオにしている。専属ギャラリーに近く、またギャラリーが大家でもあって、家賃は作品の売り上げから差し引かれる仕組みだ。六階建ての元倉庫に入っているのは全部スタジオで、サムのスタジオは一番大きい部類に入る。しかも北側にあって光の具合がよく、水道もあれば、貨物用エレベーターに近くて大きなキャンバスの移動に便利と、至れり尽くせりだった。

また、銃を提供した人物のスタジオの隣でもあった。

階下の入口でサムのブザーを最初に押した。二度目は長く、執拗に。反応がなかったので電話をしたが、留守番電話のままだった。そこで、隣のスタジオを試した。

「誰？」質問というよりも詰問だった。

「ビル・スミスという者です。サム・テイバーに会いたい」

沈黙。再び手を伸ばしかけたとき、ブザー音とともにドアが解錠された。たかがブザーなのになぜそんな、と訝りたくなるほどの恨めしそうな音だった。

上階《うえ》に行って絵具の飛び散ったビニル張りの廊下を歩いて、サムの名札のついたスチールドアをノックした。案の定、返事がない。隣のスタジオのドアをノックすると、ややあって不機嫌な大声が聞こえてきた。「いま行くわよっ！」ドアが勢いよく開いた。ぎすぎすした女が殺意のこもった目で睨みつけてくる。年のころは四十代、死神も恐れをなす渋面だ。

「エリッサ・クロムリーさん？」

彼女は少し間を置いて、唇をゆがめて言った。「誰ならいいのよ？」

訊かれても困る。「サム・テイバーはいますか」

彼女はくるりと背を向けて、ドアを開けたまま室内に戻った。入ってもいいという意味だろう。彼女のあとについて、テレピン油と埃、煮詰まったコーヒーが臭うなかを進んだ。いくつかの作業用テーブルに加えて、美術書やロール状のキャンバス、段ボール箱などがところかまわず乱雑に積み上げられて、狭い通路をいっそう狭くしていた。絵筆がぎっしり詰まった缶の周囲に入りきらなかった絵筆が散乱し、牛乳運搬用ケースの上にも缶が並んでいた。一隅に大小さまざまな木片の山、椅子の上にスケッチブックが放り出され、壁はテープで留めたスケッチや破り取った雑誌広告で埋まっている。テーブルの下に、〝サム・テイバーに自由を〟のチラシ束を扇状に広げて置いてあった。

通路を抜けた先の狭い空間は、染みだらけのソファでほぼ占領されていた。その向こうの窓際に、制作中の絵を立てかけたイーゼルが三台。

エリッサ・クロムリーはどすんとソファに座って、傍《かたわ》らの紙が散らばったテーブルからブルックリンラガーを取り上げた。その隣に、ビール壜を持ったサムがいた。

「やあ」サムはぼうっとした顔で微笑んだ。

クロムリーはサムに向かって眉をひそめた。「あんた、この男を知ってるの？」

絵具が彼女の着ている薄手の花模様のギャザースカートと白のポロシャツを汚し、両腕と素足に飛び散り、長い茶色の髪を無造作にクリップで留めて露わにした額にもこびりついていた。

「話がある」わたしはサムに言った。ふたりがかけているソファのほかに座る場所はない。ソファの前に立つと、ふたりとも顔を仰向ける。こうしていれば、クロムリーは首の痛みに耐えかねてケースの上の缶を片づけて座る場所を作ってくれるかもしれない。わたしは彼女に言った。「あなたにも」

「あたしに？　あんたを知りもしないのよ」

「これはあなたのだろう？」わたしは昨夜サムから取り上げた二五口径を見せた。

「ああ、これが例の人？」クロムリーに訊かれてサムがうなずく。彼女はビールをぐびぐび飲んでからわたしに言った。「あんたが持ってるってサムが言ったから、あとで取りにいくつもりだったのよ」

「ほんとうに？　サムが仮釈放中だということは重々承知のはずだ。これを持っているところを見つかったらどうなると思う」

「サムは使うつもりなんかなかったわ」

「問答無用で刑務所に戻される。わかっていたのか、サム」

サムはぽかんとして、ソファの肘掛を指でひっきりなしに叩いていた。わかっていたのかどうかも、おそらく覚えていないのだ。

「どのみち、あんたはかすり傷ひとつ負わなかったわよ」クロムリーはせせら笑った。「弾が入っていないもの」

わたしは銃をポケットにしまった。「これは一分署に届けるから、そこで返してもらうんだね。面倒な手続きが山ほどあるが、たぶん大丈夫だ」

「ちょっと、やめてよ！　あたしの銃よ！　許可証だって持ってるんだからね！」

「サムに銃を持たせる許可証は持っていない。銃を携帯していた罪でサムが逮捕されたら、あなたはサムに銃を渡した罪を問われる。この銃は側溝に落ちていたと話しておく。警察でどう説明するかは、あなた次第だ」

「ふん、好きにすれば」クロムリーは鼻で嗤《わら》って、ソファにそっくり返った。「もう一丁あるもの」

「だとしても、それをサムに渡さない限りはどうでもいい。サム、話をしよう」

サムはためらいがちに言った。「いいよ」わたしは立ったままでいた。「あ、そうか、どっかほかのところで話したいのか？ ここでいいよ。エリッサは全部承知だ。友だちだからね。おれに力を貸してくれる」

「ふうん？ 力をね」じろっと睨むと、クロムリーも負けずに睨み返してくる。「ぼくのところへ来た理由を、彼女は知っているのか？ 話したのか？」

「なによ、本人を前にして」クロムリーは抗議した。

「シェロンがここの隣にスタジオを用意してくれたとき」ビールをひと口飲む。「おれはなにもわからなくて……ここはそこらじゅうに人がいるだろ。そういうのに慣れてなくて。やたら明るいし、だだっ広い。絵のディーラーやほかのアーティスト、コレクターがしょっちゅう出入りする。どうしていいかわからなかった」

「サムがまごまごしていたから」クロムリーは愛おしげに言った。「面倒を見てあげたのよ。いろいろ手ほどきをしてね。あんたったら、あたしたちを振ってシェロンと契約しちゃったけど」クロムリーはサムを小突いて、いたずらっぽく微笑んだ。むろん、その微笑の対象にわたしは含まれていない。

「あたしたち、とは?」

クロムリーはわたしを眺めながら、ビールを飲んだ。

「エリッサは仲間とギャラリーを運営しているんだよ」サムは答えないと悪いと思ったのだろう。あるいはエリッサの陰険な目つきが、弟夫婦や両親の喧嘩を思い出させたのかもしれない。

「ていうか、実際には彼女がひとりで切り盛りしている。アーティストの協同組合だね。みんなで助け合う。おれのことを助けてくれたみたいに」

「サムを誘ったんだけどね」

「おれも入りたかった。なんか、いい感じだろ。だけど、ピーターがシェロンと契約しろって」サムは弁解がましく言った。

「あんたには大物がふさわしいって、ピーターは考えたのよね。シェロンが親身になってくれるわけないのに。でも、あたしはあんたを助けてあげた」クロムリーは再びサムのわき腹を小突いた。サムがにやにやして身をよじる。「恩に着なさいよ。さもなきゃ、いまでも部屋の隅でシェロンが買ってくれた新品の絵筆を見つめて立ちすくんでいるか、ドアの暗証番号を思い出せなくて廊下に座り込んでいたかもしれないんだからね」

サムはきまり悪げに肩をすくめて、ビールをごくごく飲んだ。

「よし、いいだろう」わたしは言った。「きのうの夜、グリマルディ刑事に追い出されたと話したな。なんでそんなことを言った」

「事実だからさ。彼女は、おれのことを人の注意を引きたがっている異常者だと決めつけた。

実際にそう言った」

「グリマルディに家まで送ってもらったんだろう？　はるばるグリーンポイントまで。そして彼女は家のなかを調べた。なんで、それを話さなかった」

「サム？」クロムリーが口を挟んだ。「ほんとうなの？　刑事に送ってもらったの？」

「ええと……うん、たぶん」

わたしは言った。「覚えていないのか？」

「覚えていなくても、どうってことないでしょう？」クロムリーが言葉を荒らげる。

「いや、思い出した」サムは慌てて言った。「少しだけど。うん、彼女はなかに入った。台所にいたな」

「グリマルディは室内をくまなく調べたが、なにも発見できなかった。血痕もなにも。どうして話さなかった」

「だって、それがなんの証拠になる？　おれはなにか隠したかもしれない。捨てたかもしれない」

「なにか、とはなんだ」

「おれが身につけていたものだよ。服とか靴とか……」

「ナイフかもしれないわよ」そう言って、クロムリーはわたしを見た。「連続殺人犯のなかには一回ごとに凶器のナイフを捨てたり、埋めたりする人がいるそうよ。同じ種類だけど――十本くらい買ったりするみたい――その都度、新品を使う。あら、連続殺人犯について知っているのは自分だけだと思っていた、名探偵？　あたしはその種の本は残らず読んだし、ジョン・ダグラスの講演会に二度も行ったんだからね。ジョン・ダグラスを知ってる？『マインドハンター』の著者で、ほかにも重要な本をたくさん書いているわ。聞いたことないの？」再びサムのほうを向いて、ビールでわたしを指した。「こんな人に頼んで大丈夫？」

「ビルは腕利きだ」サムは言ったが、少々不安そうだった。

――なんだよ、本人を前にして。わたしはクロムリーに話しかけた。「あなたは連続殺人にだいぶ詳しいようだ。それは、自分がやったとサムが主張するから？　それとも、こうした犯人にそそられるから？」

「なに、その言い方？　興味を持ったのよ。文句ある？」

「なぜ興味を持ったんです？」

クロムリーがわたしに向けた視線は、いま雨が降っていますかとずぶ濡れになって訊く男を前にしたときのそれだった。「詳しく知っておけば、被害に遭う恐れが少なくなるからよ」

「つまり、道で出会ったら、すぐに犯人だと見分けられるとでも？」サムと同じくらい頭がおかしい、と舌の先まで出かかった。「では、サムは？　すぐ隣に座っているサムは？　サムの言い分が正しくて、連続殺人犯だったら？」

「まったく、見当はずれもいいとこよね」クロムリーはサムの膝をそっと叩いた。仲間意識やロマンチックな感情ではなく、所有権を誇示するような仕草だった。サムはあやふやに笑い、わたしとクロムリーを交互にちらちら見やった。

「あたしはサムのことなら、なんでも知っている」クロムリーは言った。「連続殺人犯のことだけじゃなく。あたしは委員会のメンバーだったのよ。あたしたちは、サムの仮釈放を勝ち取った。トニー・オークハーストやシェロン・コネツキ、それに大物たちは自分たちの力だ、自分たちがいたからこそ成功したと鼻高々で記者会見やらなにやらやったけど、冗談じゃない、実際に動いたのはあたしよ」

「そこでサムの心を見通すことができるようになった？」

「あんたって、ほんとうに無知ね」クロムリーは座り直して、講義を始めた。「連続殺人犯にはいくつかタイプがある。男性の場合はほとんどが殺すことによって性的満足感と支配力を感じる異常性がある。女性の場合、連続殺人犯と呼ばれている連中はたいてい自分の都合のために犯行を繰り返す。たとえば、何度も金持ちと結婚しては殺すのよ。本物の連続殺人犯は違うわ」

さもだいじそうに〝本物〟と発音する。

優越感を漂わせて、彼女は続けた。「自分の犯行を忘れてしまう犯人も、実際にいる。でも、サムはその犯人像と一致しない。こうした連中は――」

「一日に二度もそれを聞くとはね」

「え？」

「いや、なんでもない。続けてください。じつに興味深い」

クロムリーはむすっとして唇を引き結んだ。話をやめるかと思ったが、心底ほれ込んでいるテーマを語る人物の例に漏れず、多少の邪魔が入ったくらいではめげなかった。

「犯行を忘れてしまう犯人は」と、講義を続ける。「注意欠陥障害《ADD》タイプ。薬物などで自己治療をし、痒みを消すために皮膚を掻くような具合に人を殺す。掻いたあとに痒みを覚えている人はいないでしょ。彼らにはボタンがあって、それが押されると人を殺す。そして、しばらくしてまた押されると、また殺す」

「サムは酒で自己治療をし、ストレスを与えるイベントが『ボタン』だと考えている。人前に出ることや、展覧会のオープニングだ」わたしは言い、ふと気になった。サムも「なんだよ、本人を前にして」と内心で思っているのだろうか。

「サムは」クロムリーはしたり顔で指摘した。「ＡＤＤではなく、強迫性障害《OCD》に近い。あんた、実際にサムの絵を見たことがあるの？」

「ビルはおれの個展に行った」サムがぼそっと言った。

「へええ？」クロムリーの視線はわたしから動かなかった。「だったら、あたしの話していることがわかるわよね。サムの絵には妄想があふれている」

「暴力も」

「くだらない！　知性が少しでもあれば、あれが比喩だとわかる。愚鈍な連中は見た目だけで判断して……」クロムリーは深いため息をついた。わたしがこれについて学ばなかったとしても、彼女の責任ではないとでも言わんばかりに。「とにかく、ＯＣＤの連続殺人犯は、犯行を念入りに計画する。その過程が実際の犯行と同じくらい重要なの。事実、被害者を選ぶところから始まるすべての過程が犯行とみなされる。戦利品を奪うケースもある。犯行を覚えていたいから」勝ち誇って締めくくった。

「犯人が酔っていたら？」わたしは訊いた。

「酔っていたら計画を立てられないわよ」

「殺すことはできる」

「行き当たりばったりにならね。計画的にはできない」

「だから、昼日中からサムに酒を飲ませて酔わせようとしているんですか？　人殺しを防ぐために？　酔ったときに人を殺すと、サム自身は考えているのに？」

「うるさい！」クロムリーの顔が赤紫色になった。どこかそこらに同じ色の絵具がありそうだ。「いつどこで飲もうと、サムの勝手でしょ。それに、人殺しなんかじゃない！」

「人を殺したから刑務所に入った」

「あれはまったく事情が違うわ！」

「サム？」わたしは言った。「いまの話を信じるか？」

「エリッサはいろんなことを知ってる」サムは誰とも目を合わせないで、つぶやいた。「だけど、やっぱりおれが――」

「サムはいまだに自分が犯人かもしれないと恐れていて、それを否定する証拠をあんたが見つければ安心する」クロムリーはいきり立った。「そのために雇われたんでしょう？　なんで、そんなとこに突っ立ってるのよ！」

――あなたが座る場所を用意してくれないからだ。「じつのところ、ぼくが雇われたのはサムが犯人だと証明するためだ」

「え、なにそれ。とにかくさっさとやりなさい」

「サムに話がある。あまり酔わないうちに話したい」

「ぜんぜん、酔ってないよ」サムはビールを置いて強調した。

「すばらしい。酔って正気を失い、仲よしのエリッサを殺したら大変だ」

「冗談はやめてくれよ」サムは青ざめた。「エリッサはおれを助けてくれる。エリッサを傷つけるわけないだろ」

「そうかな? 昨夜、あんたの言ったことの大筋はこうだ。自分は狂っているから、他人を傷つけたかどうか覚えていない、いつ、どんな理由で傷つけたのかも思い出せない」

「いい加減にして!」クロムリーは立ち上がり、サムはソファの上で小さくなった。「サムが狂っているなんて、よく言えるわね。サムのことを理解できないから？ サムの心は別のところにあるのよ。あんたみたいな人が理解できないところに」

「サムの心がどこにあろうと関係ない」わたしは言い返した。「サムは、自分が連続殺人犯であることの証明を依頼してきた。犯人と示す証拠はひとつもないんだ。狂っている」

「だったら、なんで引き受けたのよ。断って、サムを放っておけばいい」

サムは恐怖に駆られて、目を見開いた。

「それはできない」わたしは言った。「サムが正しければ、本人が自覚している以上に狂っているからだ」

7

わたしは隣のサムのスタジオで話をしたいとはっきり言ったが、クロムリーは苛立ちを露わにしてソファから立ち上がった。「サムはずっとスタジオにいるのが嫌いなのよ。ここで話せばいいでしょ。あたしは仕事をしなくちゃ。どのみち絵を描いているときはなにも耳に入らないわ」足音も荒くイーゼルの前に行き、絵具を並べて準備した。

「シェロンが来るんだ」サムが肩越しに声をかける。「コレクターを連れて。あっちにいたほうがいいかもしれない」

「あの意地悪女にそんなに気を遣うなんて、信じられない。あたしたちだったら、あんたにそんな思いはさせなかった。もっと親切にしてあげたわ」

「うん。でも、ピーターが――」

「ピーターなんか、くたばっちまえばいい！」サムがたじろぐのもかまわず、クロムリーは続けた。「シェロンも。あんたがスタジオにいなければ、シェロンはここに来るわよ」パレットを取って、筆で絵具を混ぜ始めた。

スタジオの混乱ぶりと激しい気性とは裏腹に、制作中の三点の絵はどれも生気がなく、無味乾燥だった。実物より大きな女性の頭部が、キャンバスから無表情にこちらを見つめていた。

どのイーゼルにもモデルの写真が留めてあり、画風は細部までていねいに描いた写実的なものだ。うまく使えば魅力的な色がどれも死んでいるが、定石どおりにカラーチャートから選んでいるのでバランスは取れている。だが、見る人の心に訴えるものがない。理論が先走っていて、堅苦しくよそよそしい。絵とはこう描くものだ、という観念を描いたのであって、絵そのものではなかった。

サムはわたしに顔を戻した。「ほら、腰を下ろしてビールを飲めよ」

「いらない」だが、腰は下ろした。クロムリーに目をやると、反抗的な絵に罰を与えるかのように、眉間に皺を寄せて細く硬い筆でキャンバスを突いていた。わたしはサムに言った。「殺人のあった夜について覚えていることを、全部話してくれ」

「なにか覚えていれば、おまえのところに行かずにすんだ。きっと、浴びるほど飲んで意識を失ったのさ。そう話しただろ」

「だけど、一日の記憶をまるまる失うはずがない。最後に覚えていることは?」

サムはビール壜を唇に当てて、空《から》になっていることに気づいた。壜を下ろしはしたが、もう一本取ろうとはしなかった。「最初の事件は……何ヶ月も前だった……」

「でも、あれは出所した翌日だった。その前後のことは印象に残っているんじゃないか」

サムは笑った。「エリッサの言うように、おれの心は別のところにあるんだよ」

「サム、真面目に考えろ」

「うん、わかった」サムは笑みを消した。「ええと——あの夜はピーターとレスリーの家にいた」

「覚えているのか？」

「いいや。でも、そうに決まってる。出所したあとまっすぐあそこに行って、アパートメントが見つかるまで泊まっていた。マスコミが押しかけてきてさ。おれはやりたくなかったけど、手伝ってやるからってピーターに言われて、インタビューを受けた。プッツンしそうになるまで、ふたりで一緒に。レポーターがそこらじゅうにいたのを覚えている。だけど、あれは最初の日、出所した当日だけだったと思う」

「最初の夜、どこで寝た？」

「あの家の客用寝室だ」

「翌朝目が覚めたのも、その部屋だった？　出所した翌日、つまり最初の事件が起きた日だ」

サムは真剣な面持ちでわたしを見てうなずいた。「よく晴れていたよ。あの部屋は、朝は陽が射し込んでやたら明るい。刑務所にはカーテンがないだろ。だから、忘れていたというか、寝る前に閉めなかったんだ。次の日からは閉めた」

「それからどうした？」

「どうしたって、なにが？」

「朝食はなんだった？」

「卵」

「どんなふうに料理した？」

「スクランブルエッグ。おっと、違った。目玉焼きだ。ピーターが好きなんだよ」

「ピーターが作ったのか?」

「うん。いや、レスリーだ」

「どっちだ。ピーター? レスリー?」

「レスリー。レスリーが作った」

「朝食のあとは? 外出した?」

サムは額を掻くと立ち上がって、テーブルの下に押し込んである冷蔵庫を開けた。「もう一本、どうだ?」

「もう一本もなにも、最初から飲んでいないよ。サム――」

「出かけた。外出した」

「たしかか?」

「覚えてないってば!」

「もうやめなさいよ!」クロムリーは絵筆を投げ出して、こちらを向いた。「こんなことしかできないの? いつもこうやって調べているの?」

サムはクロムリーに駆け寄ってスカートの陰に隠れたそうな顔をしたが、結局新しいビールを持ってソファに戻った。「すまん」目を背けて言う。「でも、ほんとうに覚えていないんだ」

「そうか」わたしは言った。クロムリーがソファのうしろに立って、顔を真っ赤にして怒気を発散していたが無視した。「どのくらいピーターの家にいた?」

「あの日？」サムは涙声になった。「覚えてないってば！　なんで――」

「サム！　しっかりしろ！　全部合わせて、という意味だ。アパートメントが見つかるまでのあいだ、どのくらいいた？」

「あ、そうか。なるほど」サムの親指は、傍《かたわ》らのクッションのひとつところをリズミカルにこすっていた。「二週間だ。いや、三週間だったかな。ピーターに手伝ってもらって探したんだ。クイーンズで前に住んでいたところの近所がよかったけど、ピーターに止められてね。エイミーが住んでいたところはやめとけって。それで、アーティストが大勢住んでいるブルックリンで探した。アーティストならおれを受け入れてくれるけど、ほかは難しそうだから。おれには殺人の前科があるだろ」妙な期待を込めて、わたしを見た。

「それはとっくに承知だ、サム。先を頼む」

サムは拍子抜けして話を続けた。「グリーンポイントで、地階アパートメントが見つかった。脇道に面している。だから車や人があまり通らなくて、それにやかましい話し声も笑い声も足音も――」

興奮して都会生活を語るサムを遮って、わたしは確認した。「つまり、アパートメントが見つかるまでピーターとレスリーの家にいたのは間違いない？」

「うん。レスリーはいやがったけどさ。それに、ピーターも」

「ピーターがそう言ったのか？」あり得ない気がする。

「言わなくったって、わかるよ。義務なんかないんだ。いかれた兄貴がいなければ、ずっといい人生を送ることができる。大口の契約、華やかなパーティー。面会に来たときにしょっちゅう話していた。夫婦仲もよくなった。そこへ突然、じゃじゃーん！　呼び鈴が鳴っておれが戻ってきた！」

「サム！」クロムリーが怒鳴った。「いい加減にしなさい！　ぜんぜん、そんなふうじゃなかったわよ。あんたの勝手な思い込みよ。それにいまはひとりで暮らしているでしょ。ちゃんと独立している。ピーターの顔色を窺う必要なんかない。レスリーの顔色も」ソファの背に腰を預けてわたしを睨みつけ、サムの肩を撫でた。

サムは心もとなげだった。「だけどピーターはいつも……どうすればピーターは喜ぶかなと考えると、うまくいくときがあるんだ」

「あんたはちゃんと独立している」クロムリーは繰り返した。「レスリーなんか、ほっときなさい。あの女は野心で凝り固まった、ただの巨大なロボットよ。あんたには関係ないわ」

サムはクロムリーの義妹評を聞いてくすくす笑った。「そいつはあんまりだ。ま、とにかくおれがほっそりしたブロンドを殺しているとしたら、彼女は好みのタイプじゃない」

「だったら、あたしもあんた好みのタイプではないってことね」

――同感だ。だが、わたしの殺したいタイプではある。「よし、サム。じゃあ、先週について考えよう」

サムの視線は絵具で汚れた床に留まっていた。膝を連打する指の速度がどんどん速くなっていく。ふと、ある種の猫を連想した。そうした猫は、撫でられると喉をごろごろ鳴らして喜ぶが、尻尾の先をぴくぴく動かし始めると要注意だ。そこで手を止めないと、やにわにスイッチが入って唸り、引っかき、歯をむき出して襲いかかってくる。サムのスイッチが入るまであとどのくらいだろう。スイッチが入ったらどうなるのだろう。

「サム？」再度訊くと、サムは悲しそうな顔を上げた。

ノックの音がサムを救った。

少し間を置いて、再び先ほどより大きなノックの音。「ああ、もうっ！」クロムリーが立ち上がる。「西の悪い魔女のお出ましだわ」

クロムリーは雑多な品々を避けながら、狭い通路をドアに向かった。先ほどわたしに対してしたように、乱暴に開けると思っていたが、ドアの前に立ったとたんに物腰が一変した。ひと息入れて、スカートと髪を撫でつける。それからノブを持って、お待ちしていました、とばかりにしずしずと開ける。

「あら、シェロン！」意外な訪問者に喜んでいる口調をこしらえたのだろうが、わたしの耳にはわざとらしく、そして卑屈に聞こえた。「どうぞ、入って」と、クロムリーは一歩脇に寄った。

訪問者は身動きひとつしないで、台座の上のトロフィーのように戸口に立っていた。頭のてっぺんから爪先までむさ苦しいクロムリーとは対照的に、頭のてっぺんから爪先までエレガントに装い、何色もの絵具がこびりついたドアノブは、純白の髪、滑らかな肌、黒のセーターとスカートを引き立てるために用意された小道具のように見えた。そして、彼女は自分がそうした印象を与えることを十分承知していた。よそよそしい笑みをかすかに浮かべて誘いを断り、色白の長い首を傾けてクロムリーの背後に目をやると、澄んだ声で静かに言った。「サム」

サムはクロムリー、床、わたし、と素早く視線を走らせてからクロムリーに戻した。クロムリーの顔がみるみるうちに赤くなった。サムがためらいがちに立ち上がると、クロムリーはくるりと向きを変えてイーゼルに戻った。サムはテーブルのビールを未練がましく一瞥して、シエロン・コネツキのあとについて出ていった。

8

わたしもふたりに続いた。面白くもない絵とともに不機嫌の絶頂にあるエリッサ・クロムリーのスタジオに残ったところで、得るものはない。廊下に出ると、モノトーンの女は片方の眉を吊り上げ、おもむろにわたしを観察した。計算し尽くした装いのなかで——小さなダイヤモンドのピアス、手には黒のスエードバッグ——色のあるのはパールピンクの口紅とアイスブルーの瞳のみ。わたしがいることに異を唱えはしなかったが、その気になればすぐさま追い払うだろう。

　廊下の少し先で、眼鏡に蝶ネクタイの男が少年のような笑みを浮かべて待っていた。わたしたちを見て、顔を輝かせる。サムは誰にも目をくれず、すたすたと自分のスタジオへ向かった。少々手間取った末にドアを解錠して入っていく。わたしをしんがりにして、みなで続いた。なかに入ると、クロムリーのスタジオのあととあって、大騒音の渦巻くクラブから人気のない静かな歩道に出たかのごとくほっとした。サムの症状のひとつは強迫性障害《OCD》で、テーブルやイーゼルが厳密なルールに従って配置されていた。テーブルの上の紙束、イーゼルに留めたキャンバスもしかり。専門教育を受けていないアウトサイダー・アーティストにときおりあるように、キャンバスを枠に張らずイーゼルの背板にピンで留めてある。そのキャンバス——制作中の絵が三点あった――の四辺がどれも背板の縁ときっちり平行になっていた。壁にテープで貼ってある何枚かのスケッチも互いに平行、使ってあるテープも縦は縦、横は横でそれぞれ平行。これはおのれをコントロールする手段を持っていると感じるための、サムなりの工夫なのだろうか。

モノトーンの女がドアを閉めるまで、誰も言葉を発しなかった。彼女は室内を見まわして領主のごとく満悦至極な笑みを薄く浮かべ、それからわたしのほうを向いた。「あなた、エリッサの友人？」

「いえ、違います。ビル・スミスという者です」わたしが手を差し出すと、コネツキは一瞥してから握手した。おそらくアーティストと接する機会が多く、冷たく滑らかな手のひらに絵具をつけられないよう、いつも用心しているのだろう。

「シェロン・コネツキよ。〈レムリア・ギャラリー〉の」

「ええ、存じています」わたしは言った。

ニューヨーク・アート界の伝説的存在であるシェロン・コネツキ、通称アイス・クイーンと面識はなかったが、先ほど戸口に立っている彼女を見た瞬間にわかった。コネツキは〈レムリア・ギャラリー〉を十五年前から所有し、経営している。水晶の占い玉でも持っているのか、才能を見抜く目を当初からそなえていた。ほかのギャラリーが見向きもしない無名のアーティストと契約して個展を開き、人脈を作ってやり、車やスタジオを賃貸し、金を貸し――ただし、やさしさや耳は貸さない――そして時代の先を行く新人が大ヒットした暁には、〈レムリア〉

が専属ギャラリー、シェロン・コネツキがディーラーになる。青田買いの成功率は高く、そのため原因と結果のバランスはいつしか逆転した。最近は、アイス・クイーンに発見されてレムリアと契約するだけで一目置かれる。

「わたしを知っているんですって？」コネツキは愉快そうに微笑んだ。「では、アーティストなのかしら？」拒絶の言葉を用意して、訊いてくる。

わたしが否定すると、蝶ネクタイの男は少しがっかりしたようだった。いっぽう、コネツキは海中にクラゲがいないことを知った海水浴客のような安堵の表情を浮かべた。だが、すぐに猜疑心が取って代わった。

「だったら、コレクター？　それとも教養マニア？」あらためてわたしを観察するその目は、分際をわきまえろと露骨に語っていた。つと目を逸らして、サムに話しかける。「なんで断らないの？　絵を見たがる人がいたら、わたしが相手をすると言ったでしょう。無理して話をする必要はないのよ」

「そうじゃない」サムは言った。「こいつは――」

「昔馴染みで」わたしは口を挟んだ。「ちょっと挨拶をしに寄ったんですよ」

コネツキはゆっくり振り向いた。「そうなの？　それで、挨拶はすんだのかしら」

出ていけと言ったも同然だが、わたしは素知らぬ顔で微笑んだ。「旧交を温めていたんです。サムはしばらく遠くにいましたからね」

彼女は眉を吊り上げて、どう対処したものかと、しばし思案した。張り詰めた雰囲気が苦手なサムは開け放した窓の前へ行って、外を眺めた。窓の外に非常階段があれば、駆け下りてどこまでも歩いていきたい心境なのだろう。

「そう」しばらくして、アイス・クイーンは言った。「サムの友人なのね」サムに友人のいることが意外だったのか、それがわたしだったことに驚いたのか、半信半疑の口調だった。

蝶ネクタイの男の反応はコネツキとは異なり、にこやかに手を差し出してきた。「マイケル・サンガーです。サム・テイバーの友人に会えるとは、光栄だ！　わたしはサムの大ファンでしてね」肝心のサムは離れたところにいるので、近くにいるわたしを喜びの対象にした。

アイス・クイーンが主導権を握るべく口を挟む。「マイケルはコレクターよ。新しくて重要なものをいち早くとらえる感性をそなえているわ」青い瞳を光らせ、そのあとはわたしを完全に無視してサムに声をかけた。「サム！　こっちに来て、ミスター・サンガーに挨拶して」それは提案でも依頼でもなかった。

サムもそれを悟ってすぐに体の向きを変え、のろのろとやってきた。目を合わせずにサンガーと握手をし、まるきり反応を示さずに誉め言葉を聞き流した。サンガーが遠慮がちに新作はあるか、あったら見せてもらえないかと訊いたのに対して、返事をしなかった。だがシェロン・コネツキが馬術の競技者のようにわずかに顎を上げると、ただちに窓辺に戻ってイーゼルの前に立ち、まったく感情を表さずに待った。サンガーとコネツキは絵の正面に移動し、わたしも倣った。

制作中の絵はこれまでに見たサムのどの作品よりも大きく、横幅が五フィートほどあった。

茂った楓の葉が互いに影を投じ合いながら、エメラルドグリーンの芝生に影を落としている。葉の隙間から射し込む日光は澄んで輝き、これが絵具であるとはとても信じられなかった。わたしは驚くと同時に感動した。個展の出品作や、リディアに説明したときに喩えた歩道のアートフェアの絵よりもはるかにすばらしい。六フィート離れたところで見て、息を呑んだ。それからマイケル・サンガーの肩越しに、六インチほどの近さで見た瞬間、思わず飛びのいた。極めて小さく描かれた戦場、爆発、氷と血に覆われた湿地で悶え死んでいく兵士の数々に、先ほどとは違う意味で息を呑んだ。

腹に一撃を食らったかのようだった。

「すごい」サンガーは言った。「まったく新しいレベルに達している。意欲的だし、この完成度ときたら。それに、この外皮絵《シエルピクチャー》」――シェルピクチャーとはアート系の媒体が全体像、つまり鑑賞者の目に最初に入る大きな絵に与えた用語である――「じつにみごとだ。これ自体がひとつの作品としての価値がある。光、臨場感」興奮して目を輝かせ、心の底から賞賛した。「サム、とてもすばらしくなってきたわね」シェロン・コネツキは生徒に金賞を与えるかのように言った。

「今後もこうした方向でいくんですか」サンガーが尋ねた。

サムは床を見つめて肩をすくめた。四本の指先で代わる代わる親指を弾《はじ》いている。コネツキは「サム?」と、苛立ちの混じった低い声で返事を促した。

サムの両手は、ぴたりと動きを止めた。「たぶん。いや、うーん。わからない」と、ぼそぼそ答えた。

サンガーはにっこりした。「そうですか。それにしてもすばらしい。あとどのくらいで完成するんです？」

サムは無言でかぶりを振った。

「わからないのよ、マイケル」アイス・クイーンは言った。「でも、いま予約をしたいなら——」

「ええ、もちろん。それに、ほかにもあるなら……」サンガーは再びサムのほうを向いたが、サムは肩をすくめただけだった。

「これが新しいシリーズの出発点になるのか、様子を見ましょう」コネツキは言った。「いまの時点では判断できないわ。新しい作風をちょっと試しては、技術的、美的な可能性を究める前に別の方向に進む気まぐれなアーティストもいるけれど、サムは違う」

〈レムリア〉は、そうした花から花へと忙しく飛びまわるハチドリのように作風を変え、凡作を生み出して自己満足している気まぐれなアーティストも数人扱い、〝安全な道をあえて捨て、未来を見据えた恐れを知らないアーティスト〟とパンフレットで紹介している。

「次の作品もきっと」コネツキは続けた。「想像を超越するのではないかしら。どんな絵になるのか、とにかく待ちましょう。マイケル、あなたは早くにサムの絵を評価したひとりだった。だから、これを見せたかったのよ。お望みなら、次の新作も真っ先にお見せするわ」

「願ってもない！　いつでも都合のいいときにお願いしますよ、ミスター・テイバー。もちろん、急かすつもりはありません。スタジオを拝見してもかまわないかな」サムとアイス・クイーンのどちらに許可をもらうべきか迷ったのだろう、サンガーはふたりを見比べた。サムの顔は一段と暗くなったが、シェロン・コネツキは言った。「もちろん、かまいませんよ。ただし、鉛筆で描いたスケッチは売り物ではありませんからね。サムは原則として鉛筆画は手放さないの」

「ふうん、なるほど。見せてもらえれば十分ですよ。前から見たくてたまらなかったんだ」

コネツキは、軟らかい鉛筆で描いたスケッチが何枚か貼ってある壁の前へサンガーを連れていった。現在制作中の絵のための下絵だ。

ふたりが部屋を横切っている最中に、サムは「ずらかろう」とささやいた。「いまのうちだ。飲みにいこうぜ」

「本気か？」

「いいや。シェロンならきっと、テーザーガンを持っている。だけど、ここにいたってしょうがないだろ？　あのふたりがいちゃ、絵が描けない。本物のアーティストは他人がスタジオにいるとき、どうするんだろう？」

「あんたは本物のアーティストだ、サム。いましていることが、本物のアーティストのすることだ」

「ここに突っ立っているのが？　バカバカしい。あいつら、なんで出ていかないんだよ？」

「エリッサ・クロムリーは、いつもどうしている？」サムの手がぴくぴくと動き始めたのを見て、気を紛らわせようとした。ふたりが出ていくまで、冷静でいてもらわないと困るのだ。騒動を避けたいのではなく——正直なところ、そうなった場合にコネツキが重要な顧客の前でどう収めるのか、興味がある——サムにいくつか訊きたいことがあって、受け答えのできる状態にしておきたかった。

「エリッサ？　描くのをやめて、客と一緒にビールを飲むんじゃないかな、たぶん。おれとはいつもそうしているから。おれは誰かほかの人がいるときに、あそこにいたことはない」つけ加えた。「シェロンが一度も来ないんで、エリッサは怒っている」

「どうして？」

「シェロンはおれを捜して、あそこへ行く。さっきみたいにさ。エリッサとはキャンペーンの委員会で知り合ったんだよ。委員会を立ち上げたとき、シェロンはエリッサの絵を見たけど、気に入らなかった。エリッサは、シェロンがちゃんと見なかったせいだと思っている。シェロンが金の卵を産むガチョウを——おれのことだ」と、念のために注釈を入れた。「手に入れることができたのは自分のおかげだ、真剣に見る義理があるってね。ほかのディーラーは何人か、エリッサがここにいるときに来て誘われたもんだから、一応見にいったな。だけど、みんなドアから顔を突っ込んだ程度だったらしい。誰もイーゼルのそばに行かなかったって、エリッサがこぼしていた」

崩れてきたガラクタの下敷きになりたくないんだろう、と思ったが口には出さないでこう訊いた。「ほかのディーラーって？」

「おれと契約したい人たちだよ。エリッサのギャラリーとか。気に入ったディーラーがいなかったわけじゃないけど、ピーターはシェロンが一番適合してるって意見だった。どういう意味だ、適合って」

「でも、ほかのディーラーは相変わらず来るのか？」

「おれの新作を見たいんだとさ。どんなふうに展開していくのか興味があるって、みんな言う。口には出さないけど、本心はこうだ。『おれたちのおかげでおまえをムショから出してやった。運がよかったな。エイミーを殺したのに、おれたちのおかげでおまえは自由の身になれた。だから、描け！　新しい絵をどんどん描け！　おまえは自由だ。だが、おれたちから自由になることはできない。おれたちには好きなときに来ておまえの邪魔をする権利がある。だっておまえをムショから——』」

「サム！　落ち着け、サム！」

サムは振りまわしていた手を下ろして、目をぱちぱちさせた。部屋の反対側にいるシェロン・コネツキとマイケル・サンガーが、スケッチの束を見始めた。コネツキがスケッチを表にして、すでに見た一枚の上に端を揃えずに重ねるとサムは身震いした。それが何度か繰り返された。

「クソっ」サムは言った。「エリッサのところへ行ってビールを飲もうかな。きっと、アーティストはみんなそうするんだ。トニーも飲む」

「トニー・オークハーストのことか？　彼もエリッサを訪ねてくるんだね」わたしは少し右に

動いてサムの視線を誘導し、コネツキとサンガーが視界に入らないようにした。

「まさか。エリッサがスタジオに入れないよ。いや、トニーは超大物だから入れるか。だけど、トニーは来ない。エリッサとトニーは仲がよくない」

「どうして？」

「トニーに言わせると、エリッサの絵は迫力がなくて空疎。エリッサに言わせると、デブのトニーは女性差別主義に凝り固まっていて、女性を主題にした絵を見下している。トニーは実際にはデブじゃないけどね。トニーはおれの友人なんかじゃなくて、おれを利用しているだけだとエリッサは言っている。だけど、なにに利用するんだ？　お袋は、おれが役立たずだといつも嘆いていたのに」

母親の話が始まると、サムの精神状態はたいがい悪化の一途をたどる。「オークハーストのスタジオもこのなかかい？」

「この建物の？　いや、違う。超大物だからな。ほら、あそこだよ。あれ全部だ。オフィスにスタジオ、奥にアパートメントがある」

サムが窓の外に指さしたのは道を挟んだブロックの中央にある平屋の建物で、斜度のついた天窓が並んでいた。かつて工場だったとき、天窓は労働者のための安価な光源だったのだろう。現在トニー・オークハーストが実際に住んで、仕事もしているのであれば、独特な影を生み出すことで知られるカメラマンに光を供給していることになる。

サムは話を続けた。「建物全部が自分のものなら最高だよな。ドアに鍵を掛けちまえばいいんだから。トニーはときどき電話をしてきて、飲みにこいって誘ってくれる。あそこに行くのは好きだ」声を潜めた。「シェロンがいなければね。彼女はトニーのディーラーもやっている。トニーがシェロンをグリーンヘブンに連れてきて、おれに会わせた。一度、トニーのスタジオでシェロンと鉢合わせしたことがあるんだけど、おれがトイレに行っているあいだに大喧嘩をしていたな。ていうか、シェロンがひとりで怒っていた。トニーは笑っていたけど、真剣だった。おれのことで喧嘩していたんだ。だから、おれはずっとトイレに隠れていた」

その話はサムの気を紛らわせると同時に、わたしの好奇心も刺激した。「あんたが原因で喧嘩を?」

「トニーはシェロンになにかをやってもらいたかった。たぶん、作品の展示だ。だけどシェロンは、一線を越えていて、トニーというブランドに傷がつくって断っていた。まるでトニーがデパートか、牧場みたいに」サムは他人の冗談に笑うかのように、吹き出した。「で、トニーはこう返した。『ふざけるな。サムの絵を展示してるくせして』そしたら『絵と写真は違うのよ』と言われ、トニーは笑った。『マジかよ』って。親父とお袋の喧嘩そっくりだったから、シェロンがいなくなるまでトイレに閉じこもっていたんだ」

親父とお袋か。サムが喧嘩の原因ではないような気がするが、視点が違うからだろう。ふと、思いついた。「サム、オークハーストと一緒に酒を飲むのか?」

「ああ、よく飲みにいくよ。おい、まさか説教をしようってんじゃないだろうな。トニーは悪影響を与える、やめとけ、サム。ピーターにそう言われたよ。レスリーにも。もっとも、レスリーは誰のことも嫌う。とりわけ、レスリーとピーターの言うことなんか聞かなくていい、っておれに忠告するやつは大嫌いだ」

気の毒なオークハースト。サム以外の全員に嫌われていると見える。「オークハーストとはいつから親しくしている？」

「出所してから。その前もだな。あいつも委員会に入っていて、面会に来てくれた。看守たちに高級な葉巻を持ってくるんだ。ほんとうはいけないけど――看守へのプレゼントは禁止されてる――そんなの無視して。トニーとシェロン。シェロンも来た。一緒じゃないよ。一緒だったのは、トニーがシェロンを最初に連れてきたときだけだ。エリッサも来たな。四年のあいだピーターだけでレスリーも来なかったのに、突然、毎週水曜日は面会人がテイバー、テイバー、テイバー！　ほかの囚人がからかうんだ。『おれたちのかわいい坊やは有名人になったぞ！』それにさ、看守たちがシェロンを見つめる目つきときたら。あんたに見せたかったよ。おれは――」

「そこまで！　オークハーストの話に戻ろう」

「トニーが来てくれるとうれしかった。話をした。トニーはいろいろなこと、絵を描くときはどんな気持ちがするか、とか訊いてきた。そんなこと、子供のときにピーターに訊かれたくらいで、あとは誰にも訊かれなかった。だから、話していると楽しかったな」サムは顔を曇らせた。「ただ、ある日、エイミーを殺したときはどんな気がしたか訊かれた。あれはいやだったな。覚えてないって答えたよ。そして、二度と訊かないでくれって頼んだ」

「それで?」

「二週間くらいあとで、また訊かれた。おれの頼みを忘れていたんだろう」

「サム、オークハーストと親しくしているなら」わたしは言った。「どっちかの事件が起きた夜、彼と一緒にいたってことはないか?」

「あ、ああ!」サムは口をつぐんだ。窓の外を覗いてから振り返った。「どうかなあ。もしかしたら。トニーは覚えているかな」

「よし、オークハーストに訊いてみる」

サムにオークハーストのスタジオの電話番号を教えてもらった。電話をかけ、向かいの天窓のある建物を眺めながら、呼び出し音に耳を傾けた。若い女性が電話に出た。退屈した声で、オークハーストはいま電話に出ることができないと告げる。永久に話はできないと言われる前に、サム・テイバーに頼まれたと伝えた。

「あら、そうだったの」声に生気が宿った。「ちょっと待って」電話が保留になって、ニーナ・シモンの『シナーマン』が流れる。ニーナが『マイ・ベイビー・ジャスト・ケアーズ・フォー・ミー』を歌い始めたとき、若い女性が戻った。「トニーは午後遅くに戻るって。そのころ、来てもらえます? そうね、四時」

四時に伺うと答えて、電話を切った。

マイケル・サンガーは部屋の反対側で、スケッチの束の一番上の一枚に顔を近づけて熱心に見入っていた。サンガーはスケッチに手を触れなかったが、シェロン・コネツキがそれを脇に置いて、次の一枚を見せた。サムは身をすくめた。

「あのふたりとはビールを飲みたくない。早く帰ってくれないかな」

スタジオから客を追い出してやるのは、出すぎた真似になるだろうかと考えている最中に、ドアにノックの音がした。サムは目を丸くして、奇跡が起きたとばかりに顔を輝かせた。「エリッサだ。いや、トニーかな」ドアに駆け寄って開ける。「おお」気を取り直して言った。「やあ」驚いてはいるが、がっかりした様子はない。

誰だろう、と見にいきかけたところへ、アンジェラ・グリマルディ刑事がつかつかと入ってきた。

「ハイ、サム」彼女は感情を交えずに、サムとわたしにうなずいた。「あら、依頼人にぴったりくっついているのね」

ノックと同時に振り向いていたアイス・クイーンは、〝依頼人〟と聞いて殺気だった視線をわたしに向け、次にグリマルディに移した。「あなた、どなた?」

グリマルディはゆったりしたネイヴィーブルーのジャケットを着て銃を隠していたが、金色のバッジを突き出して身分を明らかにした。「一九分署のグリマルディ刑事。様子を見にきたのよ」

「なんですって! サムは自由の身なのよ。警察にそんな権利はないでしょ——これはハラスメントだわ! いますぐ、出ていって」

グリマルディはサムに訊いた。「この人、誰?」

サムは口を開けたものの、声が出てこなかった。

「十秒以内に出ていかないと、警察委員長に電話するわよ」シェロン・コネツキは携帯電話を取り出した。

「委員長の私用番号を知っているの？　あらまあ、すごいわね」グリマルディは悠然と進み入った。「サム、あんたの番犬にあたしをここに招いた理由を説明してあげて」

サムは、床に溶け込みたいと心底願っている風情だ。

そのサムをコネツキが睨みつける。「サム？　どういうこと？　よりによって警察をここに招いた？　そうしなければいけないと言われたの？　そんなの、嘘よ。警察はもう、あなたを煩わせることはできないのよ」

サムは両腕をぴたりと体側につけ、手だけを激しく揺り動かしてコネツキ、サンガー、グリマルディ、そしてわたしに目をやった。

「サム！　こっちにいらっしゃい」コネツキは部屋の遠い隅まで行って立ち止まり、ぴんと背筋を伸ばして待ち受けた。サムはそちらへ向かった。

どう考えてもサムの旗色が悪いので、わたしも行った。

9

サムのスタジオのある元倉庫を出て、三九丁目の路上でリディアに電話をかけた。「ばれてしまったよ」

「すっきりしていいんじゃない？　で、なんの話？」

そこで、数分前にサムのスタジオで起きたことを伝えた。最初は、サムがわたしとＮＹＰＤにスタジオの防犯チェックを依頼した、とコネツキに偽った。ひとつには、できる限り内密に調査するとピーターに約束したからだ。それに、サムが自分を連続殺人犯と思い込んでいる、その妄想が現実である可能性もわずかながらあると説明したところで、そう簡単に信じるとは思えなかった。だったら、泥棒に対する強迫観念のほうがまだましだと考えた次第だ。

だがサムは話を合わせることができなかった。一分間ほどは頑張ったが、現実をしっかり把握できないサムが、出まかせを並べるのは難しい。わたしがそこにいる理由、グリマルディの目的、自分の抱えている恐怖など、一切合切暴露した。サムの取り留めのない話を聞いているうちに、アイス・クイーンの顔色は信じられないほど白くなった。沈黙を保ち、表情もほとんど変えなかったが、青い瞳はサムが一度でも目を合わせたらその場に凍りついたであろう冷たい光を湛えた。サムは洗いざらいぶちまけるあいだも、彼女を見ようとしなかった。冷たい視に好意を持っていないことがわかった。まえにも話したが、コネツキの関心は作品と才能にしかない。それ以外は眼中にないのだ。そうした視線はわたしにも向けられたが、刑務所から出してもらった恩義があるわけではないし、彼女のおかげで収入や名声を得たこともない。だから、少々しもやけができた程度だった。

「ふうん、シミになって残るかもしれないわよ」リディアは言った。「コレクターの人はどうだったの？　事情を知って、悲鳴をあげて逃げ出した？」

「しつけのいい少年みたいに、離れたところで行儀よくスケッチを見ていたよ。こちらのドタバタ劇や、箱を開けたり、ラグを嗅いだりしているグリマルディに気づかないふりをして。でも、サムが大きな声で話していたから、ある程度は耳に入っただろう。コネツキはずっとサンガーを窺っていた。それは、ぼくも同じだ。サンガーは感情が顔に出やすくて、まさに心配度表示メーターになっていた。それが〝狼狽〟を示したところで、コネツキはサムを止めた」

「どうやって？」

「手管を弄して。よくわかった、とサムをなだめて口をつぐませ、サムの作品と才能を第一に考えていると訴えた。そして、もうひとつの問題はグリマルディとぼくにまかせておけばなんの心配もいらない、と言い聞かせた」

「あなたをずいぶん買っているのね」

「そして、彼女とサンガーはほかに用事があるので、サムを家に帰してホイットニーのオープニングに備えて休息を取らせることにした」

「サムから目を離すなんて、意外ね」

「やむを得なかったんだろう。大口のコレクターをつかまえたとあって、紹介したいアーティストが何人もいるに決まっている。階下に待たせておいた車にサムを乗せて、アパートまで送るよう運転手に言いつけた。サムはいそいそと飛び乗ったよ」

「サムがオープニングに現れないかもしれないという心配はしなかったのかしら」

「運転手に約束したんだよ。サムのアパートの前に車を停め、サムが外出したら絶対に目を離さずにいて、七時にホイットニー美術館に送り届けたらボーナスをやる、と」

「アートディーラーの仕事を逸脱しているわね」

「サムは気にしていなかった。一日じゅう家にいていいということだけが、だいじだったのさ。内心では、見張りがいることに安堵していたんだろう」

「人殺しをしないですむから？　明るいうちは人殺しに適さないわよ」

「うん。でも、狼男はどんな光を見ても、それが月明かりではないかと不安になる」

「ずいぶん深い比喩ね」

「とにかく、サムはホイットニーに行くと約束した。ピーターの期待に応えて、時間どおりにズボンを穿《は》いて」

「あなたに約束したの？」

「ぼくも行くという条件で。ちゃんと警告しておくよ。なにを着ていくか決めるまで、あと二時間だ」

「わたしも行くの？」

「みんな喜ぶだろう」

「だって、正装《ブラックタイ》で参加する盛大なパーティーでしょう?」
「え、まさかタキシードを持っていない?」
「あなたは持っているの?」
「いいや。でも、葬式用のスーツがある。黒のネクタイを買ってこなくちゃ」

リディアとはオープニングの前に落ち合って、きょうの調査について話し合うことにした。それから、次の訪問先に電話をして面会の約束を取りつけた。携帯電話とはじつにすばらしい。電話を切ったときには、目的地に到着していた。

テイバー・グループのオフィスは、西四〇丁目にある一九六〇年代のスチールとガラスを多用した高層ビルに入っていて、一フロアの半分を占めている。わたしにとって、まったく馴染みのない場所ではない。ここで何度か、サムの事件について打ち合わせをしたことがあった。会議室のテーブルを囲んだときを思い出した。心労を露わにしたピーター。不機嫌で苛立っているレスリー。プロに徹し、常に親切な弁護士のスーザン・トゥーリス。サムはいなかった。犯罪の性質と精神異常である可能性(「可能性ですって?」とレスリーはつぶやいた)に鑑み、保釈を認められずに拘束されていたためだ。そこで、サムと話をする必要があるときは、ライカーズ刑務所に集まって打ち合わせを行った。

受付で名前を告げて待合室で腰を下ろした。二方の壁にオフィスの手がけた建築がバックライトつきのスライドで映し出されていた。どれも最近のプロジェクトで、記憶していた以前のものとはずいぶん異なる。左手側の郊外オフィスビルも右手側の民家三軒も、このグループの特徴であるすっきりした使いやすいデザインであることに変わりはないが、以前はなかった驚くべき独創性と大胆さが加わっていた。サムが刑務所に収容されたあとに起きた変化だ。

ドアが開いて、ピーター・テイバーが入ってきた。サムとよく似ているが、もっとたくましくて健康的だ。サムの身長五フィート七インチに対してピーターは五フィート十インチ、ほっそりしているが、弱々しくはなく、筋肉質で引き締まっている。半白で薄くなったサムの髪に対して、ピーターのそれは黒くて豊か。顎や頬骨、鼻がサムに比して輪郭がはっきりしていて形がよく、サムが大雑把なスケッチだとすると、ピーターは細部に手を入れた完成品と言える。

「スミス」ピーターは握手して言った。「こっちへ来てくれ」

ピーターは、ガラスの壁に木張りの床という構造の廊下の突き当たりにある自分のオフィスへわたしを連れていき、ドアを閉めて椅子を勧めた。オフィスは以前に来たときに比べて乱雑で、あちこちに書類が散らばり、床にはペンが落ちていた。わたしはペンを拾ってデスクに置いた。ピーターは製図室に面したガラス壁をコツコツと叩いた。なかで働いている若者たちを始めとして、各自のコンピューターやワークステーションなど、なにもかもが近代的でスマートだ。ひとりの青年の背後で前かがみになって覗き込んでいた長身の女性が、顔を上げる。黒のショートヘア、太い黒縁の眼鏡、高い頬骨。ピーターの妻で仕事上のパートナーでもあるレスリー・テイバーだ。

レスリーは青年のコンピューター画面を指先で叩いて二言三言話し、製図室を出ていった。

ほどなくして、オフィスに入ってきた。

「スミス」彼女は手を差し出した。「また会えてうれしいわ」

本心かどうか怪しいものだが、聞き流して挨拶した。レスリーがドアを閉めるのを待って、ピーターが訊く。「なにがあった?」

「深刻な問題ではない」

案の定、ピーターはそんな言葉にはごまかされなかった。デスクの端に腰を預けて眉をひそめた。「だったら、どうしてここへ?」

「出所した直後のふた晩、サムがどこにいたのか知りたい」

「どこに? うちに決まってるじゃないか。アパートメントを見つけてやるまで、しばらくうちに泊まっていた」

「ふた晩とも、ずっと? まったく外出しなかった?」

「ぼくの知っている限りでは。きみはどう、レスリー?」

レスリーは肩をすくめた。腕を組んで立ったままでいるのは、一種のまじないに違いない。座るまでもない、すぐに終わる、少し質問されるだけ、どうってことない……

「外出したら、気づいただろうか?」

「絶対に、とは言えない」ピーターは言った。「こっちが寝たあと外出した場合はね。もっとも、警報装置の暗証番号を覚えておいて、出るときにそれを使って警報を解除し、戻ったら再びセットするという手順も覚えておく必要がある。あまり可能性はないいな」

「では、最初の一週間全部については？」

ピーターはしばし考え込んだ。「サムが出所した翌々日の夜は、ぼくは新規の依頼人との会食があって、帰宅はかなり遅かった」

わたしはレスリーの顔を見た。

「その夜は、プロジェクトに関する役員会議に出ていたわ。家に帰ったのは十一時くらいだった」レスリーは言った。「サムはいたわよ。警報装置のスイッチは入っていた」

「でも、その夜サムはしばらくのあいだひとりでいたわけだ」

「おいおい、スミス」ピーターは腰を上げた。「サムがどんなだか、知っているだろ。外出なんかできっこない。最初の日は、刑務所の前にもうちにもレポーターが詰めかけていた。次の二日間も、人であふれ返っていた。マスコミは家に通さなかったけれど、それでも仕事に行くことができなかったくらいだ。サムは怯えきっていた」

「まったく、いい迷惑よ」レスリーの声は刺々しかった。

ピーターは妻にちらっと目をやって、続けた。「委員会のメンバーや評論家、アーティストがやってきた。それにシェロン・コネツキ。ほかのディーラーも大勢。美術館や出版界の関係者。全員を迎え入れないわけにはいかなかった。世話になったからね」

わたしは訊いた。「ほかのディーラーというと？」

「サムの出所に協力してくれた人たちだ。シェロンがあっという間にサムをさらっていったけれど、ディーラーという人種はあきらめが悪い。いまだに、シェロンを厄介払いしてサムを横取りしようとしている。あのいつもしかめ面をしている女は、なんて名前だっけ？　ギャラリーと、サムの隣のスタジオを持っている女。彼女なんか、サムのディーラーになるためならなんでもする。それに、例の鼻持ちならないトニー・オークハースト。しつこく居座られて、閉口したな」

「あいつはシデムシ（死肉を食べる甲虫）よ」レスリーは言った。「彼の作品を見たことがある？　サムの絵と同じくらい、気持ち悪かった」苛立ちを露わにした。その原因はトニー・オークハーストだけではない気がした。

「一日が終わるころには」ピーターは言った。「サムは実際にベッドの下に隠れていた。スミス、なにが目的だ？」

「申し訳ない。話を始める前に確認しておきたくてね。実際に厄介なことになるとは限らないが、サムの依頼の内容を知っておいたほうがいいだろう。ついさっき、サムはそれをディーラーとコレクターに明らかにした」

「まいったな。火星人だか、なんだかだろう？」

「火星人のほうが、まだましだ。サムは、自分が連続殺人犯だと思っている」

「あきれた」と、レスリー。

ピーターは眉をひそめた。「なんだって？」

「エイミー・エバンズに似た若い女性がふたり、どちらもサムに重要な出来事があったあと二十四時間以内に殺された。出所と個展のオープニングだ。サムは、重要な出来事がいわゆる引き金になって殺したと考えている」

レスリーが言った。「あなた、本気じゃないわよね」

「もちろん、本気だ。サムが本気だから」

「『殺したと考えている』とは、どういう意味だ」

「サムはどちらの事件も記憶がなく、事件の起きた夜のこともまったく覚えていない」

「きっと足腰が立たないくらい酔っていたのよ」レスリーは言った。「覚えている夜より、覚えていない夜のほうが多いもの。そもそも、どうやって知ったの？　その人たちが殺されたことを」

「『ポスト』と『ニューヨーク・ワン』で報道されたんだ。気がつかなかった？」

レスリーは首を横に振って、ピーターに目をやった。わたしも。ピーターは少々ショックを受けて、混乱している。どことなくサムに似ていた。「ＮＹＰＤに確認したところ」わたしは言った。「事件は二件とも実際に起きていた。『ポスト』が早々に連続殺人と書いたことに不満を持っているが、その可能性ありと見ている」

「『ポスト』？」レスリーは嗤《わら》った。「あんな三流新聞の記事を本気にしろと言うの？」

「サムの依頼はそれを証明することだ」

「なんだって？」ピーターが訊く。「犯人ではないと証明しろって？」

「いや、犯人であると証明してもらいたがっている。犯人だった場合は、閉じ込めて次の犯行を阻止しろ、と」

ピーターは目を見開き、それからくすっと笑った。「『あいつは異常なのか？』と言いそうになった。いまだに、サムには驚かされる。でも、わかったよ。サムは閉じ込められたいんだ」

「どういうことだ？」

「刑務所はサムにとって悪いところではなかった。レスリーもぼくも〝サム・テイバーに自由を〟キャンペーンには決して賛成ではなかった」

「でも、運動に加わっていた」

レスリーは言った。「当たり前でしょ。ほかにどうすればよかったのよ」

「真面目な話」と、ピーター。「反対するのはもちろん、参加しなかっただけでもどう思われるか考えてみろ。嫉妬深い弟は天才にして異常者である兄貴が邪魔だから出所させたくない、と後ろ指をさされるに決まってるじゃないか。だいたい、生まれてこのかたサムの絵を見ているのに誰にも話さなかったという理由で、連中はぼくに腹を立てている。ぼくにそんな権利はないときた。権利がない！　じゃあ、サムの権利はどうなる？　サムは誰にも絵を見せたくなかった」

レスリーはピーターを睨んだ。「やめなさい。なによ、いまさら」わたしを見て言った。「殺された女の人たちについてサムはなにか話したの？　名前や、どこで出会ったとか」

「ふたりの名前は言ったが、新聞に出ていたし、そのほかのことはまったく知らなかった」

ピーターが言う。「犯人ではないからだ」

「サムは『ポスト』で事件を知って自首をした」

「自首を?」レスリーは両手を高々と上げた。「あのバカ!」

「事件を担当している刑事は、サムが注目を浴びたがっていると解釈した。詳細について尋ねたが、サムはまったく答えることができなかった。犯人が持ち去った戦利品がなにかも、知らなかった」

「戦利品?」と、レスリー。「なにそれ、戦利品って」

「被害者から奪うんだ。たまにそういう連続殺人犯がいる」

「まあ。なにを奪うの?」

「アクセサリー、衣服、ときには遺体の一部」

レスリーは青ざめた。

わたしは話を続けた。「この二件の戦利品がなんだったのか、刑事は教えてくれなかった。サムのように自首してくる人物をテストするために伏せている。彼女はサムのアパートメントも調べて――」

「待った」と、ピーターが片手を挙げて遮った。「令状は?」

「なかった。でも、サムが招き入れた」

「それって――たとえサムが言い出したとしても、違法じゃないのか?」

「もし、証拠として使えるものを発見したら問題になるだろうけど、なにも発見できなかった。だから、議論しても意味がない」

「いや、そんなことはない。サムはいつもこうした目に遭う。ぼうっとしているから、みんなにつけこまれる」ピーターは顔をつるりと撫でた。昨夜のサムと同じ仕草だ。ピーターはおそらく無意識にやり、サムはとくに意味はなくピーターの真似をしたのだろう。

レスリーは顔をこわばらせて言った。「さっき、ディーラーに明らかにしたと言ったわね。シェロン・コネツキに電話をして、自分が連続殺人犯だと話したの？」

「いや、そうではなくてコネツキがスタジオにいるところへ、刑事が訪れた」

わたしはグリマルディの登場と、サムがすべてをぶちまけたことを語った。

「まずいな」ピーターはそわそわと歩きまわった。「マイケル・サンガーもいたのか。彼が何者か、きみは知らないだろう」

「資産家のコレクターかな？」

「サンガーは元高校教師で、まとまった金を相続して賢明な投資を行った。大富豪となったいまは退職して、シェロンと一心同体だ。五十万ドル並びにケリー・ジェームズ・マーシャルの作品一点と引き換えに、ホイットニー美術館理事の座を手に入れた。サムを〝バイオレンスショウ〟に加わらせたのは、サンガーだよ」

「サムは、コネツキとトニー・オークハーストの力だと思っている」

ピーターは否定するというよりも、困惑して頭を振った。「サムは、あの世界では赤子も同然だ。コネツキたちに吹き込まれたに決まっている。まあ、シェロンの意見なら多少取り合ってもらえるだろうけど、オークハーストの場合は疑問だね。美術館の理事たちが一アーティストの意見に耳を傾けるものか。サンガーが展覧会の学芸員たちに根まわしをしたんだよ。最後にあとひとりアーティストを加えるなら、サムが完璧だって。困ったな。サンガーが連続殺人の与太話を本気にしたら、手痛い打撃を被る」

「その結果、サムが地下室にこもってひとりきりで絵を描く生活に戻るなら、それほど困ったことではないと思うが」

レスリーは夫を目で促した。ピーターが黙っていると、声を荒らげた。「ピーター！　全部、話しなさいよ」

「レスリー……」

「なんで隠しておく必要があるの！　サムひとりの問題ではないのよ」

ピーターはレスリーの険しい目を見て、ため息をついた。「サンガーはコレクションを展示する美術館を計画している。アップステートですでに土地を購入していて、サムに熱中している縁でうちの事務所に興味を持った」

ピーターは口をつぐんだ。レスリーは待ったが、ピーターは先を続けなかった。

「もうっ！　じれったいわね」レスリーはわたしに向き直った。「個人の美術館というのはね、建築家の究極の目標なのよ、スミス。サンガーの美術館は、わたしとピーターに世界的な名声を与えてくれる。やっとチャンスが巡ってきた。でも、サンガーは先端的なアートを見る目があっても、所詮は高校の元英語教師。連続殺人犯の弟や義妹と手を組む度胸は持ち合わせていない」レスリーが睨むと、ピーターは目を逸らした。

わたしは言った。「シェロン・コネツキがかなりのダメージ・コントロールをしていたけどね」

ピーターは頭を左右に振った。「ダメージ・コントロールもマインド・コントロールもシェロンの得意技だが、それだけでは不十分だ。まったく、もう！　サムはこういうふうに生まれついているんだ。これがほかの人なら、ひとりのときに刑事が来ただろう。あのふたりがいるときに来るなんて、不運としか言いようがない。サムは不運な星のもとに生まれたんだよ」デスクの電話が鳴った。「失礼」と、ピーターは受話器を取った。「うん。ええと、どうだろう」レスリーに訊く。「会議を始めていいかって」

「しっかりしてよ、ピーター！　アーシャが数字を出したか、訊いた？」

「あ、そうか」ピーターはレスリーの言葉を伝えた。「わかった。返事を待っている。頼んだよ」わたしに顔を戻す。「すまない。大きなプロジェクトの候補に挙がっていて、プレゼンの準備をしている最中でね。事情はわかった。あとでサンガーと話す。シェロンとも。彼女はサムをよく知っているから、理解してくれるさ。サンガーには、ホイットニーのオープニングを控えてサムがストレスを感じているためだと説明する。あーあ、きりがないな。とにかく、足を運んでくれて感謝する。サムが自分で払うと言ったにしても、請求書はこっちに送ってくれ」

「つまり、ぼくは用済みということか？」

「だって、実際そうだろう？　シェロンたちにばれてしまったんだ」

「サムは秘密を守るためではなく、自分が犯人なのかを知りたくて、調査を依頼してきた」

「きょうのところは。あしたは火星人の話になるさ」

「火星人は襲来していない。ふたりの女性が殺されたのは、現実の出来事だ」

「サム以外の誰かにね。なあ、スミス、今朝話したことを覚えているか？　お化け屋敷は、モンスターが作り物だからこそ、恐怖を楽しむことができる。本物のモンスターが逃げ出してそばに来たら、楽しいどころではない。この話が漏れたら、みんなあっという間にサムから逃げていく」

「マイケル・サンガーも、あっという間にきみたちから逃げていく」

「そのとおり。間違いなく。心配でたまらないよ。いけないいか？」

「ぼくは、きみではなくサムの心配事を解決するために雇われた。サムが実際にいた場所を突き止め、どちらの事件もサムの犯行ではあり得ないと証明できるなにかを見つけたい」

「見つからなかったら？」レスリーは納得しなかった。「ほんのわずかでも疑いが残っていたら、悲惨なことになるのよ。サムはエイミー・エバンズを殺した——そりゃあ、薬物を盛られたのだから、ある意味では被害者でもある。でも連続殺人犯、殺人鬼となったら、話は別よ。被害者の権利！　Ｍｅ　ｔｏｏ！　そもそも、サムの作品を展示するべきではないと考えている人は大勢いる。若い女性を殺した犯人が利益を得るのは——」

「ぼくだって新聞は読む」

ピーターは言った。「だったらなぜ、調査を続ける」

「サムは自分がふたりの女性を殺したと信じ、犯行を繰り返すことを恐れている」

「では、こう証言したらやめるか？」ピーターは腕を組んだ。「二件の事件が起きた夜はどっちも、サムはひと晩じゅう家にいた。断じて間違いない」

「最初に訊いたときにそう答えていれば、やめたかもしれない。いまとなっては無理だ」

「そこだよ、指摘したいのは！　いくら可能性が低くても関係ない。もしかしたら、と疑念が生じているんだろう？　世間の人も同じだ。そして、サムのキャリアはおしまいになる」

「無実であると知ることと、キャリアのどっちを選ぶかとなったら、サムの選択は明らかだ」

「サムは正しい選択をしたためしがない。きみだって、これが妄想だと承知している。放っておけば収まるさ。そのうちまた違う妄想に夢中になるに決まっている」

「昨夜、サムはこれまでに見たことがないほど惨めな状態だった」

「きみはサムと一緒に育っていないからだよ」

わたしはピーターをしげしげと見た。「ゆうべサムは、昔からずっといまみたいな絵を描いていると教えてくれた。子供のころ、きみはサムの作品をどう感じた？」

「作品だって？　あれは変人の兄貴の変てこりんないたずら描きだ。〝作品〟なんてご大層なものではない。両親はサムの絵を壁に貼ることを禁じた。たとえ自分の部屋でも。ぼくはマッチ棒みたいな人間や花を描いたな。幼稚園の先生が、親は子供の描いた絵を喜ぶと言ったから。サムと一緒に育ったので、それを聞いたときはびっくりしたが、両親はぼくのそうした絵を冷蔵庫に貼っていた」

「サムはひがまなかったのか？」

「花でも描きなよ、とサムに言ったんだ。ぼくだって、マッチ棒みたいな人間や花なんか描きたくなかった。なにが描いてあるのか誰にもわからない絵を描くのが、好きだった。一度、この絵は五頭のラクダが一列に並んでいるところだ、と母に説明したことがある。母は上手に描けたと誉めてくれて、冷蔵庫に貼った。実際は、雪嵐のなかにふたりの人間と犬がいる絵だった。たまに花でも描いておけばいいんだよと勧めても、サムは頑として描かなかった。ノートやスケッチブックは、いまと同じような絵でいっぱいだった。サムはあれしか描いたことがない」

「前に調査をしたときは、絵を描くとはまったく知らなかった」

「当たり前だ。あんなものが誰かの目に留まっていたら、司法取引は不可能だった。暴力への傾倒を示す証拠とされ、一生刑務所で過ごすことになっていた」

「刑務所はサムにとって悪いところではなかったのでは？」

「当時はそれを知らなかった」

「では、暴力への傾倒は――なかった？」

「学校の休み時間にほかの生徒が喧嘩を始めると、サムは一目散に逃げていった。自分の影にも怯えるタイプだよ」

「若い女を残虐に殺したのは事実だ」

「薬物の影響だ！」

「サムは酒飲みだ。アルコールは薬物同様に勇気を与える」

「あれは勇気ではなく、精神疾患だった。それに、アルコールはサムの身体機能を衰えさせる。本人は高機能性と思い込んでいるが、典型的な依存症だよ。ろれつがまわらなくなるし、足がもつれる。あのとき、薬物ではなく酒だけ飲んでいたなら、エイミー・エバンズはいまも生きていた。スミス、ぼくは――」携帯電話が鳴って、ピーターは慌てて取り出した。「ああ、そうか、わかった。いま行く」

「悪いけどこの件から降りるつもりはない、ピーター」電話を切ったピーターに言った。「きみは、サムの転覆を防いでくれと頼んだ。サムは転覆しまいとして、ぼくにしがみついている。浮いているためには、ぼくが調査をしていることを知っている必要がある」

ピーターは両手をポケットに滑り込ませた。「では、こうしよう。調べているふりをするんだ。きみがまだ関わっていると聞けば、満足する。そうだ――」顔を輝かせた。「アリバイを見つけたことにすればいい。そしてサムには――」

「サムは、ぼくが嘘をつかないから調査を依頼した」

「くだらない！　現実と地面の穴の区別もつかない人間についた嘘など、意味を持たない」

「そうかな」わたしは言った。「とにかく、意味を持とうが持つまいが、嘘はつきたくない」

10

しばらく睨み合ったあと、ピーターはオフィスを出てつかつかと歩み去り、わたしは唇を引き結んだレスリーと残された。

「さあ」彼女はぶっきらぼうに言った。「出口まで送るわ」受付の前を通ってガラスドアを開け、足早に通路を歩いて角を曲がり、オフィスからは死角になったエレベーターホールに来てようやく足を止めた。「ひとつ、はっきりさせておく。これ以上サムに迷惑をかけられるのは、ごめんよ」

「どういう意味かな?」

「とぼけないで。ピーターはサムにようやくチャンスが巡ってきたと喜んでいるけれど、それはわたしたちも同じなのよ。ピーターはサムがぼうっとしていると言ったけれど、自分だってそう。学生時代に出会ったときから、ぼうっとしていて忘れっぽい。天才だけど、両手を使っても自分の尻を見つけられない間抜け。でも、わたしは彼の秘めた才能を見抜いた。同時に、自分が決して本物のアーティストになれないことも見抜いていた。でも、一緒にやれば――」レスリーは指を絡め合わせた。「ピーターはわたしがいないと、すてきな下絵を描き散らすだけで、実現させることなく終わってしまう。そういう建築家が多いのよ。理論ばかりの頭でっかち。論文を書いたり教鞭を執ったりするだけで実際の建築はしない。そんなの、まっぴら。わたしは本物のビルディングを建てたくて、この仕事を選んだ。重要な建物を作るために。でも、わたしの建物がそれになることはないと、学生のときに悟った。別にかまわなかった。わたしにはピーターのアイデアを実現する才がある。わたしがいなければピーターはアイデアを実現できない。わたしはすてきな下絵を実際の建物にすることができる。だから、ピーターを選んだ。でも、そうはうまくいかなかった。これまでは」

「サムがチャンスを台無しにしそうで、心配なんだね」

「ピーターと知り合ったころ、サムのことは変人のお兄さんとしか思っていなかった。サムは食堂で働いていた。絵を描くなんて、誰も教えてくれなかった。必要な面倒は、両親が見ていた。ふたりが亡くなると、ピーターはバカみたいにお守り役を買って出た。するとクリスマスに会うだけだった気味の悪い変態は、とんでもない重荷になった。次から次に問題を起こしてくれたわ。何度チャンスを失ったことか、長いリストを見せてあげたいくらい。サムにはあれが必要だ、これが必要だ、新しい治療法がある……問題がないときでも、サムはピーターの心に重くのしかかっていた。空高く飛んでいく代わりに、地面から数インチのところで二、三回弾んで空気が抜けてしまった風船を見たことがある？」

　メロドラマ風の皮肉な言葉だが、本音であることは間違いなかった。

「別れるつもりだったのよ」レスリーはつけ加えた。「感じのいい小さな事務所で、すてきな仕事を少々するだけなんだもの。どん詰まりだった。うんざりしていた」

「夫婦仲がうまくいっていないことは、サムに聞いた」

「あら、サムは気がついていたのね」悪意のこもった声だった。「変なの、ピーターは気づいていなかった。わたしに隠れて女漁《あさ》りをするのに忙しくて」

びっくりしているわたしに、レスリーは言った。「誤解しないで。わたしはなんとも思っていない。そのために結婚したんじゃないもの」

「ふうん」

レスリーは唇をゆがめて、オフィスのドアを示した。「ピーターは、現実を超越したお人よしの天才として、あそこで日中を過ごす。夜は……彼は別のもの、ぬくもりも柔らかさもないものを求める。その相手をしようとは思わない」

「わかった」

「ほんとうに? ピーターには、なにも知らないふりをしているの。お互い怒ったり、後悔したりして見せるのにエネルギーを使うのは無駄だから。ピーターがどこでどんな女とセックスしようが、どうでもいいのよ」

「でも、別れるつもりだった」

「そうよ! ろくな仕事ができなかったから。平凡で、二流だった。細部まで美しく設計された建物が完成したところで――これはわたしの力――凡庸な建物ばかり。もうやめようと、決心した。そこへ、サムが逮捕された。あのごたごたの最中に出ていくわけにはいかなかった。そんなことをすれば冷酷非情な女と後ろ指をさされて、どこにも雇ってもらえない。ところが、変化が起きた。サムが収監されたとたん、ピーターの仕事ぶりが変わったのよ。まるで、再び空気を入れられたみたいだった。それを感じない？」レスリーはガラス壁の反対側にあるバックライトつきの写真を示し、わたしの返事を待たずに続けた。「サムのことを心配しないですむようになって、ピーターはまったく新しい境地を切り開いた。評論家や依頼人、それにマイケル・サンガーも気づいた。サムに台無しにされるわけにはいかないのよ」

「サムはピーターに迷惑をかけるつもりはない」

「だから？ サムは一日を過ごすのに精いっぱいで、自分の行動がほかの人に与える影響を考える余裕なんかない。ピーターはいま出ている会議で、きっと失態をさらす。サムがまた、いきなり面倒を起こしたせいよ。あの散らかったオフィスを見たでしょう？ サムが出所して以来、二週間に一度は大掃除をしなければならない。家もそう。ピーターが落ち着きを失っているせいよ」レスリーは息を吐いた。「ピーターが仕事に集中することができれば、この事務所は最高の建築を世に送り出すことができる。集中していなければ、最悪な建築が生まれる」レスリーはわたしの目をじっと見つめた。「そんなことは絶対に許さない」

「だから？」

「サムは友人であるあなたを信頼している。サムがバカな真似をしないようにコントロールして」

「それは仕事の範囲外だ」

「誰かがやらなければならないのよ」レスリーはくるりと向きを変えてオフィスのドアを入り、

ミーティングへ向かった。

わたしは腕時計で時間を確認して、西三九丁目へ戻った。きょうは大勢の人の不興を買った。アイク・キャバノー、エリッサ・クロムリー、シェロン・コネツキ、いまはピーターとレスリー。こうなると、トニー・オークハーストとの面会をあしたに延ばして、星まわりが変わるのを待ちたくなってくる。

だが、わたしは星まわりを信じていない。


トニー・オークハースト所有の建物のドアベルに応じたのは、黒のTシャツ、ダメージジーンズ、それに倦怠感をまとった、青白い顔にいくつもピアスをつけた若い女性だった。

「ビル・スミスです」わたしは名刺を渡した。

「電話の人？」だるそうに言って、内側のドアを開けた。「入ってかまわないわよ」ボスはこんな場違いな男になんで会うのかと、訝っているらしい。

自然光がふんだんに降り注ぐ広々した部屋の奥の作業用テーブルで、ふたりの男が写真を選んでいた。雑誌の表紙や展覧会で見たことがあったので、どちらがトニー・オークハーストか迷うまでもなかった。長身で、日に焼けた皺深い顔、もじゃもじゃした黒髪、色褪せて擦り切れたジーンズ、白のTシャツ。もうひとりは見たことのない男で、オークハーストよりも背が低く、色白で髪が薄い。その残り少ない白髪交じりの髪をうしろでひとつに結んでいた。黒のオープンシャツ、きっちり折り目のついた黒のズボン、ぴかぴかに磨いた黒のウィングチップ。

助手は急ぐふうもなくオークハーストの横に行って話しかけた。ふたりとも顔を上げて、わたしに目を留めた。「ちょっと待ってくれ」オークハーストが声をかけてくる。「遠慮はいらない。なにかほしかったら、アマラに頼むといい」

うわの空で手をひと振りして、テーブルに目を戻す。もうひとりの男はちらっと好奇の目を向けたのち、テーブルに視線を落とした。助手は――長年の探偵経験がなくてもアマラという名であることはわかる――コンピューターの前に戻った。

わたしは室内を見てまわった。漆喰仕上げのレンガ壁が、天窓を通した光を受けて柔らかく光っていた。リディアの兄のひとりアンドリューが商業カメラマンなので、照明器具や光の反射または吸収用の紙と布地、傘、三脚、カメラ用支柱などには馴染みがある。ワークベンチに多数のレンズ、カメラ、フィルター。作業用テーブル二台の上には、インデックスプリント、テストプリント、種々雑多な書類。頭上に張られたワイヤーで、現像済みの写真が洗濯物のように揺れていた。カーペットが敷かれた一隅に、背もたれのまっすぐな革製ベンチ二台がガラスの立方体形コーヒーテーブルを挟んで向き合っている。カーペットは、さまざまな展覧会で何度も見たことのあるファイグ・アフメッドの作品で、実際に床に敷かれているところを見たのは初めてだ。

大きく引き伸ばしたオークハーストの有名な作品数点が、ベンチのうしろの壁を覆っていた。オークハーストはフォトジャーナリストと自称していて――「おれは目に見えるものを写す」――アーティスト、ミュージシャン、俳優や作家から警官、店員などの名も知れぬ人々を写した作品は初期のころから、ギャラリーや美術館に展示されてきた。ホイットニー美術館の〝バイオレンスショウ〟には三点が、彼の提案でサムの作品と同じ壁に展示される。

壁の写真を眺めた。やつれてすさんだ風貌のミック・ジャガーは、悪魔に魂を売り渡したことをまったく後悔していないのか、満足げだ。最近出版された雑誌の見開きページに載ったカーディ・Bは他人の魂を悪魔に売り渡すところらしい。〝リックとローレル〟と題された一枚は、リックとローレルのものだけではあり得ない数の腕と足が画面を埋めていた。恐怖の表情を浮かべた新生児——三度のうち二度目の結婚で得たオークハースト自身の子——は、生まれてきたのは大失敗だったと悟ったばかりのようだった。

コーヒーテーブルに置いてあったオークハーストの作品集をぱらぱらめくっているうちに、オークハーストと客の話が終わった。オークハーストは握手を交わして、客とともにこちらへやってきた。わたしは腰を上げた。

オークハーストはトレードマークの無精ひげを生やした顔に、これもトレードマークの薄ら笑いを浮かべていた。「スミスだっけ？　ようこそ」左耳のダイヤモンドピアスがきらりと光った。トルコ石をあしらった銀のブレスレットを鳴らして、手を差し出す。いささか必要以上に力のこもった握手だった。見える範囲の肌——両手首からTシャツの袖口までと首まわりにびっしりタトゥーが施されていた。わたしの左腕に施されたたった一匹のヘビのタトゥーがすでに緑色でなければ、羨望で緑色になったことだろう。

「あと少し、待ってくれ」オークハーストは言った。「フランクリンに挨拶をするから」

フランクリンが何者であるにしろ、闘志満々の笑顔を向けられて思わず握手を求めた。

「ビル・スミスです」

「わたしはフランクリン・モンロー。アートがお好きかな」モンローは柔らかな手を預けるようにして握手をした。まるで、死んだサカナを握ったみたいだった。

「ええ、とても」

「なるほど。トニーの作品は——なんと言うか、じつにユニークですな」

「同感だ」

「蒐集しているんですか？」

わたしは肩をすくめた。

オークハーストは笑った。「心配するなって、フランクリン。さあ、行こう」フランクリンを出入口へ導いて内側のドアを開けて出ていく。ほどなくして含み笑いをしながら戻ってきた。

「気の毒なフランクリン。アート好きのふりをしたのは、うまい手だ」

「ほんとうに好きなんです」

「フランクリンが、特別版を取られるんじゃないかと心配していたよ」

「あまり数がないんですか？」

「うん……非常に特別な版なのでね」オークハーストはわたしを見つめた。「今度、見せてもいい。きみが本気なら」

個人が蒐集するのみで、〈レムリア〉にも展示されないオークハーストの特別版についてのアート界の噂は、何年も前から聞いていた。先ほど見ていた作品集やその他の彼の書籍、個展で見る作品よりも陰惨らしい。サムの話が信頼に足りるなら、オークハーストとコネツキの口論の原因でもある。わたしが特別版に興味を持っているとオークハーストは思ったようだが、喜んでいいものか疑問だ。

オークハーストはにやにやしながらベンチに腰を下ろした。「初対面の人にふだんこんなことは言わないが、きみには借りがある。きみがうまいきっかけを作ってくれたから、ついフランクリンをからかいたくなってね。それで、きみの目当ても同じものだとフランクリンに思わせた。そうしたら、即座にその場で契約したよ。高値で」

「それはよかった」

「だから、お望みなら見せる。だが、きょうはアートの話をするために来たのではないだろう。警官なんだって？　サム・テイバーのことか？」

「警官ではなく、探偵です。サムに依頼された」わたしも腰を下ろした。

「サムに？」

「調査を頼まれたんです」

「ふうん、そうか。わかった。単刀直入にいこう。サムは、自分が女をふたり殺したと思っている」

「まいったな。サムはそこらじゅうに触れまわっているんだ」

「おいおい、おれはサムの友人だ」

「そうかもしれないが、サムはついさっきシェロン・コネツキ、マイケル・サンガーにも話した。ＮＹＰＤにも」

「ええっ、マジで？　それを見逃したとはなあ！」オークハーストは頭をのけぞらせて大笑いした。「シェロンは口から角氷を噴いたんじゃないか？　で、きみはサムの友人か？　それとも敵か？」

「長年の知人ですよ」

「答えになっていない」

「依頼人と探偵の関係と言えば満足かな」

「まあ、いいか。なにか飲むか？　スコッチ？」

「できれば、バーボンを」

オークハーストはキャビネットに手を伸ばして壜とグラスを取り出した。オーファン・バレル・リザーブ。スコッチ好きなのに高級バーボンを用意してある。「氷は？」

「さっきのシェロンの話のあとでは、ちょっと」

オークハーストはにやりとしてグラスにバーボンを注いで寄越した。

「ありがとう」わたしは言った。「あなたは州刑務所に面会に行った人たちのひとりだった。そうですね？」

「あいつの絵が『アート・ナウ』に初めて掲載された瞬間に、持っているなとピンと来たのでね」

「なにを？」

オークハーストはバーボンをすすった。「天賦の才」

「アート界は同意するでしょうが、サムはどうかな」

「同意しないだろうな。だが、おれが話しているのは、あいつらみたいなたわ言ではない。テクニック、小から大へ移行する巧妙なトリック、シェルピクチャーにシードピクチャー。はい、はい、お説ごもっとも。サムは最高だ。おれが言っているのは、もともとの意味での〝天賦の才〟だ。なんだかわかるか？」

これはゲームなのだろうか。よし、受けて立つか。「内に潜み、その人を駆り立てるもの」

オークハーストは微笑んでグラスを掲げた。「で、サムを駆り立てるのは、おれたちみんなを駆り立てるものとは違う」グラスを持った手で円を描いて、壁の写真を示した。「いいかい。これはカメの甲羅を剥がしたときに見えるものだ。きみは甲羅の中身を見ている。中身の大部分は〝苦痛〟だ。それが真実というものなんだよ。おれには〝苦痛〟が見える。たいていの人は見ようとしない。いや、見たがらない。だから、おれはそれを記録することができる」言葉を切って、自身の作品を眺めた。わたしは〝特別版〟のことが再び気になった。それにレスリー・テイバーがオークハーストをシデムシに喩えたことも。「だが、サムは〝苦痛〟を創り出す。あいつは意識していないが、そんなことは関係ない。描かずにはいられないんだ。やるべきことをやっているだけなのさ。ほかの人間との違いは、サムは生まれたときから甲羅を持っていない点だ」

オークハーストは突然、腹を抱えて大笑いした。「素っ裸のカメってわけだ。なんてこった！　きみはサムの偉大さについて尋ねたのに、素っ裸のカメとはね。この秀逸な見解をシェロンに話してやらなくちゃ。今度サムの紹介文を書くときに使える」

サムの偉大さについて尋ねた覚えはないが、聞き流した。「サムが原因でシェロンと口論したと、サムに聞きましたが」

「おれが？」オークハーストは間を置いた。「ああ、あれか。サムがトイレに閉じこもって出てこなかったときか。しょうがないな、サムのやつ。あれはサムが原因じゃないよ。シェロンに展示してもらいたい作品があったが、一線を越えていると言って断られたんだ。フランクリンが好む、例の特別版だ」ドアのほうへ顎をしゃくる。「ほかにいくつもそうした作品がある。買い手がないわけではないが、大勢の人に見てもらいたくてね。おれのご大層なブランドに傷がつくとシェロンは言うが、実際は自分の評判に傷がつくのが怖いのさ。だから、サム・ティバーの絵を展示しておいて趣味がいいもクソもないだろうと指摘してやった。ちなみに、サムの絵は趣味のいいアートの宿敵だ」バーボンを呷《あお》るように飲んだ。「話を戻そう。自分が連続殺人犯だとシェロンたちに話したんだって？」

「ええ、今朝スタジオで」

「警官にも？　警察がスタジオに来ていたのか？」

「たまたまですが。でも、サムはすでに自首を試みていた」

オークハーストは目を丸くした。「なんてこった！」

わたしは肩をすくめた。

「あきれたもんだ」オークハーストは道路を挟んだ元倉庫へ向かってグラスを掲げた。「サム、この阿呆め」

「サムとよく飲みにいくそうですね。ふたりの女性が殺された夜のどちらかでも、サムと一緒にいましたか」

「そうか。それでここに来たのか」オークハーストは首を横に振った。「いや、いなかった。残念だ」

「なぜ、残念なんです？　一緒にいれば違う結果になっていたとでも？」

「アリバイを提供できなくて残念だ、という意味だ」

「そういう意味には取れなかった。内心ではサムを疑っているんじゃないですか」

オークハーストはグラスを空《から》にした。新生児の写真をいったん見上げ、わたしに視線を戻した。「おれの考えはこうだ。人は素っ裸のカメになるときがある。気にかけてやる価値があるのはそうしたときだけ、そうした人だけだ」

11

自宅に戻る途中、電話が鳴った。

「もしもし？　こちら、グリマルディ」

「やあ、刑事。いつでも大歓迎だ」

「どの警官にもそう言うんでしょ。どうやら、あんたが正しかったみたい」

「そいつは上出来だ。正しいって、なにが？」

「もう一件、あったみたい」

思わず足を止めた。通行の邪魔にならないよう、建物の戸口に入って訊いた。「もう一件とは？」答えはわかっていたが、グリマルディの口から直接聞きたかった。

「女性、ブロンド、刺殺」グリマルディは無駄口を叩かない。

「同じナイフ？　同じ戦利品？」

「それはまだ不明。詳細を問い合わせているところ。その結果が出るまでは、あんたが正しいと断定はできない」

「いつだった？」

「テイバーが出所する二週間前」

「前？」

「そう。調べる範囲を広げたのよ。もしかしたらサムを容疑者から除外できるかもしれないと思って」

「名案だったね」

「あら、どうも」グリマルディは淡々と言った。「でも、最初からサムを疑っていなかったから、状況は変わらない。約束したから、知らせたのよ」

「感謝する。なんで、この事件がもっと早く浮上しなかったんだろう？」

「調べる範囲を広げたって、さっき話したでしょう。日時と場所の両方で。この殺しが起きたのは、なんとホーボーケンだった」


リディアと会うためにチャイナタウンを目指して東へ歩いているうちに、春の宵は冷え込んできた。ホイットニー美術館へ行く前にきょう一日について情報交換しておきたく、リディアのアパートの前で落ち合う約束をした。これならリディアがハイヒールで長距離を歩かずにすみ、わたしが彼女の母親と出くわす可能性も低くなる。作戦は、彼女にとっては成功、わたしにとっては不成功だった。

アパートの玄関前に立っているリディアは、黒のノースリーブドレス、シルバーのイヤリング、つややかな黒と赤の大判のシルクスカーフという装いだった。わたしに向かって手を振った。その横で網状の買い物袋を持った彼女の母親が、誰に手を振ったのだろう、と振り返る。

とたんに、渋い顔をした。わたしはミセス・チンの前に行って、笑顔で挨拶した。「ネイ・ホー、チン・タイタイ」

「あら、こんにちは」ミセス・チンはつぶやいた。リディアに話しかけてわたしを上から下まで眺めまわし、再びリディアに話しかけて歩み去る。

「お母さんはなんだって?」

「あなたは驚くほどきちんとした格好をしているけれど、お葬式に行くなら、わたしは家に戻って着替える必要がある」

「その前にもなにか言っただろう?」

「知らぬが花よ」

リディアはそこから一ブロック離れたバーでクラブソーダを飲みながら、わたしの一日に審判を下した。「不愉快な人たちね」

「サンガーとグリマルディも?」

「グリマルディは合格。サンガーはお金がありすぎる」

「きみは金持ちに偏見を持っている。で、どんな一日だった?」

「ぜんぜん、だめ。サムの写真を持って歩きまわったのよ。みんな首を横に振るばかり。アニカが最後に目撃されたクラブでは、バーテンダーのひとりでマラキ・マッカーティーという――」

「それが本名?」

「ビル・スミスがそれを言う？」

「ごもっとも！　続きを頼む」

「彼が言ったのは大筋でこんな感じ。『知らない、いや知ってるかも、なんとも言えないなあ』

アニカと偶然会った、友人のキンバリー・パイクもそう」

「彼女がアニカと会ったのも、そのクラブ？」

リディアはうなずいた。「バーテンダーもキンバリーも、黒っぽい髪の白人が何人かの女客に声をかけていた覚えがあると話していた。写真の男かどうかは、はっきりしない。事件当夜かもしれないし、ほかの日かもしれない。アニカを口説いたかもしれないし、そうでなかったかもしれない。キンバリーも言っていたけれど、バーでのそうした行為は記憶に残らない。珍しくないもの」

「まさか」

「ビル・スミスがそれを言う？」

「あんまりだ」

「とにかく、キンバリーは早々にボーイフレンドと一緒に店を出たし、バーテンダーは接客に追われていたから、ふたりとも確実なことはわからない。ティファニーの両親、それにアニカの姉に連絡を取って写真をメールしたけど、これも空振り。要するに、なにも証明できなかった」

「悪いニュースがなかったのだから、よしとすべきかもしれないな」わたしはビールを飲み干した。「そろそろ行こうか？　ところで、ものすごくきれいだ」

「やっと気がついたのね」

「見たとたんに気がついた。ただ、仕事の話を先にすませないときみが誉め言葉に酔って集中できないだろう？」

リディアは舌を突き出し——文句は言えない——、わたしたちは連れ立って店を出た。わたしはリディアのハイヒールとドレスを慮《おもんぱか》って、タクシーを拾った。

七時になるかならないかの時刻だったが、ホイットニー美術館周辺の道路は、ＶＩＰを降ろすリムジンとＵｂｅｒで混雑していた。「最近は遅めより早めが粋なのよ」と、リディアが教えてくれた。

「知らなかった。きみがいてくれてよかった」

「いまに限ったことじゃないでしょ」リディアは言って、キスをした。

一二丁目でタクシーを降りて、運転手を渋滞から解放してやった。美術館に近づくにつれ、シュプレヒコールと怒声が聞こえてきた。

「デモかしら？」リディアはわたしを見た。

「ピーター・テイバーが、もしかしたらと言っていた。〝アートの良心〟と称しているグループだって」

ガンズヴォートに入って進んでいくと、反対側の歩道のＮＹＰＤが設置したバリケードのうしろにデモ隊が集結していた。百五十人ほどが——美術館への抗議活動としては多い——、

『バイオレンス≠アート　暴力礼賛は暴力を招く』『金より人命』のプラカードを掲げ、それとほぼ同じかもっと手厳しい言葉を叫んでいた。サムを標的にしたプラカードも散見され、『四階　殺人者たちの棟』と大書したシーツらしき布を掲げている三人もいる。

「ほかにも殺人者が出品しているの？」リディアが訊く。

わたしは肩をすくめた。「アートの批判は誇張が定石だ」

警察が張ったロープのあいだを進み、入口への階段を上るあいだ、「屈服するな！　入場するな！」とシュプレヒコールを浴びせられ、リディアの背に手を当てて守りたくなったが、むろんそんなことは許されない。

「デモ隊の主張には一理あると思わない？」リディアは言った。

「展覧会が暴力を礼賛しているならね。実際はどうなんだろう」

「自分がなにを話しているかわかるまで判断を控えろということ？」

「どう答えても苦しい立場に追い込まれる予感がする。あ、これはどうだ。きみはいつ、自分がなにを話しているかわからなかった？」

「おみごと」

ロビーに入って、チェリーレッドの口紅をつけたマホガニー色の肌の若い女性に名前を告げた。彼女は無表情な顔でリストを追い、名前を見つけて笑顔になった。微妙な立場なのだろう。わたしたちがＶＩＰであれば丁重に扱い、パーティーへの闖入者であれば排除を要請する必要がある。あしたの昼と夜は格の違うメンバーを招いて白ワインとチーズでもてなす内覧会、そのあと一般公開となる。今夜は寄贈者、理事、アート界の大立者を始め、重視しておけばいずれ美術館に利益をもたらす人物なども招いて豪華なオードブルとシャンペンが供される。黒のエプロンをつけた男女がシャンペンやキャビアを載せたトレーを掲げてロビーや開放されたギフトショップ、レストランを行き来し、ハドソン川を望む窓辺には本格的なバーが設けられていた。

お偉方とともにエレベーターに詰め込まれて、リディアと四階へ行った。ドアが開くと同時に、話し声と音楽――ジャズトリオだったが、バイオレンスを声高に語り合う人々は見向きもしない――が、人造大理石の床を打つ靴音を交えて押し寄せてきた。

パーティーの参加者は、展示された作品に負けず劣らず一見の価値があった。スパで磨き上げた体に黒を、あるいは白を、あるいは黒と白を、稀には極彩色をまとった人々がマニキュアを施した手を振り立てて会話に興じ、絵やインスタレーションに見惚れてたたずむ。マイケル・サンガーが、いかにもＶＩＰといった態の恰幅のよい黒人と熱心に話し込んでいる。ふたりともホイットニー美術館の理事であることを示す、上品なリボンバッジを襟につけていた。

仮設の壁で仕切られて迷路のように入り組んだ展示場をリディアと進んだ。都会の灰色の光景を彫った何枚ものガラス板の裏で、ビデオ動画がチカチカ瞬いていた。切っ先を下にして天井から細い鎖で吊った刀、三日月刀、槍が頭上で揺れ、ブクブクと泡立つ深紅の池の中央で得体の知れないものが頭をもたげる。煙草、銃弾、ドル札を詰めた小さな額を一面に掛けた壁。その裏にまわると人だかりができていて、トニー・オークハーストの大作三点に無言で見入っていた。いずれも被写体は同じで、血を流しているあざだらけの黒人男性を横、斜め横、正面から撮っていた。リディアはわたしからアーティストの名前を聞くと、よく見るために前に出た。

実物の八倍大の無残に痛めつけられた男の顔を子細に観察していると、左腕をつかまれた。振り返ると、半白の髪をうしろで束ねたフランクリン・モンローだった。タキシードに黒のスタッドボタンの白シャツを合わせているが、シャツの襟元を開け、袖を折り返して着崩し、黒のベルベットリボンで髪を束ねていた。

「たしか、スミスだったね？」わたしがうなずくと、なれなれしい微笑を浮かべた。写真のほうへ頭をうなずかせて言った。「迫力があるね、トニーは。常に迫力がある」

これに関しては議論の余地がない。「ええ」

モンローは声を潜めて――この騒音では意味がない――耳元でささやいた。「最新作をどう思った？」

オークハーストがこの男をからかいたくなったのが、よくわかった。秘密結社を気取って得得としているさまは、穴をあけてくださいと頼んでいる風船みたいなものだ。だから、オークハーストの言いなりに高値を払う羽目になるのだ。勝手に秘密結社の一員にされて、いい迷惑だ。

「いまひとつだったな」わたしは言った。「あなたは？」

「冗談だろう？　あれはオークハーストの最高傑作だ。限界への挑戦だ！　あれが気に入らなかったのか?」

「いや、そういうわけではないが——あの類《たぐい》をどう受け取ればいいのか、判断がつかなくて」

〝あの類〟とはなにか、知る由もない。

モンローはますます得々として、微笑を大きくした。「わたしは見てすぐ、シリーズ全部を手に入れようと決心した」

決心したのは、わたしも興味を持っているとオークハーストに煽られたあとだ。そう思ったが口には出さなかった。

「コレクター仲間に出会うのはうれしいね。とくに特別版のコレクターに」モンローは首を巡らせて人だかりを示し、わたしたちが無知な民衆のただなかにいると匂わせた。「よかったら電話をくれたまえ」ポケットからオストリッチの華奢な財布を出して、名刺を寄越した。「コレクションをお見せしよう。むろん、トニーの作品だが、ほかにもきみの気に入りそうなものがある」

「それはどうも」わたしは名刺を受け取った。秘密結社式の握手をすべきかと迷っているうちに、モンローは小さく微笑んで人だかりのなかに消えていった。

リディアが戻ってきた。「いま話していたキザな男は誰?」

「オークハーストのコレクターで、コネツキが展示を断った、一線を越えた品を購入した。コレクションを見にくるよう誘われた」

「もしかして、ウィンクした?」

「まさか。とんでもない」

写真の前の人だかりから離れた。同じ壁のもういっぽうの端にも人だかりができていたが、こちらは無言ではなかった。ひそひそと言葉を交わし、額に入れずにじかに壁に留めた三枚のキャンバスのほうへ相手をそっと押しやっている。誰もがよく見ようと覗き込んでは、嚙みつかれたかのように顔を離した。

「ここみたいね」リディアは言った。

「見ておいで。紹介する前に」

リディアは人混みを縫って、サムの絵の一枚に近づいた。草の生い茂った野原に建つ屋根の崩れかかった納屋が描かれ、ところどころペンキの剝がれた赤い壁を夕暮れの光がのどかに照らしていた。リディアは立ち止まって全体を眺め、一歩前に出て覗き込んだ。少しして静かに体を起こして、わたしのところへ戻った。

「びっくり。なんなの、あれ」と、ささやいた。「サムは異常よ」

「だから、言っただろう。さあ、こっちだ」

壁を背にして握手を求めるファンに囲まれているサムは、サメに囲まれた島で満ちてくる潮を眺めている男を連想させた。少なくとも直立できる程度に素面《しらふ》で、ズボンも穿《は》いているし、上着と白のワイシャツ、ネクタイまでつけている。ネクタイはブルー地にワニの模様が散っていた。これがほかの人なら、ラコステのファンだと思うところだ。サムはおそらくワニのファンなのだろう。

ピーターが横に立ってライフガード役を務め、反対側にはエリッサ・クロムリーがいた。ピーターがサムの小さな島を訪れる人を迎えて紹介すると、サムは機械的に握手した。クロムリーはかなたの海賊船でも探しているのか、険しい目で人混みを監視している。白Tシャツ、黒のジーンズのトニー・オークハーストはさしずめシャチといったところか。シャッターを切っては人混みのそこここを突破して突き進む。黒のシルクパンツ、タキシードジャケットをきりっと着こなしたレスリー・テイバー。ピーターの後方に立った姿は、沖に錨を下ろした上陸用舟艇だ。

もっと沖にはアイク・キャバノーが停泊している。よれよれのグレーのスーツを着た彼は、会場の隅に陣取って、なにか騒動が起きるのを待つというよりは望んでいるかのように、サムとそのファンを渋い顔で見つめていた。リディアに彼がいることを教えた。

リディアはキャバノーをしげしげと眺めた。「世間一般の警官に対する評価を上げる役には立っていないわね」

「おい、おい！」「並んでいるのよ」のコーラスを無視して、人混みを掻き分けてサムのほうへ向かった。サムが気づいて、救助艇が来たとばかりに顔を輝かせる。

「スミス！　ここから連れ出してくれ」

「だめだよ、スミス」ピーターが低い声できっぱり言った。「サムと一緒にいて、落ち着かせてくれ。だが、ここから出すな」

わたしはサムの真正面に行って、ファンの視線を遮った。リディアが察しよく隣に立った。

うまいこと壁ができたが、長くは続かないだろう。リディアをサム、ピーター、レスリー、それにクロムリーに紹介した。サムはそれまでと同じ機械的な握手、ピーターは両手で彼女の手を握って、よく来てくれたと礼を言った。レスリーは素っ気なく、おざなりな握手。クロムリーは眉間に皺を寄せて、闘いの前に敵と交わすみたいに一度だけ手を上下させた。リディアはその都度微笑み、挨拶を終えると値踏みする目で相手を見た。ピーターの目もリディアを値踏みし、レスリーはそれに気づいた。

サムがこちらを向く。「なあ、スミス。もう、うんざりだ。帰ってもいいだろう?」

「まだだ」わたしは言った。「あと少しの辛抱だ」

トニー・オークハーストがにやにや笑いながら、人混みからぬっと現れた。わたしを写し、リディアには少し長くカメラを向けていたのち、再び人混みに消えた。

「なら、一杯飲ませてくれよ」サムは言った。

ピーターが首を横に振る。

「だめだ」わたしは言った。「あとで飲ませてやる」

「長くは待てない」サムは言った。「頭がおかしくなりそうだ。もうだめだ」

「大丈夫だよ。あと少しだ。そうしたら、家に帰ろう」

「家には帰りたくない。飲みに行きたい」

「わかった。あとで行こう」わたしはピーターのしかめ面を無視した。「いまはとにかく握手だ」

リディアとわたしが脇に寄ったとたん、デイヴィッド・ホックニーの絵をシルクスクリーンプリントしたドレスを着た女性が、指輪をいくつもつけた手をサムに向かって突き出した。頬を紅潮させてまくしたてる――あなたは、ほかの人たちが目を背ける真実を語っていらっしゃる。なんて勇気があるんでしょう！　サムはぽかんと口を開けて、宝石で飾り立てられた指を見つめるばかりだ。ピーターに小突かれて、恐る恐る手を差し出す。

次が陽気なアジア人男性、それからタキシードを着た細身でハンサムな黒人男性のふたり連れ。そして人の海が分かれて、敵に突っ込んでいく十七世紀の私掠船のごとくに、シェロン・コネツキが登場した。

コネツキはエナメルとシルバーのイヤリング、キッドスキンのクラッチバッグ、ピンヒールに至るまで、装いを純白でまとめていた。化粧は薄いピンクの口紅のみで、冷徹な青い瞳を際立たせている。

その青い瞳で全員をすっと見渡した。表情が微妙に変化して、各人に対する感情を窺わせた。ピーターには忍耐、レスリーには無関心、クロムリーには軽蔑、わたしには嫌悪、リディアには少々の好奇心。リディアに屈託のない微笑を返されて、コネツキは一瞬戸惑いを見せた。形ばかりの微笑で応じておいて、サムに話しかける。

「すばらしい展示になったわね、サム。納屋の絵を中央に持ってきたのは、思ったとおり正解だったわ。今夜はあなたの話題で持ちきりよ。大成功だわ」

サムは心臓麻痺を起こしかねない様子だった。血の気を失い、親指を残りの指で弾《はじ》く速度は目くるめくばかりだ。

「さあ、一緒に来て」コネツキは言った。「紹介したい人がいるの」

「やだ！　やだ」目に恐怖を浮かべて、アート愛好家の人波をきょときょと見た。「ここにいたい。違う、ここにはいたくない。帰りたい！」

「サム」ピーターが声をかけた。「あと少し我慢してくれ。そうしたら休憩にしてラウンジへ行こう。シェロンと一緒に行かなくてもいい」――シェロンに目で詫びたものの、冷ややかに睨み返された――「でも、マイケル・サンガーが来るまでここにいてもらいたいんだ。出品できたのは、マイケルのおかげだろ。お礼を言わなくちゃ」

「お礼？　あんなやつ、大嫌いだ。こんな展覧会に関係のあるやつは、みんな大嫌いだ」

ピーターは、これが初めてではないであろう絶望的な表情を浮かべた。レスリーは、ほら見たことか、と言わんばかりにうつむいて頭を振った。コネツキは、明らかに脳内GPSを駆使して目的地へのルートを再検索していた。

「わかったわ、サム。エミリオをここへ連れてくる。エミリオは重要な学芸員だから、会っておく必要があるの」

「断る」と、サム。「帰ろう」

「サム」と、感情を抑えた声でピーター。

「サム」冷静な命令口調でコネツキ。

「サム」クロムリーは幼子をなだめるかのよう。

どれも効果はなかった。サムはますます苛立ち、興奮した。サムが自制を失う前に無理やり連れ去ろうとした矢先、カメラを斜め掛けしたトニー・オークハーストが両手にグラスを持って現れた。「やあ、別嬪さん」

コネツキが頭をのけぞらせてかわす間もなく頬にキスをして、サムにグラスを差し出す。サムの顔がぱっと明るくなった。グラスをひったくって、あっという間に半分空《から》にした。むせて咳き込むのを見て、オークハーストが言った。「おい、チャンピオン。ゆっくり、ゆっくり。こっそり持ってくるのは、ひと苦労だったんだぞ」

「トニー！」レスリーが叫んだ。「なんてことするのよ！」

ピーターがグラスを奪おうとしたが、サムはにやにやして身をくねらせて避け、残り半分を飲み干した。

「そいつもくれよ」サムはオークハーストのグラスを指した。オークハーストは笑って差し出した。サムはグラスをつかみ取り、ピーターがその手を押さえたときには大半がなくなっていた。グラスを取り合ってこぼれたスコッチが、オークハーストのTシャツを濡らした。オークハーストは騒動を楽しんでいた。サムは笑ってピーターからグラスをもぎ取り、残りを呷《あお》った。ネクタイをゆるめて抜き取ると、頭上でぶんぶん振りまわした。

「やめなさい！」レスリーがその腕を押さえ、歯を食いしばってかすれた声でオークハーストを罵倒した。「このろくでなし！」オークハーストが両手を合わせて、空々しく謝罪の真似事をする。レスリーはサムを引っ張った。「もうたくさん、行くわよ」

サムはよろめきながらも笑い続けた。

コネツキの居丈高な「なにするつもり?」に返答はなかった。サムは上機嫌で、抗議するファンのあいだをおとなしく引きずられていった。オークハーストが人垣を掻き分け、イベントの専属カメラマン気取りでサムの退場をカメラに収める。

ピーターもあとをついていきかけたが、足を止めてコネツキに詫びた。激怒した彼女の顔は朱に染まり、純白のドレスや髪と強烈な対照をなしていた。いっぽう、向かい合ったクロムリーは励ますつもりなのか、自信たっぷりに言った。「サムがいなくても問題ないわ。作品そのものが語っているもの」

コネツキは殺気のこもった目でクロムリーを睨みつけ、くるりと踵《きびす》を返して歩み去った。

わたしはリディアに合図して、人混みを縫ってサムとレスリーのあとを追った。会場の反対側にいるキャバノーの姿が目に入った。彼の薄笑いは、サムの退場ばかりではなく今夜の出来事すべてに向けられているようだった。わたしの視線に気づいて、中指を立てた。ひとり取り残されたクロムリーが「待って!」と悲痛な声を出す。無理もない。この場にいる権利、偉ぶっている権利を保障してくれる人物が去っていくのだ。

12

リディアとともにレスリーとサムに追いついて、わたしは言った。「ここはこっちにまかせて、残っているといい」

レスリーは文字どおり答えを吐き捨てた。「誰があんなところにいたいもんですか」

ピーターが人混みを掻き分けて、エレベーターの前にいるわたしたちのところへやってきた。だが、レスリーの肩をつかんで話しかけたが、バンドの音が大きくて内容は聞き取れなかった。だが、レスリーの怒声はバンドを上まわっていた。「バカね！　サンガーにこんなサムを見られたらどうするのよ」ピーターの手を振り払う。「あなたは残って。上手に機嫌を取っといて」

だがエレベーターのドアが開くとピーターも乗り込んできた。早々に帰る客たちとぎゅう詰めになったが、ふだんなら苛立つサムは先ほど飲んだスコッチと解放感とで上機嫌だった。

ロビーに着いて状況は一変した。エレベーターの前やガラス張りのバーに群がるスーツ、カクテルドレスの人々の隙間から、美術館のガラスドアの前に居座る、先ほどよりも数と気勢を増したデモ隊が見えた。

わたしは足を止めた。「正面から連れ出すのは無理だ。こっちへ来て。サムを連中の目に触れさせたくない」

憤懣《ふんまん》やるかたないレスリー、不安げに周囲を見まわすピーター、警戒怠りないリディアとともに、体内を巡るアルコールと会場を去る喜びに酔いしれるサムを連れてエレベーターのほうへ戻った。わたしはロビーの隅にいる警備員に話しかけた。

「あの人が?」警備員は説明を聞いてサムを見やった。「へええ、想像とはずいぶん違うな。ちょっとお待ちを」

警備員は肩につけた無線機で交信したのち、言った。「承知しました。こっちへ」

手招きをすると、テイバー兄弟とレスリーに付き添っていたリディアが、ストラップにシルクスカーフを結びつけたバッグを斜め掛けにして両手を空け、三人を急かして連れてきた。警備員は通用口へ案内して暗証番号を打ち込み、〝喫煙厳禁　作品搬出入優先〟の注意書きが壁にべたべた貼ってある、傷だらけの通路を進んだ。裏に設けられた巨大な荷物搬入口の横にあるドアから、外に出る。

すぐ目の前は金網フェンスで、その向こうがウエストサイド・ハイウェイだ。左へ行けば美術館の裏をまわって正面玄関、右に行けばわずかに残っている肉類梱包工場を通り過ぎて、クラブが軒を並べるミートパッキング・ディストリクトの賑やかな通りに出る。そちらへ向かった。

しかし、間に合わなかった。

正面のガラス窓越しにサムの姿を目に留めて、こちらの行先を悟った者がデモ隊のなかにいたのだろう。裏に見張りがいたのかもしれない。それとも、単にサムについてまわる不運のせいか。十歩と進まないうちに、女の叫ぶ声がした。「みんな、彼は裏にいるわよ！」別の女の声が続いた。「あの人よ！　あの人よ！　なんてこと、あの人だわ！」そして、男の声。「裏にいるぞ！」

あと数秒早ければ、なかに戻っていた。あと数秒遅ければ、隣のブロックに行き着いて人目につかなかった。だが裏口のドアはすでに施錠されていて、わたしたちは行き場を失った。集団が建物の角をまわって押し寄せてきた。「殺人鬼！」「人殺し！」と、こぶしを振り、指さす。反暴力のデモ隊は、血に飢えていた。

サムの酔眼に好奇心が浮かんだ。腕をつかむと、振り払おうとする。

「ここはこっちにまかせて、逃げろ」わたしはピーターとレスリーに言った。

「サムを置いていけない」ピーターは言った。

「なに言ってるの！」レスリーは周囲の騒音を圧して怒鳴った。「こんなところを写真に撮られたらどうするのよ！　スミスがなんとかするわよ」

レスリーの危惧を具現するかのように、トニー・オークハーストがカメラを四方八方に向けてシャッターを切りつつ、満面に笑みを浮かべて現れた。同時に携帯電話のフラッシュが次々に閃光を発し、シュプレヒコールが沸き起こった。「サム、サム、人殺し！　ホイットニーにノー！　テイバーにノー！」

「急げ！」ピーターとレスリーに言った。

レスリーは、梱包工場の裏に面している右手側にピーターを無理やり引っ張っていった。途中、幾度か押したりしながら、ようやく工場の荷物搬入口に駐車してある三台の冷蔵トラックの陰に入って見えなくなった。一安心だ。悪評が立ったところで知ったことではないが、デモ隊が暴徒化した場合に備えて心配の種を取り除いておきたかったのだ。実際そのすぐあと、詰めかけてきた群衆に押された男がよろめいてリディアにぶつかった。リディアに押し戻されて男は女に突き当たり、女は悪態をついて、男ではなくわたしに向かって水の壜を投げつけた。壜が肩に当たった。

「さあ」わたしはリディアに声をかけ、うしろにさがって美術館の壁にサムを押しつけた。リディアはハイヒールを脱ぎ捨て、より小柄に、より戦闘的になった。サムの前にふたりで立って、再び壁を作った。サムが大笑いして、うしろから顔を出したり引っ込めたりする。わたしは一歩前に出て群衆に向かって怒鳴った。「さがれ！」

女が叫んだ。「あんた、人殺しをかばっているのよ！」

「どいたら、きみはサムを殺すのか？」

櫛目の通ったブルックリンひげの男がずかずかとリディアの前に来てわめき、女の返事をかき消した。男は大きな間違いを犯した。わたしに向かってわめけば、投げ飛ばされるだけですんだ。だが、リディアに股間を激しく蹴られて、体をふたつに折って悶えた。

「わあっ、なんて乱暴な！」

「ケダモノ！」

「どうにかして！」

ケダモノから身を守るために通報すればいいじゃないか。わたしがしてもいいのだが、電話を取り出すときに銃を見られれば、無用な騒動が起きる。事態があまりにも悪化したら通報するが、正面に配置された警官隊が、デモ隊が半分に減っていることに遅かれ早かれ気づくだろう。

また新たな集団が押し寄せてきて、さまざまなものが飛んできた。水の壜、小石、ゴミ。サムがうしろから顔を出したとたん石が飛んできて、慌てて頭を引っ込めた。

サムは電光石火、反応した。ヘビに嚙まれたウサギのごとくに跳び上がって一目散に逃げていく。追いかけようとしたそのとき、デモ隊が押しかけてきた。シーツの垂れ幕を持った三人が先頭に立ってサムを囲い込もうとしたが、サムはあっという間に走り去った。

わたしよりも小柄で柔軟性と敏捷性に長けたリディアがすっと身を屈め、垂れ幕をめくってくぐり抜ける。女をひとり突き飛ばし、ひとりの男の脛を蹴飛ばして、群衆の隙間を縫ってサムを裸足で追っていった。

テコンドーで鍛えた足の裏が硬いことを願いながら、わたしはハイヒールを拾い上げた。リディアがいないことをデモ隊に気づかれないよう、わめき、怒鳴って注意を集めた。水に不自由しないデモ隊なのか、水の壜をあと二本ぶつけられて腹が立ったが、さして経たないうちに警官隊が駆けつけてきた。群衆に分け入って押しやり、抑えつけ、制圧を図る。わたしは両腕を脇に下ろし、壁に背をつけて待った。アートを愛するヤワな連中には威嚇だけで十分と指揮官が判断したのだろう、警官隊は警棒を振り上げたが、実際に殴りはしなかった。それでも周囲の人々は徐々に散っていき、人数が減るにつれて押し合いへし合いも収まってきた。シュプレヒコールは相変わらずだが、いまはもっぱら警官隊に対して叫んでいる。そこで、壁に張りつくようにして梱包工場の荷物搬入口まで横歩きし、プラットフォームに飛び乗ってシャッターと一台目のトラックとの隙間に潜り込んだ。慎重に前進して三台目を過ぎたところで飛び降り、全力で走った。背後では、言論の自由や警察の暴力、権力、男優位の社会について叫ぶ声が続いていていた。

13

数ブロック走って叫び声がかすかになったところで立ち止まり、携帯電話をチェックした。なにもなし。リディアにかけても無駄だ。サムを見つけていれば、当然連絡が入っている。サムにかけたが、出なかった。たぶん、まだ走っているのだろう。立ち止まったとしても電話はかけないかもしれない。だが、わたしがかけていると知れば、電話に出るはずだ。電話を持っていれば。電源が入っていれば。

まだ走っているとしたら、どこへ行くだろう？

ひたすら走って、デモ隊の声が聞こえなくなったら、きっと最初に目についたバーに入る。もしくは、入ろうと試みる。肉運搬用荷車、トラック、牛肉の塊が一世紀にわたって行き来していたミートパッキング・ディストリクトの石畳の街路は、いまやGoogle関係者、投機家、ファッション業界人が闊歩している。昔ながらのバーはなくなって、新しくできた店はいずれも入口にベルベットのロープを張って、用心棒を置いている。サムはこうした店にはまず入れてもらえない。ましてや乱れた服装にあざのひとつかふたつ、悪くすれば出血もしていて、さらには酒の臭いもするとあればなおさらだ。

しかし、ここから二ブロックほど東に行けば、生き残っている古い店が数軒ある。サムはそれを知っているだろうか？　リディアはどうだろう？　電話をくれと、どちらにもメールをした。サムの飲み友だちのトニー・オークハーストならなにか心当たりがあるかもしれないと思いつき、電話をした。出なかったので留守電にメッセージを残し、『サムを捜している、連絡をもらいたい』とメールも送った。暴力に反対するデモ隊の乱闘騒ぎをまだ撮影していて電話を確認しないとしても、なにもしないよりはましだ。

最初は東へ、それから北へ向かって歩いているとき、電話が鳴った。ピーターだった。迷ったが、有益な情報があるかもしれない。「もしもし」

「いったい、どうなっている？　みんなどこにいる？　サムは無事か？」

「それが、突然駆け出して。行先に心当たりはないかな？」

「サムを見失ったのか？　なにをやってるんだ、スミス？」

「心当たりは？」

「信じられないよ。連中がサムを吊るし上げようとしているってのに。見失うなんて、なにをぼやぼやしていた」

「サムが現れるか、連絡があった場合は電話を頼む」そう言って、わたしは接続を切った。タクシーか地下鉄に乗ってパーク・スロープのピーターの自宅まで行くほど、サムは目端が利いていないだろうが、ピーターの文句をこれ以上聞きたくなかった。言われなくても、十分わかっている。

数軒のバーでサムの写真を見せたが、反応はなかった。八番街一五丁目のはずれにある一軒を出たとき、リディアからメールが入った。『見失った。七番街一六丁目』

わたしは『そこを動くな』とメールをして、駆けつけた。リディアはブロックの角で塀にもたれていた。ドレスはくしゃくしゃになり、髪は汗で濡れ、伝線して裂けたストッキングが泥だらけの足にまとわりついていた。

「商売女みたいだと言ったら、ひっぱたくわよ」リディアは駆け寄ったわたしに警告した。

「もしや、何度も言われた？」わたしはハイヒールを渡した。

「片手では数えられないほど。裸足は変態を引き寄せる効果があるのかしら。動かないで」リディアはわたしにつかまって、ぴょんぴょん跳ねてストッキングを脱ぎ、ハイヒールを履いた。

「正直なところ、これを履くより裸足のほうがましだわ。サムはこのブロックにいたけれど、わたしが着いたときにはいなくなっていた」

わたしは道路を見渡してリディアに言った。「サムは一杯引っかけたくてたまらないと思う。そう願うよ。だったら、この界隈のバーにいるだろうから」

「なるほどね。じゃあ、バーを当たりましょうよ」

「家に帰って着替えなくていいのか？」

リディアは微笑んだ。「その心遣いに対してキスをすべきか撃つべきか、迷うわ。心遣いには感謝するけど、依頼人が窮地に陥っているのよ。行きましょう」

「ぼくは迷わない」そう言って、リディアにキスをした。

リディアは再び微笑んだ。「いい選択ね。さあ、行きましょう」

リディアは南、わたしは北と二手に分かれてサムの探索に出発した。それぞれが少なくとも十ブロック、脇道も含めて徹底的に調べることにした。

空振りが続いた。電話をかけてこないので、リディアもやはり空振りと見える。どの店でも携帯電話に保存してあるサムの写真をバーテンダーや用心棒――ここらでは客の選別よりも店の平穏を保つ役割のほうが大きい――に見せた。サムを知っているバーテンダーはふたりいたが、今夜見かけたというバーテンダーはひとりもいなかった。「来なかったとは限りませんよ」ひとりのバーテンダーは言った。「来たとしても、おれは気づかなかったというだけで」

ふだんの日であれば、サムは人の記憶に残らない。だが今夜はすでに二杯飲み、怯えてそわそわしている。目ざといバーテンダーであれば、気づくだろう。それでも一応、念を入れた。

「店内を見てまわっていいかい?」

「お好きなように」

結局、サムは見つからず、これまでと同じように、バーテンダーに十ドル札と名刺を渡して、サムが来たら連絡をくれるよう頼んだ。ちょうど外に出たとき、リディアから電話が入った。

「サムは見つかった?」わたしは訊いた。

「いいえ。でも、興味深いことがあった。サムの友だちのカメラマンがいるでしょう。トニー・オークハースト。隣のブロックのわたしが出てきたばかりの店に入っていったのよ。この店のバーテンダーはサムを知っていた。いかにも当てがあって来た感じだったから、少し待ってみたの。そうしたら一分くらいで出てきて、わたしが次に入った店は飛ばして脇道へ入っていった」

「彼も同じことをしているんだろうか」

「ええ。それに、どこを捜せばいいか知っている」

「オークハーストに張りついていてくれ。いまどこだい？」

場所を聞き、電話をポケットにしまって走った。

二度のメールのあと、六番街一三丁目の〈バー・シックス〉という店の前でリディアに追いついた。「オークハーストは二分ほど前に入っていって」リディアは言った。「出てこなかったのでわたしも入って、バーカウンターのところまで行ってみた。オークハーストはサムと一緒に奥のテーブル席にいるわ」

「おみごと。よし、行こう」

ドアを開けてリディアを通し、あとに続いた。薄暗いが、安酒場ではない。地域に根ざしたビストロだった。左手側がバーカウンター、右手側の壁沿いに革張りの長いソファベンチ、奥に小さなテーブルがいくつか。おだやかな話し声。壁に何枚も掛けられた写真が、バーカウンターの鏡張りの壁に映っている。店内を進んでいくと、常連の酔客たちの視線が集まった。何人かはおそらく、わたしがリディアに不埒《ふらち》な真似をしたと勘繰って、助けるべきかと考えているのだろう。また何人かは、わたしを排除して不埒な真似に及ぶのも悪くはないと考えているのだろう。リディアも当然それに気づいているだろうが、素知らぬ顔で悠然と歩を進めていた。

サムとオークハーストは、店の奥のテーブル席で楽しそうにしゃべっていた。サムの上唇には点々と血がこびりつき、鼻は紫色に腫れて左側に切り傷がある。近づいていくと、揃って顔を上げる。

「おいおい」オークハーストはハイトップを履いた足を椅子から下ろした。「なにがあった？ まあ、座りなよ」

「留守電のメッセージを聞きました？」わたしは立ったままオークハーストに訊いた。「サム、あんたは？」

サムは肩をすくめて電話を取り出した。ディスプレイを見てうなずく。

オークハーストはにやにやした。「果たしてサムは見つけてもらいたいのかな、と思ってさ。先に本人に確認することにした」

「で、答えは？」

「まだ確認していない。なあ、サム、おまえは見つけてもらいたいのか？」

「ああ、もちろん」サムはリディアを眺めた。「あんた、どうしたんだい？」

「依頼人が面倒を起こしたの」

「ひどいやつだね」

「サム」わたしは言った。「そろそろ帰ろう」

サムはぽかんとしてわたしを見た。「トニーと飲んでいる最中だ」

「今夜はこれでお開きだ。さあ、帰ろう」

「おい」オークハーストが言った。「いいじゃないか。ふたりとも座れよ。一緒に一杯どうだ」

「また今度。サム、腰を上げないと抱えて連れ出すぞ」

「やめてくれ。そんなの、ごめんだ」

「だったら、立て。お遊びはおしまいだ」

サムは、これならどうだと顔を輝かせて、グラスを指さした。

「まだ残っている」

「飲み干せ」

それを聞いてリディアがちらっと見たが、サムはいったん反抗的になると梃子でも動かない。こちらが強く出たほうが扱いやすいのだ。

「おれの酒もまだ残っている」オークハーストが口を挟んだ。「心配するな、スミス。あとで送っていく」

「いや、けっこうだ。サム?」

サムがぽかんとして動かないので、わたしは腕をつかんで立ち上がらせた。サムはよろめきながらもグラスをつかんだ。

「おい!」オークハーストが怒鳴って、立ち上がる。「サムにかまうな」

「そうだ!」と、サム。

わたしはサムを引きずって店内を進んだ。出口に着くまでのわずかなあいだ、リディアはその場に留まってオークハーストを睨みつけて牽制した。

オークハーストは「バカ野郎!」と怒声を轟かせたが、邪魔はしなかった。

14

リディアが店から出てくるのを待って、タクシーを拾った。サムをリディアとのあいだにしっかり挟んで座り、運転手に告げた。「二ヶ所行ってもらいたい」チャイナタウンのリディアの住所と、サムのグリーンポイントのそれを伝えた。

二ブロックほど進んだところで、サムは周囲を見まわした。「どこへ行くんだ?」わたしにバーから引きずり出されたことは忘れたらしく、けろっとして訊く。

「まずリディアを降ろす。それからアパートまで送っていく」

「リディアって?」

「隣に座っているよ」

サムはリディアの顔をしげしげ見て、うなずいた。「よろしく。おれはサムだ」

「よろしく」リディアは、サムの頭越しにわたしに言った。「今夜は家に帰るつもりはなかったのよ」

「そんな殺生な」

「母には、徹夜の仕事だと話してあるの。胡散臭げな顔をしていたわ」

「自殺したくなってきた」

サムが目を丸くしてわたしを見る。

「ビルは冗談を言っているのよ」リディアがサムの手をそっと叩く。

「残念だ」わたしは言った。「きみには想像もできないくらい、すごく残念だ」サムが身を乗り出して、フロントガラスの外を一心に見つめているのを確認して、声を潜めてリディアに言った。「でも、サムがストレスを感じる夜があるとすれば、今夜がまさにそれだ。だから、片時も離れずについていたい。そうすれば、万が一ニューヨークで女が殺されたとしても、サムは自分が犯人だと主張できなくなる」わたしのアパートメントのクローゼットにサムを閉じ込めておいてもそれは可能だと、一瞬思った。だが、リディアに向かって手を合わせて詫びた。

「わたしも一緒に行く?」リディアが訊く。

「ぜひとも来てもらいたい。だが、サムはワンルームのアパートメントに住んでいる。小さなソファがひとつしかない」わたしはにやにやして言った。「それに、きみはシャワーと着替えが必要だ。寝ずの番をするつもりはないが、朝に安心させてやりたいんだ。今夜のことをお母さんの記憶に刻んでおけば、徹夜で仕事をすると今度話したときに疑われないよ」

「母はそんなに甘くないわよ。でも、言いたいことはわかったわ」リディアはもう一度サムの手をそっと叩いた。サムは顔を振り向けてにっこりし、リディアの背中を同じように叩いた。

チャイナタウンでリディアを降ろしてグリーンポイントへ向かう途中で電話をチェックした。ピーターからの着信が三度ある。ピーターにかけた。

「スミス! どういうことだ? なにをしている? なんで電話を取らない? なんで、折り返してかけてこない?」

「万事順調だ、ピーター。いま、サムとブルックリンへ向かっている。今夜はこのままサムに付き添っている」

「順調? 万事順調で片づけるのか? なにがあったのか説明しろ。サムはどこにいた」

「トニー・オークハーストとバーにいた。きみはどこにいる?」

「家に決まってるだろ。オークハーストの野郎め。サムは無事か? サムに代わってくれ」

わたしはサムに電話を渡した。「ピーターだよ」

「やあ!」サムは勢い込んで言った。「なんで泡食ってる?……うん、なんともないさ。いい気分だ……タクシーだ……さあ……ちょっと待った」サムはこちらを向いた。「どこへ行くんだっけ?」

「アパートだよ」

電話に戻って「アパートだって……いや、おまえの家には行きたくない。レスリーがいやがる……だけど、帰ってきたら怒るだろ……だめだ。断る! スミス、ピーターに言ってくれよ」わたしに電話を突きつけた。

「どうした?」わたしはピーターに尋ねた。

「ここに来いと言ったが、サムが聞き入れないんだ」

「今夜は、ぼくが付き添っていると言ったじゃないか」

「しかしね、こう言ってはなんだけど、きみはサムを一度見失っている。ここに連れてきてくれ」

「サムの意思次第だな。こう言ってはなんだけど、ぼくを雇ったのはきみではなく、サムだ。サム？　ピーターが今夜は一緒にいてほしいって」

「いやだ！　やだ、やだ、やだ、やだ」サムは両手を握り締め、頭を激しく振り立てた。

「落ち着け」わたしはサムの腕を押さえつけた。このままではタクシーのなかで嘔吐しかねない。「ピーター、サムは聞き入れそうもない。今夜はグリーンポイントにいる。あしたの朝、連絡する」

マンハッタン・ブリッジを渡ってブルックリンに入り、サムのアパートの前でタクシーを降りた。サムが住んでいるのは、連棟住宅二軒をアパートメント六戸に改造したうちの一戸だった。どうやら大家は別の場所に住んでいて、二ヶ月分の家賃、それに保証金を持っていれば、借り手を選ばないのだろう。アパートメントの入口は歩道から下がったところにあって、サムはそこまでの四段を下りることはできたが、ドアの鍵を開けるのに手間取り、しまいにわたしが開けてなかに入った。サムは手探りをして明かりのスイッチを入れ、深々とため息をついた。

グリマルディが描写したとおりのアパートメントだった。ニューヨーク不動産の定番であるL字型ワンルームで、狭くて天井が低く、家具はほとんどなし。マンハッタンの仕事用スタジオ——こちらのほうが広い——と同様、過剰なまでに整理整頓されている。入って左が台所、流し台のなかのコーヒー缶に穂先を上にした絵筆が何本か。右にソファ、その前に置かれたカードテーブルの上にはきちんと並べた鉛筆、四隅をていねいに揃えたスケッチ用紙の束。折りたたみ椅子がソファに向かい合う形でカードテーブルの下に押し込まれている。流しとソファの上部に歩道と同じ高さの窓。台所の横が浴室で、ここにも窓があった。部屋の奥のアルコーブにマットレスが置かれ、シーツと毛布が軍隊式にきっちりたくし込まれていた。

折りたたみ椅子の正面に当たる右手側の壁に、描きかけの絵が画鋲で留めてあった。マンハッタンに広いスタジオを持っているいまでも、やはり地下室で絵を描いているのだ。

わたしはドアを閉め、サムを迂回して折りたたみ椅子に座った。サムはぼんやり突っ立っていたが、キッチンカウンターのコーヒーメーカーの横にある半分空《から》になったスコッチの壜が目に入るとようやく体を動かした。カウンターに行って壜を取る。「飲むかい?」

「うん、もらうよ」

サムは戸棚からマグカップを二個出した。指数本分を両方に注ぎ、ひとつを渡して寄越す。この様子なら、あと一杯飲めばサムは酔いつぶれるだろう。好都合だ。リディアに話したように、今夜は見張り番というよりも証人としてここでひと晩過ごす。正確にはお守りではない。それにお守りをしないというのは自分で決めたルールなので、守る必要はない。

長い時間ではなかった。サムはソファに腰を下ろした。ネクタイをゆるめようとして首に手をやり、とうになくなっていることに気づいてにんまりする。サムは絵を描くときと同じ熱意を持って、ひたすら飲んだ。まったく口をきかない。わたしもなにも言わず、ゆっくり酒をすすった。今晩の出来事のどれほどがサムの記憶に残り、どれほどが除外されるのだろう。除外された記憶は、いま壁に留めてある絵のように、後日キャンバスの上に蘇るのだろうか。

わたしの座っているところからは、キャンバスの周囲に貼ったスケッチを元にして鉛筆で描いた線がかろうじて見える程度だ。凝視しても、なにが描いてあるのかわからない。かといって、立ち上がってそばに行けば、うとうとしているサムを起こしてしまいそうだ。

だが、サムはわたしが絵を眺めていることに気づいた。「あれが気に入ったか？　あ、そうか。おまえはおれの絵が嫌いなんだよな」

「ここからではよく見えない」

「どのみち、気に入らないさ。あれはヨットだ。風の吹き荒れる大海原。波が立って、太陽がキラキラしている。いい感じだろ？」

「うん、いい感じだ」

サムの顔が暗くなった。「サメもそう思っている。ダイオウイカも。それに電気ウナギに巨大波、岩、シャチ、それから――」

「サム。やめろ」

サムはやめた。わたしを見つめ、つとグラスに視線を落とした。ぐいっと呷《あお》って、グラスを空にする。少しして、言った。「なんだか気分が悪い」

「さあ、寝るぞ」

うなずいてふらふら立ち上がったサムに手を貸してマットレスへ連れていくと、倒れ込んで毛布を巻きつけ、壁を向いて丸くなった。

わたしは玄関と全部の窓の戸締まりを確認した。浴室の型板ガラスの嵌まった小窓も忘れなかった。ソファを数フィート引きずってきて、玄関を塞いだ。サムが外に出ようとすれば、わたしを乗り越えることになる。外に出ることを予期したわけではなく、それが不可能だったと証明したかった。葬式用スーツの上着と靴を脱いでソファに横になり、片方の肘掛に頭を乗せ、もう片方から足を垂らしてなるたけ楽な姿勢を取った。サムがいびきをかき始めたので腕時計を見たら、十一時を過ぎたばかりだった。もっと遅いことを期待していたのだが、長い夜になるだろう。

サムが連続殺人犯でないことは、ほぼ確実だ。どうすれば、サムにそれを信じさせることができるだろう。真犯人を突き止めるほかないとしても、それはわたしの仕事ではないし、近々NYPDが成し遂げてくれると信じている。だが、サムはそれで納得するだろうか。もしかしたら、この先一生いまのように怯えて暮らし、日々の苦痛をキャンバスの上に吐き出し続けるのかもしれない。

電話の音で飛び起きた。窓から日光が射している。慌てて電話をつかみ、結局のところ長い夜ではなかったな、と内心で苦笑して、しわがれ声を絞り出した。「スミスだ」

「グリマルディよ。あんたの依頼人が電話に出ない。どこにいるか、わかる?」

わたしは足を振り下ろし、凝った首をさすって部屋の奥に目を凝らした。「寝床にいる」

「間違いない?」

「いまこの目で見ている」

「ひと晩じゅう、サムはそこにいた?」

背筋が冷たくなった。「いたとも。なんで?」

「決まってるでしょ。また起きたのよ」

15

グリマルディは「サムとそこにいて。すぐ行く」と締めくくって電話を切った。彼女の到着前にサムを起こす理由はない。そこでソファから立ち上がって浴室へ向かった。サムの上着とズボンが床に脱ぎ捨てられ、台所では危うく靴につまずくところだった。サムは夜中に起きたのだ。

浴室の窓が開いていた。

用を足し、蛇口の下に頭を突き出して水をかぶった。台所でコーヒーメーカーに水を入れ、冷蔵庫にあった粉をセットして、昨夜使ったマグカップを洗う。出来上がったコーヒーをマグカップ二個に注ぎ入れてがぶりとひと口飲み、マットレスの脇にしゃがんでサムを揺さぶった。浴室の窓が開いていたとあっては、起こさないわけにいかなかった。

「ん？　なんだ？」サムは目を丸くした。「スミスじゃないか。ここでなにをしている」片肘をついて上半身を起こし、あたりを見まわす。きっと、〝ここ〟が思ったとおりの場所かどうかをたしかめたのだろう。

わたしはマグカップを渡した。「夜中にどこへ行った？」

サムはコーヒーとわたしのうしろにあるスコッチの壜を見比べて、わたしの顔を見た。「こいつにはなにが入ってる?」

「コーヒーだ。あの壜は空《から》だ。質問に答えろ」

「戸棚にもう一本ある」

「だめだ。夜中にどこへ行った」

「行った?　いつ?」

「ぼくが寝たあとだ」

「足音を立てないようにしたんだけどな。おまえを起こしたくなくてさ。靴も脱いだ。クソをしたかったんだ」

「窓から外に出ただろう」

「外に?　窓?　どの窓だ」

「浴室の窓だよ。ぼくの体格では無理だが、あんたなら脱け出すことができる」

「浴室の窓から?　外は路地だぞ。バカバカしい。あそこにはなにもない」

「だが、窓を開けた」

「臭かったんだよ」

「それから、なにをした?」

「それからなにを?　いつ?　なに、いつ、どこ、なんで、どうやって?」

「サム、しっかりしろ。窓を開けたあと、なにをした?」

「浴室は臭くなくなった。だからベッドに戻った。服を脱いだけど、手遅れだったみたいだ。

だろ？」マットレスの横の脱ぎ捨てた服を指さす。「もう着られないな、きっと。よかったよ。二度と着たくない。あんなパーティーには二度と行くもんか！　あんな――」

「そうだな、サム。落ち着け。それで――」

ドアが乱暴に叩かれた。サムの目が大きく見開かれた。

「大丈夫だよ」わたしは立ち上がった、ドアの前からソファをどかしていると、再度ドアが叩かれた。覗き穴から確認したが、グリマルディの姿は見えなかった。もっとも、警官の姿は見えた。アイク・キャバノーだった。

そこで靴を履き、外に出てドアを閉めた。

「なんの真似だ？」キャバノーはせせら笑った。「なかを見せな。やつはいるのか？」

「ここでなにをしている」

「あいつをつかまえにきたのさ。また若い女を殺しやがった」

「サムは殺していない。それにあんたの担当ではないだろう」

「ほう、そうかい？　ほかの警官は来ていないようだが」

「逮捕状は？」

「あんな人でなしに逮捕状は不要だ」

「なかに入りたいなら、必要だ」

「そこをどけ。おまえも逮捕するぞ。ところで、あいつとはどんな関係だ。取り巻きか？　あいつが女を殺すのを見ると興奮するんだろ？　胸クソ悪い。自分で手を下す勇気はないが、見ているのが楽しいんだ、腰抜け野郎。違うか？」

キャバノーが胸ぐらをつかんだ。荒い息に酒とコーヒーが臭う。前世ではサムと飲み友だちだったに違いない。手を跳ねのけてキャバノーを横に押しやり、後ろ向きになって歩道までの階段を上った。キャバノーがついてくる。その場に留まることもできるが、後退を続けた。怒り狂った警官と一戦交えるのはまっぴらだが、わたしへの敵意を利用してサムから注意を逸らすことができる。睨み合って歩道を後ろ向きで進んでいると、猛スピードでやってきた黒のトーラスがタイヤをきしらせて急停車した。グリマルディが車を飛び出し、髪を振り乱して駆けてくる。

「アイク、なんなの？」

「おやおや。やっとお出ましか、お嬢さん」

グリマルディの顔が真っ赤になった。「あんたの出る幕じゃないわよ、アイク」

「うるさい。おまえはあいつにキスをして寝かしつけようってんだろ。また若い女を殺したってのに！」

「サムが犯人なら逮捕するし、無実なら真犯人を見つける。いずれにしろ、でしゃばらないで。あんたのボスに電話するわよ」

「あのな、おれのボスはおまえがへまをするに決まってるから、おれの担当でないのが残念でたまらないんだ」キャバノーは言った。

「だけど、あんたの担当ではない。なんなら、あたしのボスに電話してボスどうしで話をつけてもらう？」

「おまえならやるだろうな、天才女刑事。平気で仲間をチクる。アバズレめ！」

グリマルディは電話を出した。

キャバノーはわたしへの憤りを忘れて怒声を発し、こぶしを握ってグリマルディに詰め寄った。彼女が電話を持った手を掲げると躊躇した。証人の前で同僚の警官を殴ればとんでもない窮地に陥る。それでも、一発食らわせて得ることができるであろう満足感——どのみち得られそうもない——には代えがたいのだろうか。

やはり割に合わないと判断したらしい。キャバノーはさんざん罵って唾を吐き、そこかしこがへこんだ青のリーガルに乗り込んだ。グリマルディがサムを連れて、あるいはひとりで出てくるのを待つつもりだったのかもしれないが、彼女がサムのアパートを背にして電話を掲げ、その場を動かずに睨みつけていると、しまいに帰っていった。

「誤解しないで」グリマルディは、わたしに口を開く間を与えずに言った。「あんたや、あんたのいかれた依頼人のためじゃないわよ。あたしが担当するかもしれない事件だから、アイクに邪魔されたくなかっただけ。それから、あいつに襲われたと申し立てて陥れようとしたら、最初から最後まで見ていたと反証するから覚悟しときなさいよ」

「キャバノーをかばうために偽証するのか？　さっきは上司に電話しようとしたのに」

グリマルディは頭を振って階段を下り始めた。「あんた、絶対にポーカーが下手ね。さあ、なかに入れて」

「令状は？」

「ふざけないで」

そのとき、サムは依頼人だ。ショーツとソックスという格好の依頼人がドアを開けた。「やあ」サムはグリマルディに話しかけた。「あんたに見覚えがあるな。なんでだろう。おれはサム」

「前に会っているのよ、あたしはNYPDのグリマルディ刑事。二、三質問させて」

「ああ――」サムは少し間を置いてうなずいた。「そうか。思い出した。こないだ自首しようとしたのに、逮捕しなかったよな。でも、ここにもスタジオにも来た」サムは微笑んだ。「シエロンを怖がらせたろ。あれは最高だった。おれを逮捕しにきたのか？」

「話を聞きにきたのよ。入っていい？」

「うん」

「サム、ほんとうにいいのか？」

「なんだよ、ピーターそっくりじゃないか。おれのやることに、いちいち口を出す。おれが、いいって言ってるんだ」サムは脇に寄った。「入りな。ええと、なんて名前だっけ」

「アンジェラよ。ゆうべはどこにいた、サム？」

「ゆうべ？　ここだ」

「ひと晩じゅう？」

サムは考え込んだ。「いや、違う。最初に美術館で反吐《へど》の出そうなパーティーがあった。それから、トニーと飲んだ」

「そのあと、ここに帰ってきたの？」

「うん。スミスとね」首を傾けてわたしを示す。「それにリディアという人も。でも彼女は先に降りたな」

グリマルディが目で問いかけてきたが、リディアについての説明はしなかった。だが、ある事実についてはいずれグリマルディの知るところになるので、説明した。

「パーティーから直接帰ってきたのではない」

「そうなのか？」サムは興味を示した。

「直接ではない。その前にあんたを見つけなければならなかった」

「あ、そうだった！　あのバーでトニーと飲んでいるところへおまえが来たんだ」

「見つけなければならなかった？」グリマルディが言った。「ホイットニーの例の騒ぎのあとで？」

わたしはデモ隊や投石――グリマルディはサムの切り傷と腫れた鼻に視線を走らせた――それにサム捜しについて語った。

「つまり、サムは一時間くらいひとりだったわけね」

「ひとりかどうかは知らないが、ぼくと一緒ではなかった」

「何時ごろ？」

「八時から九時ってとこかな。そっちの推定――」

グリマルディはわたしを制止して、サムに訊いた。「スミスが見つける前はどこにいたの？」

「ずっと走っていた。バーに入ろうとしたけど、どこでも用心棒に断られてさ。それで走り続けているうちに、トニーとよく飲む店を思い出して行った」

「トニーって？」

グリマルディが答えを知っているのは間違いない。サムがどう答えるか、試しているのだろう。

「トニー・オークハースト。カメラマンだ。おれの友人」

「わかった。家のなかを見せてもらえる？」

グリマルディは返事を待たずに入っていった。

「令状がないなら、断る」わたしは言った。サムは無言だ。おそらく心のなかで、ゆうべのデモ隊のシュプレヒコールや投石をなぞっているのだろう。

グリマルディは、すでに浴室のドアの前に立っていた。なかには入らずに覗き込んで肩をすくめ、戻ってくる。「取ろうと思えば、令状はすぐ取れるのよ。まあ、いいでしょう。それで、スミスがあんたを見つけたあと」サムに訊いた。「ここに帰ってきて、ひと晩じゅうずっといたのね？」

サムはいまだにグリマルディを見ようとしないで、しばし黙りこくった。たいがいの人はしびれを切らして再度質問するだろうが、グリマルディは待った。ようやくサムが顔を上げてうなずいた。

グリマルディはわたしに顔を向けた。「間違いないと断言できる?」

これも説明が必要だ。「寝入ってしまってね。だが、ドアの前にソファを置いておいた」

彼女は浴室に目をやった。開け放たれた窓が、戸口から見えた。「だから?」

わたしは答えなかった。

「いまは、このくらいにしておく」グリマルディはサムとまっすぐ向き合った。「あたしが来たのは、ゆうべ女が殺されたからよ」

サムは一瞬遅れて理解すると、血の気を失った。「えっ! おれが殺したのか?」

「そうは言ってないわ」

「だけど、あんたはここに来た。つまり、おれが殺したってことだ。どこで? 誰を?」

「あんたが話して」

「できないよ。なにも覚えていない」

グリマルディは上着のポケットから写真を出した。「いつ、この女《ひと》と知り合った?」

サムは写真をしげしげと見た。わたしも。ブロンドのショートヘア、金のイヤリングの若い女性がカメラに向かって微笑んでいた。この微笑から昨夜の死まで、どれほどの時間があったのだろう。

サムが訊いた。「これがおれの殺した女?」

「どこで知り合ったの? いつ?」

「うーん……わからない」

「見覚えはある?」

サムは首を横に振った。

「ゆうべのことを話して」

「さっき話したじゃないか」

「詳しく知りたいの。些細なことも全部。パーティーを出たあとのことから始めて」

サムはわたしの顔を見た。

「覚えていることだけでいいんだ」わたしは言った。「それとも、帰ってもらうか?」

「いやだ。なんでそんなことをする? そうしたら、おれが殺したのかどうか、わからないじゃないか。座ってもいいか?」折りたたみ椅子を指さした。

「もちろん」グリマルディはソファに座った。わたしは立っていた。

サムは腰を下ろして、深呼吸をした。眉を寄せて考え込む。「なにを話すんだっけ?」

「ゆうべのことよ。なにがあって――」

「パーティーを出たあとか! うん、思い出した」満足げにうなずいた。「ネクタイを振りまわして別れの挨拶をしたな。レスリーはそれをやめさせて、おれを無理やり引っ張っていった。別に帰りたくないわけじゃないのにさ。バカみたいだろ。それからエレベーターで下へ行った。ピーターも一緒だった。エリッサは来なかった。シェロンも。こんな感じでいいのか?」

「いいわよ」グリマルディは言った。「続けて」

サムはもう一度深呼吸をして、今度はよどみなく続けた。なにかの拍子に不愉快な人々や気に入りのバーなどについて話し始めて、本題に戻してやらなければならないこともあったが、最後まで漏れなく語った。裏口から出たところでデモ隊に囲まれ、石をぶつけられて逃げたこと。何軒もバーをまわって用心棒に入店を断られた経緯は、グリマルディがのちほど時系列を組み立てるに十分だった。〈バー・シックス〉に入り、すぐあとにトニー、しばらくしてわたしとリディアが到着したことも話した。驚くほど詳細に覚えている。

「なるほどね」グリマルディは聞き終えて言い、両手で腿を叩いて立ち上がった。「これはゆうべ着ていた服?」ベッドの横に脱ぎ捨てられた服を指した。「この靴も?」サムはうなずいた。「持っていっていい?」

「いいよ。二度と見たくない」

「サム――」わたしは口を開いた。

「見えるところに出ていたし」グリマルディは言った。「持ち主の承諾ももらったわ」〝容疑者〟とは言わなかった。使い捨てのゴム手袋を嵌めて、サムのワイシャツ、ズボン、上着、それに靴を拾い上げ、勝ち誇って微笑んだ。「じゃあ、帰るわ。街を出ないで」

「すぐ戻る」わたしはサムに言い置いて、彼女のあとを追って外に出た。玄関のドアを閉めて、訊いた。「話してないことがあるだろう?」

「あら、そう?」グリマルディは階段を駆け上がった。

わたしも続いた。「とぼけないでくれ、刑事。ほかの殺しについてはサムを疑っていなかったのに、今回はここに直行した」

グリマルディはわたしをじっと見つめて言った。「被害者はキンバリー・パイク。前二件の被害者のひとりと親しかった」

「まずいな」

「思っているより悪くないかもしれないわよ。逆の場合もあり得るけど。キンバリーは友人ふたりとデモに参加していた」グリマルディは車のトランクを開けて黒いビニール袋を二枚出した。一枚にサムの衣類、もう一枚に靴を入れてトランクを閉め、わたしを振り返った。「リディアなんとか、という探偵がテイバーの写真を見せて、アニカ・ハウスマンと一緒にいるところを目撃したかと訊きまわっていたみたいよ」

なるほど。「リディア・チン。ぼくのパートナーだ」

「ちょっと、スミス！　証人に近づかないって約束したのは誰？」

「やむを得ない場合を除いては、だ」

「で、やむを得なかったってわけ？」

「だってサムは」わたしは言った。「無実を証明したくて探偵を雇ったのではない。自分が実際に殺したのかどうか、知るためだ」

グリマルディは手袋を取った。「言い換えれば、サムの鉄壁のアリバイは見つかっていない」

「そのとおり」

「わかった、それで？」

「キンバリー・パイクとバーテンダーの話では、アニカは中背で黒っぽい髪の白人に口説かれていたらしい。写真のサムと同一人物だと断言することはできなかったが、絶対に違うという確信もなかった。わかったのはこれだけだ」

「あきれた。なんで教えてくれなかったのよ」

「なにを教えればいい？　サムの写真を見せたが、確証は得られなかったんだよ」

グリマルディはメモ帳を取り出した。「あんたのパートナーの連絡先は？」

わたしはリディアの住所と電話番号を教えた。「それで、昨夜のことだが」

「昨夜がどうかした？」

「そんなに焦らさないで頼むよ」

グリマルディは、なにを話すか考えている様子だった。肩をすくめた。「昨夜、キンバリー・パイクは友人ふたりとともにホイットニー美術館へデモに行った。テイバーがハウスマンを殺したかどうかは措《お》いておいて、人を殺したことで有名になって利益を得るのが許せなかったから」

「サムが有名になったのは、人を殺したからではない」

「まったく無関係ではないでしょ。だけど、有名になった理由なんかどうでもいい。あたしの疑問はこれ。キンバリーが殺されたのは信じがたい偶然なのか、それともハウスマンの友人だったことが原因なのか。彼女もやはり前二件の犯人が好むブロンドで、ハウスマンの友人知人はほかに誰も殺されていないというふたつの事実は、偶然だった可能性を示しているわ。残りの事実は、ほぼ全部がもうひとつの可能性を示している」

「現場の物的証拠も含めて?」

グリマルディはため息をついた。「いえ、それはなかった。でも、テイバーの衣類からなにか見つかるかもしれない。パイクはほかの件同様、刺殺だった」

「同じ種類のナイフ?」

「まだ判明していない。テイバーのワイシャツに血がついていたわ」

「あれは鼻血だ。戦利品はどうだった?」

「犯人が持っていったかと訊いてるの?」

「それに、ほかの事件と同じものだったのか」

「まあ、いいわ、両方ともイエス。なんだったかは、教えない」

「訊くつもりもなかった。だが、もう一件、サムが出所する前にニュージャージーで起きていたと話していたね。こっちは? 手口や戦利品は同じだった?」

「しつこいわね」グリマルディは言った。「わかったら教えるって言ったじゃない」

「つまり、ぼくたちはチームだという意味かな?」

グリマルディはしばらく無言だった。「場合によるわね。腹を割って協力する気があるなら、答えて。あのいかれた男の所在がわからなかった時間を除けば、あとはひと晩じゅう一緒にいたと断言できる?」

〝いかれた男〟は聞き流した。「できない。今朝目が覚めたとき、浴室の窓が開いていた。サムが言うには、夜中に用を足したあとで窓を開けたが、すぐに寝床に戻ったそうだ。小さな窓だが、サムならぎりぎり通り抜けることができる。でも、完全に酔いつぶれて寝入ったように見えた。たった数時間で酔いが醒めて窓から抜け出し、それからはるばる――」キンバリー・パイクが発見された場所を聞いていなかった。

グリマルディは少し待って、続けた。「――ホイットニーに戻った。パイクが発見されたのは、美術館のそばよ」

わたしは思案した。「行きが一時間、帰りが一時間、おまけに地下鉄を二本乗り継ぐ――可能性は少ないな」

「Uberを使ったのかもしれない。あの時間帯なら、片道二十分だわ」

わたしはそれについても思案した。常軌を逸しているサムなら、Uberで乗りつけて人を殺したとしても不思議はない。「パイクはなぜ、そんなに遅くまで残っていたんだろう。サムを待っていたんだろうか」

「待っていたとは限らないでしょう。サムは常人には理解できない理由であそこに戻り、バーかなにかから出てきたパイクに出くわしたのかもしれない」

たしかに、考えられなくはない。

「Uberやタクシー、ハイヤー会社をいま調べさせている。テイバーの電話を調べる令状を取ることは可能だけど、調べたところで望み薄だわ。彼がやったとすれば、やはり所在がわからなかった時間帯でしょうね」

「死亡時刻を絞ることができれば――」

「それができないのよ。パイクは今朝、美術館に隣接した肉類梱包工場に停めてあったトラックのなかで発見された。物的証拠がないのはそのため。肉類運搬用トラックのなかで痕跡証拠を探すなんてお笑い種もいいとこ。冷蔵ユニットのスイッチは切ってあったけど、凍死するかと思うくらい寒かった。だから、正確な死亡時刻は割り出せない」

16

サムはきっと戸棚にあったスコッチの壜を抱いて、マットレスの上で丸くなっている。そう予想してアパートメントに戻ると、寝床は軍隊式に整えられ、当人はスウェットシャツとジーンズ姿で鉛筆を持って、壁の絵とその横に貼ったスケッチとを熱心に見比べていた。頭上のパイプに等間隔で取りつけた作業用ランプ三個が紡錘形の光と交錯する影を壁一面に投げかけている。

わたしが入っていくと、サムはちらっとこちらを見てすぐさま絵に向き直った。「帰れ」

「サム――」

「描いているときに人がいるのは、嫌いだ。おれはあの女を殺したのか?」

「そうは思わない」

「おれは思う」

「グリマルディも否定的だ」

「嘘つけ。だったら、ここに来るもんか。走って逃げたあと、おれがどこにいたのかおまえは知らないだろ」

「だが、逃げる前にたった二杯しか飲んでいなかったことは知っている。そして、あのバーでぼくが見つけるまで、酒場には入っていないことも」

「たった二杯でも、人殺しをするには十分なくらい酔っていたのかもしれない」

「だが、その記憶をなくすほどに酔ってはいなかった」

「おまえは、おれが夜中に外出したと思った。そのころまでには、かなり飲んでいた。窓から出たと思っただろ」

「出たか、と訊いたんだ。思った、とは違う」

サムは背筋を伸ばしてわたしを直視した。「それで、答えは手に入ったのか？」わたしが黙っていると言った。「やっぱりな。さあ、帰ってくれ」再び絵を覗き込む。「おれがあの女を殺したのか、突き止めろ。ほかの女についても。できないなら、クビだ」笑い声をあげて、鉛筆でキャンバスに微細な線を引き始めた。

わたしは残っていたコーヒーを台所で飲み、サムを観察した。サムはこちらには目もくれず制作に没頭していて、わたしがカップを洗い、上着を着てネクタイをポケットに突っ込んで出ていくときも、まったく反応を示さなかった。

地下鉄駅に向かう途中で煙草に火をつけ、リディアに電話した。

「ハイ！　ブルックリンの夜は楽しかった？」開口一番、リディアは言った。

「ぜんぜん。そして朝は最悪だった」昨夜の出来事を伝えてつけ加えた。「グリマルディがきみと話したがっている。電話番号を教えておいた」

リディアはそれを聞き流して言った。「大変。キンバリー・パイクが？　なんてこと。きのうの夜、あなたも彼女を見ているのよ」

「そうなのか？」

「みんなで裏から逃げようとしていたとき、あの人よ、あの人よって叫び続けてデモ隊を呼び寄せた女の人がいたでしょう。あれが、そう。気の毒に。彼女と話をして、サムの写真を見せたのよ。そんなことをしなければ、彼女はホイットニーに行かなかったかもしれない」

「そうとは限らない。それに、キンバリーの死を望んだやつは、彼女がどこにいようと見つけただろう。きみに責任はない」

リディアが長々と沈黙するあいだ、わたしは煙草を吸い、電話を耳に当てて静かに待った。しばらくしてリディアは言った。「ビル？　何者かがキンバリーの死を望んだと考えているの？　キンバリーを狙った犯行なの？」

「わからない」わたしは正直に答えた。「だが、またもやサムの行動範囲内で起きている――グリマルディは偶然だった可能性に一応触れたけれど、本気ではないし、ぼくも同様だ」

「ええ、わたしも」リディアは言った。「事件について詳しいことはわかっているの？」

仕事の話に戻った。そう来なくては。リディアのいまの気持ちは理解できる。だが、自分で乗り越えなくてはならないし、そのためにはせっせと仕事をするのが一番だ。

わたしは冷蔵トラックについて話した。「つまり死亡時刻は、美術館の裏へ走っていく混乱のなかで友人たちがパイクを見失った午後八時から、トラックの運転手が死体を発見した今朝のおよそ六時までということになる」

「トラックは施錠しないの？」

「荷物がないときは、しないらしい」

「その運転手は、今後は必ずするわね。遺体をトラックに置いたのは、死亡時刻を混乱させるためかしら」

「それも考えられるけれど、単に隠したかったのかもしれない」

「キンバリーの交友関係のほかに、サムとつながる線はある？」

「グリマルディによると、まだ見つかっていない。サムがゆうべ着ていた服を検査のために持っていった」

「令状は？」

「なかった。グリマルディが許可を求めると、サムは素直に渡した」

「サムはみんなにつけこまれる、とピーターが嘆くのも無理はないわね。グリマルディを止められなかったの？」

「できなくはなかったけれど、そんなことをしてなんになる？　ぼくはサムの弁護士ではないし、本人が真実を知りたがっている。サムの犯行ではないと思うが、保証はできない」

「サムは弁護士が必要なの？」

「いまのところ、必要ない。こっちの考えが正しければ、必要にはならないよ」電話のブザー音がしたのでディスプレイを確認した。「あとでかけ直す。ピーターがかけてきた」

「頑張って」

「ピーター」と、わたしは電話に出た。ちょうど地下鉄駅に着いたところだったので階段のてっぺんで脇に寄り、煙草を捨てて踏み消した。

「スミス！　どこにいる！　サムに電話をしたら、きみは帰ったと言っていた。いったいどういうことだ。今朝、刑事が来たそうじゃないか。アンジェラという名前だって？　なんで、家に入れた？」

「NYPDのアンジェラ・グリマルディだ。入れたのは、サムだよ」

「そりゃ、入れるだろうよ！　あいつはなにもわかっていない。きみの役目は――」

「昨夜、また若い女が殺された。グリマルディはその件で来た」

沈黙。ややあって「なんだって？　それで、なんで――」

サムの『なに、いつ、どこ、なんで、どうやって』を思い出した。「前の事件で殺された被害者の友人で、おまけに現場はホイットニーのすぐそばだ。いま、オフィスか？」

「そうだ」

「これから向かう」断られる前に電話を切った。

リディアにかけて、ピーターのオフィスで落ち合う約束をした。二、三軒手前にあったベーカリーまで戻って、ロールパンとコーヒーをそそくさと腹に入れた。きょうはカフェインを大量に摂取することになるだろう。

17

リディアは約束したとおり、ミッドタウンに到着したわたしを地下鉄の出口で待っていた。

「まさに、他人のソファで眠れぬ夜を過ごしたって顔よ」リディアは言って、軽くキスをした。

「眠れぬ夜なら、どれほどよかったことか。こんなに節々が痛くなることもなかったし、サムのアリバイが少なくとも半分は成立した」

「半分？」

「寝入らなかったとしても、サムを見失っていた一時間がある」

「それは、わたしも同罪よ。どのみち、ひとりでいたのがいつだったにしろ、サムの犯行とは考えられないんでしょう？」

「うん。でも、それは関係ない」

「グリマルディのことを言っているの？」

「いや、違う。サムの犯行でないなら、グリマルディはなんの証拠も発見できない。でも、それだけではサムは納得しない。ゆうべ人を殺すことは絶対に不可能だった、とサムに証明してやりたかったんだ」わたしは頭を振った。「だが、あくまでも仮定を基にしていたから、つい寝込んでしまった。現実に殺しが起きるとは夢にも思わなかった」

リディアは握っていた手に一度力を込め、なにも言わずにピーターとレスリーのオフィスへ向かって歩いた。しばらくして、わたしは微笑んで言った。「ところで、すごくきれいだ」リディアはブルーの横縞が入ったシャツに黒のパンツ、それに再び革ジャンを着ていた。

「ぐっすり眠ったの、ありがとう。寝るほかは、なにもすることがなかったから」

「やれやれ、水に流してくれないんだな」

「もちろん。あなたのところに泊まる段取りをつけられるなんて、滅多にないのよ」

「なさすぎる。お母さんに談判しよう」

「できるなら、どうぞ」

エレベーターで上階へ行き、テイバー・グループのガラス張りのエントランスを入ってピーターとの面会を求めた。ほどなくしてレスリーが待合室のドアを開けた。「まあ、あきれた！」わたしをひと目見て、立ち止まった。「まるで、ホームレスじゃない。よくそんな格好で来られたものね」

「若い女が殺された」わたしは言った。「警察がサムの話を聞きにきたし、ピーターがかんかんになって電話をかけてきた。家に帰って着替えるよりも、一刻も早くここに来るべきだと思ってね。気に入らないなら、ぼくではなくリディアを見ていればいい」

レスリーはわたしの助言に従って、険しい目でリディアを見た。リディアは悠揚迫らぬ笑みで応じた。レスリーは「ついてきて」とぶっきらぼうに吐き捨て、スマートな若者たちがガラス壁の反対側から投げる視線を浴びながら、ピーターのオフィスへ向かった。

ピーターもレスリーと同じくらい不機嫌だったが、室内は前日ほど散らかっていなかった。きっと、レスリーが〝大掃除〟をしたに違いない。

「スミス！ なにがあった？」ピーターはレスリーがドアを閉めるや否や、わめいた。「誰が殺されたって？ なんで、警察がサムのところへ？ なんて言っていた？」

製図室にいる社員たちがこちらを盗み見ている。険しい面持ちで頬を赤くしている上司の様子に、これからの厳しい午後を思いやっているのだろう。

「被害者はキンバリー・パイク」わたしは言った。「前に殺された女性の友人で、ホイットニーのそばで発見された」まずはキャバノー刑事について話した。

「ああ、あいつか。覚えてる」ピーターは顔をつるりと撫でた。「まだサムにわだかまりを持っているのか」

「そりゃ、そうでしょ」レスリーがにべもなく言う。

ピーターは肩を落として、無言でレスリーを見つめるばかりだった。わたしは話を続け、グリマルディとサム、サムの恐るべき記憶力、浴室の窓について語った。最後に「グリマルディはサムが昨夜着ていた服を持っていった。検査のためだ」とつけ加えた。

「なんだと？」ピーターは生気を取り戻した。「寝入ったうえに、刑事が服を持っていくのを黙って見ていたのか？」

ピーターとまたもや口論になるのを覚悟したが、レスリーが口を挟んだ。「だからって、状況は変わらないわ。警察は絶対になんらかの証拠をつかんでいる。サムの犯行を裏づける証拠

■単行本

刑事何森　逃走の行先

丸山正樹

四六判上製・定価1980円 Ⓔ

ベトナム人技能実習生は、なぜ罪を起こさざるを得なかったのか？　苦悩の刑事・何森の定年までの数ヶ月を描く連作ミステリ。『刑事何森　孤高の相貌』に続くシリーズ第二弾。

九月と七月の姉妹（仮）

デイジー・ジョンソン／市田 泉 訳

四六判上製・定価2200円 Ⓔ

貪欲で残忍な九月生まれのセプテンバー。内気で従順な七月生まれのジュライ。他の誰も必要としない、強固な二者関係の辿り着く先は――。一篇の詩のように忘れがたい物語。

東京創元社が贈る総合文芸誌

A5判並製・定価1540円 Ⓔ

紙魚の手帖

SHIMI NO TECHO vol.11 JUNE.2023

浅ノ宮遼／眞庵、北山猛邦、京橋史織、久青玩具堂、大和浩則で贈る、初夏のミステリ読切特集。本誌初登場、熊倉献によるコミック新連載。スワンソン、宮澤伊織読切ほか。

※価格は消費税10％込の総額表示です。Ⓔ印は電子書籍同時発売です。

■創元推理文庫

二度死んだ女　レイフ・GW・ペーション／久山葉子 訳

定価1760円 Ⓔ

キャンプで発見された頭蓋骨は死後二週間近くが経過していた。ところが警察の調べで同じ女性が十二年前にタイで死亡していたことが判明。ベックストレーム・シリーズ第四弾。

熱砂の果て　C・J・ボックス／野口百合子 訳

定価1430円 Ⓔ

ワイオミング州の砂漠地帯を舞台に繰り広げられる大迫力のアクション！　恐るべき危機が猟区管理官ジョー・ピケットと盟友のネイトを襲う。冒険サスペンス・シリーズ新作！

《リディア・チン&ビル・スミス》シリーズ

その罪は描けない　S・J・ローザン／直良和美 訳

定価1430円 Ⓔ

おれが殺人犯だと証明してくれ——有名画家からの奇妙な依頼を受け、私立探偵ビルと相棒のリディアは美術業界に切り込んでいく。現代ハードボイルドの傑作シリーズ最新刊。

好評既刊■創元推理文庫

すり替えられた誘拐

D・M・ディヴァイン／中村有希 訳　定価1320円

問題児の女子学生を誘拐するという怪しげな計画が本当に実行されたのち、事態は二転三転、ついには殺人が起きる。謎解き職人作家が大学を舞台に書きあげた最後の未訳長編！

シェフ探偵パールの事件簿

ジュリー・ワスマー／圷 香織 訳　定価1320円 E

年に一度のオイスター・フェスティバルを目前に賑わう、英国のリゾート地ウィスタブルで殺人事件が。レストランのシェフにして新米探偵パールが事件に挑む、シリーズ第一弾。

好評既刊■創元文芸文庫

アパートたまゆら

砂村かいり　定価836円 E

「うち泊めますけど」隣人の男性からの予想外の提案から始まった交流の中で、いつしかわたしは彼のことが気になっていて――距離は近くても道のりは険しい、王道の恋愛小説。

※価格は消費税10％込の総額表示です。E 印は電子書籍同時発売です。

を。そうでなければ、来ないわよ」

わたしは言った。「グリマルディは、被害者の交友関係と遺体の発見場所のほかにサムの関与を示すものはないと言っていた」

「グリマルディが正直に話すわけがないわ」レスリーは反論した。「絶対になにか証拠をつかんでいる」

「なんで、そう思う？　サムのところへ行ったからか？　そりゃあ、状況証拠は十分あるんだからしかたがない」

「ふん、いい加減なこと言わないで」

「レスリー、きみは間違っている」ピーターが言った。「確たる証拠があれば、サムを逮捕するに決まってるじゃないか」

「同感だ」わたしは相槌を打った。

「きみの意見なんかどうでもいい」ピーターは顔を振り向けた。「これまでろくに役に立っていないじゃないか。そもそも、きみがサムを見失わなければ、そのあとのんきに寝入ったりしなければ、サムの疑いはいまごろ晴れていた。だいたい、ぼくとレスリーを追い払ったのが間違いだ。ぼくがいれば、サムを見失うようなことにはならなかった」

「あの場にいないほうがいいと判断したのは、ぼくひとりではない」レスリーに目をやると、睨み返された。

「うるさい」ピーターは言った。「この役立たず。クビだ。帰れ」

「残念でした」わたしは言った。「また忘れたのか。依頼人はサムだ」そのサムに解雇をちらつかされたことは伏せておいた。「だが、『帰れ』の言葉には従う。最後にひとつ。ゆうべはどこにいた？」

「ぼくか？」

「ふたりとも」

「頭がおかしくなったの？」レスリーが声を荒らげる。

「これがサムの犯行とは考えられない。前に起きた三件も」

「三件？」

わたしはうなずいた。「最初の事件は、サムが出所する二ヶ月前にホーボーケンで起きた。手口も戦利品も同じだった」グリマルディはこれについて明言しなかったが、ふたりの反応を見たかった。興味深い結果になった。ピーターの目に一瞬浮かんだのは混乱だった。そしてレスリーの目にうっすら浮かんだのは断言してもいい、絶望だった。

ピーターは言った。「出所する前？　だったら――サムの無実を証明しているじゃないか」

「いいえ」レスリーは気を取り直して言った。「その件については無実だと証明しているだけよ」

「そのとおり」わたしはうなずいた。「だが、それは除くとしても、ほかの件はなんらかの形でサムに関係していることが明らかになってきた」

「歴然としているわよ」レスリーは言った。「結局は全部、サムの犯行だったんじゃないの？」

「レスリー！」ピーターが顔を振り向ける。「なんてことを言う！　サムは誰も殺していない」

「ピーター！」レスリーは険しい目でピーターを見据えた。「そろそろ事実を直視したらどう？」

「事実？　なにが言いたい」

「それについてはあとで話し合いましょう」レスリーはわたしにも険しい目を向けた。「昨夜は——よくも図々しく訊けるわね——ピーターとわたしは急いであの場を離れた。ピーターはUberでブルックリンの自宅にまっすぐ帰り、わたしはマイケル・サンガーのご機嫌取りにホイットニーへいったん戻ったあとで帰宅した。満足した？　さあ、さっさと出てって」

レスリーはオフィスのドアを乱暴に引き開けて待った。リディアとわたしが戸口をまたいだ瞬間、ドアは音高く閉まった。

「壁のハエになって、こっそり様子を窺う？」リディアは訊いた。「面白いことになりそうよ」

「でも、ハエになるのは無理みたいだ」ピーターのオフィスから廊下へとわたしたちを目で追ってくる、製図室の面々に笑顔で会釈をした。全員が素早くコンピューターのモニターに視線を戻す。「どちらかと言えば、金魚鉢のサカナだろうな」

「残念だわ」エレベーターの前でリディアは言った。「あのふたりがなにを隠しているのか知りたかったのに」

「きみもやはり、ふたりがなにか隠していると思った？」

「もちろんよ。そして、一番知りたいのはこれ。ふたりは同じことを、わたしたちから隠しているのか。それとも、それぞれ異なる秘密を抱えていて、互いにそれを知られないようにしているのか」

18

「ちなみに」わたしは四六丁目通りを歩きながらリディアに話しかけた。「さっきはひと言も発言しなかったね。どうして？」

「あなたが上手に渡り合っていたからよ」

「釣り針につけられたミミズみたいに？」

「きょうは比喩のセンスがいまいちね。これからどうする？」

「いまのうちに家に帰ってシャワーを浴びたい。そのあと、これからの計画を話し合おう。調べたいことがあるけれど、グリマルディの機嫌を損じないためにはどうしたものかと考えあぐねている」

「警官の繊細な感情に配慮するなんて、珍しいわね」

「いや、そうではなくグリマルディに脅されたからだ」

「ふうーん」

「一緒に来る？」わたしは地下鉄を目指した。

「わたしがそんなお安い女に見える？　ゆうべ、すげなく追い払われたあとで、あなたが裸になって水を滴らせるからといってのこのこついていくとでも？」リディアはわたしと歩調を合わせて駅への階段を下りた。

「そんなことは考えもしなかった」

「考えるべきよ」

地下鉄に揺られてダウンタウンまで行くあいだ、わたしはずっとリディアの肩を抱いていた。

建物の入口を解錠すると、リディアはさっさと三階のアパートメントまで駆け上がっていった。

「先に入っていいよ」わたしは階段の途中で声をかけた。「鍵を持っているだろ」

「持ってないわ。ゆっくりでいいわよ。時間はあるから」

踊り場で彼女に追いつき、「洒落にならないよ」と言ってアパートメントのドアを開けた。

警報装置を解除してドアを閉め、リディアを抱きしめて今度はゆっくり唇を合わせた。

「ねえ」体を離してリディアは言った。「もっといい場所があるわ」

「ドアの前は嫌いかい？」

「好きよ。どのドアも好き。あのドアを入るのはどう？」リディアは寝室のドアを示した。

結局のところ、シャワーを浴びた。終わりかけたところへ、リディアが顔を覗かせた。「電話が鳴っているわよ。サムから」

「出てくれないか？」

シャワーを止めてタオルを巻きつけて出ていくと、リディアの声が聞こえた。「わかった。そこにいて。すぐ行くわ。ええ、ほんとうよ。そう、ビルも。もちろん、行くわよ。安心して。

ええ、これからすぐ。あ、待って、ビルと替わる」

電話を取った。「サム？　どうした？」だが、すでに切れていた。そこでリディアに訊いた。

「どうしたんだって？」

「アパートメントに来てもらいたいって。何者かが侵入したそうよ」

「なんだって！　サムは無事だった？」

「留守にしていたの。飲みに出ていて、戻ってきて発見するとすぐバーに駆け戻った。店にいるように言っておいたわ。クビにしたからあなたが来ないのではと、心配していた。サムに解雇されたの？」

「いいや。解雇なんかされてない」わたしは服を着始めた。「サムが言ったのは、白か黒か明らかにできなければクビにするという意味だ。できないくらいなら、自分で自分をクビにするよ」

アウディを停めてある二ブロック先の駐車場に駆けつけた。電話をハンドフリー装置に固定して運転しながらサムにかけたが、返事はなかった。二十分少々でバー〈ヴィクターズ〉の前の荷積みゾーンに乗り入れた。サムのアパートメントから二ブロックしか離れていない。越してきて数ヶ月で早々と馴染みの店を作ったのだ。入っていったとき、サムは止まり木で何杯目だかのグラスを半分空《から》にしているところだった。こちらを振り向いた。顔を輝かせるとまではいかなかったが、目に浮かんでいた悲愴感はいくらか薄れたようだった。

「なにがあった？」

「クビにしてごめんよ」

「気にするな。なにがあった？」

「まだ働いてくれるのか？」

「もちろん。なにがあった？」

サムは安堵してうなずいた。なぜわたしを必要としているのかを忘れたのか、グラスを回転させて渦巻く液体を眺める。

「サム？　なにがあった」

「おっと」顔を上げる。「誰かがあそこにいた」

「誰が？」

「知らないよ。どなたですか、なんて訊かないでさっさと逃げたから」

「つまり、部屋に戻ったときにそいつはまだいたんだね？」

「わからない。でも、姿は見えなかった」

「なにか盗まれたのか？」

「わからない。すぐに部屋を出て逃げたんだ」

「そいつはどうやって入ったんだい？」

「わからない」

「なにが――」

「わからないってば！」

「そうか。もういい。見にいこう」

サムはたじろいだ。「なんだって？　あそこへ行くのか？　おまえ、頭がおかしくなったんじゃないか。行きたいなら、ひとりで行けよ。おれはここにいる」

「永久に？」リディアが言った。

サムはグラスに目を落とした。「それもいいな」

「サム」わたしは言った。「そいつが侵入した理由を知りたいんだ。なにが目的だったのかを」

下絵と未完成の絵のほかに、他人のほしがるようなものをサムが持っているのだろうか。「なにがなくなっているかわかるのは、あんたしかいない」

「そいつがまだいたら？」

「リディアが銃を持っている。物騒なやつだったら、リディアが撃つ」

サムはリディアに問いかけた。「ほんとうに？」

「もちろんよ」リディアは、安心して、と微笑んだ。彼女の母親には通用しないだろうが、サムは肩の力を少し抜いてわたしに訊いた。

「おまえは？」

「持っているよ。でも、射撃の腕はリディアが上だ」

リディアは革ジャンの前を少し広げて腰につけた銃を見せ、眉を上げた。サムはリディアと目を合わせてにやりと笑い、グラスを空にして止まり木を降りた。

「またな、ヴィク！」バーテンダーに言って、出口に向かう。

サムに代わって勘定をするつもりで札入れを出したが、バーテンダーは手を振って止めた。「つけにしてるんですよ。気前がよくてチップをたくさんくれる。変わり者だけど、いいお客さんです」

「そうか。それを聞いて安心したよ」陽の降り注ぐ外に出て、リディアとサムに合流した。

「さあ、乗って。どのみち、車を移動させなくては」

「向こうで会いましょう」リディアは言った。「サムと歩いていくわ」

サムはにっこりした。

わたしはリディアと目を見交わしてうなずき、頭を近づけて仲よく話をしながら歩いていく後ろ姿を見送った。サムのアパートから数軒離れた家の前に車を停めて、先に着いていたふたりのところへ行った。サムが鍵を渡して寄越す。

「おまえが先だ」そのあとリディアが階段を下り始めたときになって、サムは言った。「用心しなよ」

銃を抜き、ドアを解錠してそっと開けた。オートロック式の鍵は閉めたときにかかっていたが、ボルトは嵌まっていなかった。サムは嵌める間を惜しんで逃げたのだろう。どのみち防犯性の高い鍵ではなかった。ボルトが嵌まっていても、わたしでも開けられそうだし、もっと腕がよければ朝飯前だったろう。リディアがすぐうしろに立った。サムは歩道で心配そうに眺めていた。

なかに入って無人であることを確認するまで、三十秒とかからなかった。室内をひとわたり見たあと台所を通って浴室へ行ったほかは、クローゼットを覗き、念のため直接触れないよう布巾を使ってドアノブを確認して終わった。窓は全部閉まっていて、鍵もかかっている。マットレスの下に隠れることはできない。壁に留めた未完成の絵も、その周囲のスケッチ数枚も異状なし。見たところ、荒らされた様子はいっさいなかった。

「大丈夫だ、サム」銃をショルダーホルスターに収めて、呼びかけた。「誰もいない。下りてこいよ」

サムは及び腰で階段を下りてきた。戸口を入るなりすくみ上がって、リディアのそばに寄る。

「なあ、サム」わたしは言った。「誰かが侵入したって、どうやってわかった」

サムはテーブルを指さした。「あの赤い鉛筆だ。あれが反対側にある」

「それだけ？」

「赤い鉛筆は絶対にあそこには置かない。それに」きちんと並んでいない。たしかに、一、二本の鉛筆の並び方にほんのわずかなずれがある。サムの目にはそれが途方もなく乱雑に映るのだろう。「あと、コーヒーカップも。水切りかごに入ってるやつ。あれは持ち手をワイヤーとワイヤーのあいだに挟んでおいた」

「わかった」わたしは言った。「ゆっくり見てまわろう。気がついたことがあったら、教えてくれ」

サムはリディアを見た。リディアは微笑んで、銃を手にしてサムに付き添った。ふたりが念入りに見てまわるあいだ、わたしも些細な変化を探してスケッチやそれを留めたテープの数まで確認した。結局のところ、アパートメントは昨夜来たときよりもさらに整然として、直線的なたたずまいになっている印象を受けただけだった。

サムは少しずつ前に進んでベッド、キッチンカウンター、戸棚やクローゼットの内部、洗濯物入れを無言で見ていった。浴室に入ったとたん、叫んだ。「薬戸棚を開けたんだ！　見ろよ！　戸棚を開けるには、歯ブラシを動かさなきゃならない。そして戻したときに、逆向きに置いた」

「歯ブラシを動かしただけかもしれないよ」自分で逆向きに置いたんじゃないのか、との思いは口に出さなかった。

「なんで、歯ブラシを動かすんだい？」サムは喧嘩腰ではなく、単なる好奇心で訊いてきた。あいにく、答えは考えつかなかった。鏡に指紋は残っていない。何者かが実際に侵入したのだとしても、手袋をしていたのだろう。自分の指紋をつけないよう、タオルを使って薬戸棚を開けた。

「なくなっているものは？　置き場所が変わっていたりしないか？」戸棚にはデンタルフロス、バンドエイド、櫛、アスピリンしか入っていなかった。

「わか……いや、全部無事だ」

「よし。いいか、サム。何者かが侵入したにしろ、いまは誰もいない。窓に格子をつけて、ドアの鍵を交換したほうがいい」

「ここにはいたくない！　そいつが戻ってきたらどうする？」リディアのほうを向く。「一緒にいてくれるか？」リディアが答える前に、かぶりを振った。「そいつはだめだ、あんたがいたら、絵が描けない」

わたしは思案した。「ピーターのところは？」

サムは素早く振り向いた。「おまえもかなりいかれてるな。いかれ兄弟だ！　いやだ、ピーターのところには行かない。あそこじゃ絵が描けないし、レスリーはおれのことが大嫌いだ。ピーターとレスリーはしょっちゅう喧嘩をしてるのに、仲がいいふりをしているんだよ。親父とお袋もそうだった。胸クソ悪いったら、ないよ」渋面をふと輝かせた。「スタジオに行きたい。な！　名案だろ。さあ、行こう」眉を寄せる。「だけど、鍵の暗証番号を知っているんだよな。ピーターとシェロンがさ。だから、入ってくる。そうだ！」期待を込めてこちらを見た。「おれがいることを秘密にしておけば、入ってこない。あいつらに話さないよな？」

リディアは言った。「大丈夫よ、サム。絶対に話さない」

わたしもうなずいた。

「決まった」サムは言った。「名案だろ。さあ、行こう」

クロムリーがあっさり下の入口を解錠したことを思い出し、あの建物の防犯がいささか甘いことを忠告したくなった。だがサムがすっかりその気になっているし、危険が及ぶとも考えられない。そもそも侵入した者がいたのか疑問なうえに、いたとしてもサムが外出するのを待っていた。なにかを探すために侵入したのであって、サムが狙いではない。

わたしは訊いた。「持っていくものは？」

「たとえば？　あそこにはなんでもある。あ、酒か！　名案だ」

「着替えとか、そういうものを訊いたんだよ」

「なんでそんなものがいる？　誰も会いにこないのに」戸棚を開けて、スコッチを取り出した。

リディアが眉を上げたが、わたしは肩をすくめてサムの鍵を使ってドアを施錠した。そして、わたしの車で西三九丁目に向かった。

19

車が橋を渡っているとき、ルームミラーに映ったサムの顔が目に入った。左右に広がるマンハッタンのスカイラインを初めて見るかのように夢中になって眺めている。果たして、あそこで起きた大惨事を覚えているのだろうか。誰も口を開かなかったが、リディアは目で訊いた。ほんとうに、誰かが侵入したのかしら。わたしは肩をすくめた。サムはとにかく配置にこだわる。だから、実際に品物が動かされた可能性はある。いっぽう、昨夜と今朝はかなり混乱していたのも事実だ。ふだんほどには整然とできず、動かされたと主張して怯えているのは、自身のコントロールを失いつつある証かもしれない。サムを相手にするときは、こちらの立場次第で見方が変わる。

スタジオのある元倉庫に着いて、またもや荷積みゾーンに車を停め、今回は〝配達中〟の札をフロントガラスの前に置いた。これがけっこう効き目を発揮して、アウディで配達をしていることに交通警官が不審を抱くまで、三十分かそこらを稼ぐことができる。リディアとサムの三人でエレベーターに乗った、サムがスタジオのドアを解錠していると、隣の半開きのドアが勢いよく開いて、エリッサ・クロムリーが走り出てきた。

「サム!」クロムリーは細い両腕を広げてサムに抱きついた。サムはよろめいたが、うれしそうだ。「大丈夫だったの？　あらまあ、なに、その顔！　なんで電話に出なかったのよ？　どこにいたの？」

サムは首を傾げた。

「電話したのよ！」クロムリーは言った。「何度も何度も。ゆうべはあんな騒ぎになって、すごく心配したんだから。外に出なければよかったのよ。あたしが行ったときはもう遅くて、あんたが逃げたって、みんなが騒いでいた。そのあと警察が来たのよ。それに、女の人が殺されたんだって。そこらじゅうで噂してるわ。でも、あんたが殺したんじゃない」

クロムリーは憎々しげにわたしを睨み、リディアにも〝サムの犯罪行為を無視する条例〟に違反している場合に備えて、ひと睨みくれる。わたしは揺るぎない視線で、リディアは愛想のいい微笑で応じ、サムは素知らぬ態で電話を出して操作に勤しんだ。

「ああ」サムは言った。「ほんとうだ。着信がある。ゆうべから、電源を切ったままにしてたらしい」わたしを見る。「おい、おまえもきょうかけてきたんだ」答えたものかどうか迷っているうちに、サムは言った。「おやおや！　トニーも！　それに、ピーター」サムはクロムリーを見て言った。「やっぱり、おれがその女を殺したみたいだ」

サムはドアに向き直り、クロムリーが答える前に正しい暗証番号を入力した。どうぞ、とばかりにドアを開けっぱなしにして、スタジオに入っていく。わたしとリディアはあとに続いたが、クロムリーは社交気分ではなかった。

「かけ直しちゃだめよ」と、廊下で怒鳴った。「トニーにもピーターにも。誰にもかけ直さないで。あんたは誰も殺していない。話したいことがあるの。あとで来て」わたしとリディアをもう一度睨む。「ひとりになったらね」スカートを翻《ひるがえ》して背を向け、自分のスタジオへ戻っていった。ドアを閉める大きな音が廊下にこだました。

「うわあ」リディアは言った。「わたし、彼女になにか悪いことをしたかしら」

「いまはまだ。でも、これからするとわかっているんだろう」

サムはクロムリーの剣幕に目を丸くしていた。肩をすくめて電話を顔に近づける。メッセージを聞いているうちに、笑みが広がった。電話を下ろして言った。「エリッサは留守電でも同じことを言っている。話したいことがあるって。でさ、なんとトニーもそう言っている。ピーターも。みんなが、おれに話したいことがある。どうするかって？　そんなの、知ったこっちゃない！　みんな、黙ってくれよ！　おれは絵を描く。バイバイ」リディアをしげしげと見てこくりと頭を下げたが、リディアではなく自分に詫びているかのようだった。「じゃあな、ビル。バイバイ」

サムは首を傾げて微笑を浮かべ、わたしたちが理解するのを待った。リディアと連れ立って戸口へ向かうと、すぐうしろをついてくる。スタジオを出て、話しかけようと振り向いたとたん、鼻先でドアが閉まって飛びのいた。

わたしの鼻が危機に瀕したのがおかしかったのか、リディアは笑った。「あれがいわゆる気分変動なのね」

「うん、サムの症状のひとつだ。でも、きみのことが気に入ったみたいだね」

「頭がおかしくても、いい趣味を持つことはできるわよ」

「サムの飲み友だちのトニー・オークハーストによると、いい趣味はアートの敵だそうだ。ところで、ぼくの知りたいことがわかるかい」

「みんなは、サムになにを話したいのか」

「正解」

わたしはリディアとうなずき合って、手始めに隣のクロムリーのスタジオへ向かった。

20

ノックをすると、スタジオのドアはただちに開いた。クロムリーの反応は予想どおりだった。勝ち誇った顔の眉根が、瞬く間に寄っていく。「なんだ、サムじゃなかったの」

「がっかりさせて申し訳ない」わたしは言った。「入っていいかな」

「なんで?」

「かまわないわよね?」リディアはさっさとクロムリーの前を通り過ぎた。クロムリーが目を丸くしたものの脇に避けたところを見ると、リディアのほうが彼女の扱い方を心得ているようだ。この場はリディアの主導に従うことにした。

「なんの用?」クロムリーは気を取り直してドアを閉めた。

「絵を見せていただきたいの」リディアは言った。

一拍置いて「ほんとうに?」と、クロムリー。

リディアはうなずいて、ガラクタを避けながら窓辺のイーゼルの前に行った。「ビルがあなたの作品について話してくれたわ。わたしはアートにあまり詳しくないけれど、女性や非白人が家父長制社会の窮屈な規範に疑問を投げかけた作品にとても興味があって」

いやはや、みごとなテクニックだ。クロムリーは、わたしがどんな話をしたのか興味津々だが、それを知られたくないのだろう、眉をひそめてこっそりこちらを窺っている。リディアが片手をうしろで振って、「あっちへ行って」と合図する。そこで少し離れて見守った。

リディアは三台のイーゼルの前を行ったり来たりした末に、一台の前で立ち止まった。「この絵のポイントはなんですか?」

クロムリーはいそいそとリディアのもとへ行った。わたしはうしろを向いて電話を取り出し、メッセージを聞いているふりを装った。ふたりの言葉は聞き取れないものの、数分間のあいだにクロムリーのむきになった刺々しい口調は次第にやわらいで熱意を帯びてきた。電話をポケットにしまって振り向いたとき、リディアの言葉が耳に入った。「なるほど、そういうことを目指していらっしゃるのね。やはり、ご自身でギャラリーを開くべきではないかしら。ふつうのディーラーは、きっとこうした作品を扱う勇気がないわ」

うん、その点は大いに同感、とわたしは心のなかでうなずいた。

「ねえ、ビル」リディアは言った。「もうひとつの用を片づけてきてくれない? ミズ・クロムリーともう少し話していたいの」

「エリッサでいいわよ」クロムリーは愛想よく言った。もっとも、愛想はわたしまで及ばず、あてつけがましく口をつぐんでリディアの脇で待つ。

世間の見解はともかくとして、わたしは察しがいい。「ああ、そうしよう。あとでメールする」そう言ってスタジオをあとにした。

絵具の飛び散った廊下で、思案した。リディアはどの用とは特定しなかった。ひとりでトニー・オークハーストに話を聞きにいったら確実に怒られるが、ほかの人ならかまわないだろう。ニュージャージーの事件の詳細をグリマルディに問い合わせることにして、電話を出した。そこへ、サムがスタジオから飛び出してきた。

「ここにも来た！」激しく腕を振りまわして叫ぶ。「ここにも！」廊下に突っ立っているわたしを見ても、まったく驚かない。きっとサムの世界では、裏方は独自の人生を持たずに常に舞台の袖に控え、合図とともに彼のドラマに再登場してくる存在なのだ。そう感じたことは一度ならずある。サムはわたしの腕をつかんで、スタジオに押し込んだ。

「ほら！」と、スケッチを重ねたテーブルへ引っ張っていく。先日、コネツキとサンガーが次次に吟味していくのを見てかなり苛立っていたが、いまはサムの基準に従って重ね直してある。だが、抽斗が開いていた。なかには鉛筆の箱が並び、その奥に消しゴムが重ねてあった。

「説明してくれないか」わたしは言った。

サムは無知蒙昧《むちもうまい》なる輩に説明するにあたって、深呼吸をひとつした。「鉛筆が必要になって取りにきたんだ。いいか、どの鉛筆も違う番号がついてるだろ。消しゴムも、まあそんな感じだな。実際に番号はついていないけど、鉛筆によって合う消しゴムが違う。だから、消しゴムと鉛筆をセットにして置いておく。だけど、あれ――すごく薄いグレーのが白いのと一緒になっているだろ。それに、みんな少し片側に寄っているのがわかるか？　誰かがあの隙間になにかを入れてまた出したときに、消しゴムを元の位置に戻さなかったんだ。な？」

言われてみれば、たしかにそう見える。消しゴムは今朝のアパートメントの鉛筆と同じく、まっすぐに並ばずに中央の列が少しずれていた。それに薄いグレーの消しゴムがひとつ、白のなかに紛れ込んでいる。色の差はごくわずかだから、間違えても無理はない。サム以外の者ならば。

単に抽斗の滑りが悪くて中身が動いたのかもしれないと思って、出し入れしてみた。推して知るべし、滴り落ちそうなほど油が差してあって、中身はどれひとつとして一ミリたりとも動かなかった。

「誰かがそこになにかを入れて」サムは言い張った。「また出した」

「サム――」

「わかってるって！　突拍子もないよな。わざわざ忍び込んで抽斗になにか入れて、また出すなんてさ。突拍子もないのはわかるけど、実際に起きたんだ。誰かが入ってきて、そして――」

「うん、信じる」

サムは息を呑んだ。「ほんとうに？」

「いけないか？」

「もちろん、いいさ」サムは頭を激しく上下に振った。「だけど、おれを信じないときもあるだろ」

「言っていることが支離滅裂なときはね。でも今回は正しいと思う」わたしは携帯電話のライトをつけて抽斗を調べた。「中身を出してもいいかい？」

サムは顔をしかめたものの、うなずいた。「いいよ」

そこで中身を全部取り出して、再度調べた。次に抽斗を抜き取って、天板と抽斗の裏にテープで貼りつけたものがあるか、最近取り除いた痕がないかを確認した。なにが起きたにしろ、消しゴムの位置のほかにそれを示す痕跡は皆無だった。

抽斗を戻して、ライトを消した。「なにか抽斗に入れていたかい？　テープで抽斗かテーブルに貼ったりした？　誰かが探しそうなものを」

サムは、わたしの言っていることこそ支離滅裂だと言いたげな顔をした。「抽斗には鉛筆を入れておいた。あとは消しゴム。あ、戻すな、おれがやる」

「ほかには？」

「ほかになにを入れる？　この抽斗は鉛筆と消しゴム専用だ」

ごもっとも。

リディアにメールした――サムのスタジオにいる、何者かが侵入した。そして言った。「さて、サム。最後に抽斗を開けて異状がなかったのは、いつだった？」

サムはしばし考えた。「ええと、おとといだ」

「スタジオのほかのところは？　なにか変わった点があるか？」

「うーん、わからないや」サムは頭をサーチライトのように動かした。一ヶ所に留まっていては、スタジオ全体を点検できるわけがない。

「一緒に見てまわろう」わたしは言った。

「歩きまわって?」

わたしは眉を上げるに留めた。サムは渋々歩き出し、今朝アパートメントでしたように、ゆっくり点検していった。ここが隠れ場所のない広いワンルームであるせいか、あるいはわたしがリディアでないせいか、付き添いは頼まれなかった。サムは抽斗をひとつずつ、積み重ねた紙を一枚ずつ、スケッチブックを一ページずつ丹念に調べた結果、あの抽斗以外は異状がないと断言した。

「よし」わたしは言った。「今度はドアだ。暗証番号を知っているのは誰だ? ピーターとシエロン・コネツキは当然知っているだろう。ほかには?」

「そうだな」サムは考え込んだ。「トニーかな。そうだ、トニーだ。エリッサも。彼女に教えた。互いに教え合ったんだ」

「ピーターが知っているなら、きっとレスリーも知っているよ」

「げっ。そうかな?」

「うん、たぶん」

サムは顔をしかめた。「じゃあ、侵入したのはそのなかの誰か? ひどいな。みんな、おれのことが好きだと思っていた。いや、レスリーはおれを嫌っている。そうだ、侵入したのはレスリーだ」

「その論理は筋が通らないが、ひょっとしたら正しいかもしれない。そのうち、はっきりするさ。ところで、錠前屋の友人がいる。呼ぼうか?」

サムは、ぜひにと頼んだ。

エルネスト・ルッツ（〝ロックはルッツ！〟）は、たまたま近隣での仕事が終わりかけたところで、すぐ来てくれることになった。そこで、目の前のコンビネーション・ロックの形状を伝えた。「プログラムを書き換えられるか？」

「書類があれば」

「なかったら？」

「そっくり交換する。ちょうどトラックに二個積んである」

電話を切った直後にドアがノックされた。

サムが飛び上がった。

「代わりに開けようか？」わたしは言った。

「どうしよう」と、サムがためらうのをよそに開けると、リディアだった。サムがたちまち笑顔になる。

「メールを読んだわ。なにがあったの？」

サムが訊く。「いまも銃を持っているのか？」

「もちろんよ。必要なの？」

「いや、いらない」わたしはリディアの背後でドアを閉めた。「誰かがここにいた」リディアに鉛筆と消しゴム専用の抽斗を見せて、説明した。

「まあ、では、間違いないわね」

「うん」

「サム？　大丈夫？」

サムはうなずいた。

「もうすぐエルネストが来る」わたしはリディアに言った。「あっちはどんな具合だった？」

「あっちって、どこだ？」サムが訊く。

「エリッサのスタジオよ。あまりうまくいかなかったわ。自分の作品とギャラリーについてはとめどなく話すけれど」――サムがくるりと目玉をまわすのが目に入った――「サムに話したいことについては、すごく口が堅かった。ただ、とても重要だとほのめかしはした。直接聞いてきたら、サム？」

「エリッサのところへ行って？」

「ええ」

「いや、行かない。別に知りたくない。きょうは誰にも指図させない。誰にも。なんにも。どんな人にも。なんにも。あんたたちにも。出てけ。待った、まだ行くな！　錠前屋が来てからだ。そしたら帰れ」

わたしは言った。「サム？　誰が侵入したのか、エリッサが知っているかもしれない」

サムは黙りこくった。「うーん。そう思うか？」

「思う」

サムは眉を寄せ、それからにやりとした。「よし。じゃあ、聞いてこいよ」

「彼女はぼくたちには話さない」

「おれに頼まれたことにしなよ」

「それは——」

ブザーが鳴った。階下の入口に誰か来たらしい。

「きっと錠前屋だ」インターフォンで確認すると、やはりそうだった。階下のドアを解錠して待った。

エルネストがエレベーターを降りてやってきて、鍵を見て言った。「書類は？　所有者の暗証番号が取扱説明書に載っている」

「サム？」と訊いたが、当人はかぶりを振る。

「そうか。だったら交換しなくちゃ。高くつくよ」

「かまわない。やってくれ」わたしは言った。

エルネストが作業をするあいだ、サムの説得を試みた。「エリッサが侵入者の正体を知っていれば」わたしは言った。「きっと——」

「シーッ！　いま見てるんだ」サムは言った。「どうせレスリーだよ。それに、誰だろうが関係ない。鍵を交換したら、もう入れない」

サムなりの論理で侵入者の問題を解決したあとは、わたしやリディアがなにを言おうと受けつけなかった。中腰になって両手を膝に当て、レーザー光線並みの集中力をエルネストの手元に注いだ。

「少し待ってみましょうよ」リディアが低い声で言った。ほかにどうしようもなかったので、わたしは壁にもたれて建物内で喫煙が許されていた古き良きニューヨークを懐かしんだ。

サムの集中力はレーザー光線と同じで、突然切れもする。しばらくすると腰を伸ばし、居場所を確認するかのようにあたりを見まわしてから窓辺のイーゼルに戻った。描きかけの絵を見つめたり、外に目をやったりしながら、一本また一本と鉛筆を削っていく。再び説得しようとしたとき、サムはいきなり飛びのいた。

「やばい！」と窓の外を指す。「まずいぞ！」

「どうしたの？」リディアが駆け寄り、わたしもすぐあとに続いた。

「シェロンだ！　シェロンがトニーのところから出てきた。すごく怒っている。ここに来られちゃ困る。シェロンと話したくない」戸口へ走っていった。「鍵をかけろ！　だめだ、鍵がない！」

エルネストが顔を上げる。「あと少しですよ。十分かそこら」

「それじゃあ間に合わない！」

シェロンは足音が聞こえそうなほどの勢いで道路を渡って、こちらの建物の入口にやってきた。「隠れろ」わたしはサムに言った。「シェロンの相手はまかせろ」

「頼んだぞ。おれは留守だ。で、おまえはおれを待っているけど、どこにいるか知らない、しばらく戻ってこない。そう言え」

サムが廊下の突き当たりのトイレに駆け込んだ直後にエレベーターのドアがするすると開き、

黒のスカート、黒のストッキング、黒のハイヒールにアイボリーのセーターと黒曜石のペンダントという装いのシェロン・コネツキが降り立って、靴音を響かせてサムのスタジオの前に来た。

「いったい、なにをしているの?」語気鋭く訊く。

〝鍵を交換している〟は言わずもがなだろう。「スタジオに侵入した者がいる」

「大家のわたしが許可していないのに、勝手なことをしないで。侵入した者がいるって、どういうこと? 全部、無事なの?」わたしの肩越しにスタジオを覗き込んだ様子からすると、彼女が心配しているのは資産であるスケッチや絵らしい。「サムは?」

「いません。戻るのを待っている」トイレのドアがほんのわずか開いた。

「サムがいないのにどうやって入ったの?」

「来たときはいたが、そのあと出かけたんですよ。それで、鍵の処置をまかされた」

「サムの鍵ではないのよ」

「暗証番号を変えるまでは絶対に戻らないそうですよ。サムが取扱説明書を持っていないので、鍵を交換するしかなかった」

「サムが持っているわけないじゃない。わたしのオフィスにあるわ。連絡してくれればよかったのに」

「失礼、思いつかなかった。なにしろ、非常事態だったので。終わらせてくれ」笑いをこらえているエルネストに言い、邪魔にならないよう廊下に出て言った。「サムはそのうち電話してきますよ」

「なによ、偉そうに。誰があなたをケルベロスに任命したのよ?」

答えるまでもないので、黙っていた。コネツキは目をぎらつかせて破裂寸前のパイプのような音を発し、くるりと背を向けて廊下を進んだ。トイレのドアが閉まったが、コネツキはそこまで行かずに隣のスタジオの前で立ち止まった。ノックをしたとたん、待ち構えていたかのようにドアが開き、彼女はエリッサ・クロムリーのスタジオに消えていった。

21

廊下の突き当たりまで行って、トイレのドアをノックした。「安心しろ、サム。コネツキはいない」ディン・ドン！　魔女は死んだ。

サムが出てくる。「おい、聞いたぞ。ドアをほんの少し開けておいたんだ。おまえ、嘘をついたな」スタジオに戻りながらにやにやする。「絶対に戻らない、とおれがいつ言った？　おまえは嘘をつかないと思っていたのに」

「あんたにはつかない。ほかの人には、いつも出まかせを並べている」

なぜだかサムの笑みが大きくなった。

「ケルベロスって何者？」リディアが興味を示した。

「地獄の門の番人。頭が三つある犬だ」

「ふうん」リディアは疑わしげだ。

「どうぞ」わたしは言った。「難癖をつけたければ」

「やめておく。自分を貶めたくないもの。彼女はどこへ行ったの？」

「コネツキ？　クロムリーのスタジオだ」

サムは眉をひそめた。「まさか。行くもんか。おれを捜しているときしか、行かない。あのふたりはいつもいがみ合ってる」

「でも、入っていくのをこの目で見たよ。エリッサがあんたに話したがっていることと関係があるんじゃないか」せっかくの機会を逃す手はない。根拠はないが、言ってみた。

「なるほど」サムは思案した。「そうか、じゃあエリッサに会いにいこうかな」わたしを見て、つけ加えた。「シェロンが帰ってから」

サムにしてみれば、それが精いっぱいだろう。よしとした。エルネストが立ち上がった。

「さあ、準備オーケーだ、だんな《バビ》」サムに言う。

「準備って?」

「好きな数字をプログラムして」

「おれが選ぶのか?」

「そう。そして、誰にも教えない」

「でも、リディアは例外だ」わたしは慌てて口を挟んで、エルネストに目配せした。

「そうそう」エルネストは言った。「誰かが知っていたほうがいい。リディアとか」

サムは唇をすぼめてうなずいた。「うん、リディアにしよう。でも、ピーターには教えない。シェロンにも。ほかの人にも」

サムはエルネストに教わりながら、数字を選んだ。二度試し、クリスマスプレゼントをもらった子供さながらに満面に笑みを浮かべてもう一度。「おいでよ」とリディアを誘う。「見せてやる」リディアはドアの前に行ってサムと額を寄せ合い、ふたりでボタンを押してはささやき合った。

わたしはエルネストに料金を払って、書類を受け取った。「面白い人だね」エルネストは道具を片づけながら言った。

「面白いなんて、そんな生易しいものじゃない。すぐに来てくれて助かったよ」

「あんたのためなら、いつだって駆けつける。じゃあな、リディア」

リディアは手を振り、エルネストはエレベーターへ向かった。

「サム」わたしは〈ロックはルッツ!〉の茶封筒を差し出した。「安全な場所に保管して。暗証番号を変えたいときに必要になる。きちんと管理しないといけないよ」

サムは訝しげに封筒を見た。「おれは、なにひとつ管理したことがない」

「でも、これはしないと」

躊躇しながらもサムは封筒を受け取って、窓際に置いてあるテーブルの抽斗に入れた。ここに入れていいものかと迷っているのか、しばらく不安げに眺めたあげくに抽斗を閉める。

封筒の置き場所はすぐに重要問題ではなくなった。エレベーターのドアが開いた。エルネストが脇に避けて、降りてきたふたりを通す。こちらへ歩いてきたのは、NYPDの制服警官とアンジェラ・グリマルディだった。

「また会ったわね」グリマルディは会釈した。「いる?」

「サムが?」

「当たり前でしょ。サムには弁護士がついている? だったら、連絡して。連行するから」

「サムを？」わたしはわかりきったことを訊いた。「理由は？」

「殺人容疑――キンバリー・パイクの。なぜだかわかる？」

「新しい証拠が見つかったのか？　今朝は、証拠は見つかっていなかった」

グリマルディはうなずいた。「新しい物的証拠が見つかったのよ」

「今朝持っていった服か？」

「サムの？　違うわ。被害者の服。これ以上は話せない。さあ、どいて」

サムが戸口にやってきた。「やあ、アンジェラ」

「ハイ、サム。悪いけど、一緒に来てもらう」

サムは目を見開いた。「おれを逮捕するのか？」

「そうよ」

「サム」わたしは口を開いた。

「黙れ！　おれが殺したんだな？　ゆうべ殺したんだ。名前は覚えてないけど。あとのふたりも、おれが殺したんだろ？　でも、これからは誰も殺さない。あんたがおれを逮捕するからだ！」サムは晴れ晴れとした顔でわたしとリディアを見た。「おれが殺した。だから、彼女はおれを逮捕する。逮捕しろ！」最後の言葉はグリマルディに向かって言った。

グリマルディは制服警官に命じた。「警告を告知して。手錠は体の前でいいわよ」〝セグラ〟の名札をつけた制服警官はいささか戸惑いながらサムにミランダ警告を口早に告知して、手錠をかけた。

「肉類運搬トラックのなかにあった遺体でも、法医学的証拠を採取するのは可能だったみたいよ」グリマルディは言った。

「具体的にはどんな証拠だった?」

「マジで訊いているの?」

「まあ、いいや。じつは今朝、サムのアパートメントに侵入した者がいる。それから、きのうかきょう、ここにも侵入した。そこで、さっき鍵を交換した」

グリマルディはサムに確認した。「そうなの?」

サムは真摯にうなずいた。

「なにか盗まれた? ここかアパートメントで」

サムが肩をすくめる。

「警察に届けた?」

今度は首を振る。

「なんで?」グリマルディはわたしに訊いた。

「証明するのが難しいからだ。ここを見るまでは、ほんとうかどうか判断がつかなかったくらいだ」

「ほんとうさ」サムがすかさず口を挟む。

「ここはどんなだったの?」

わたしは鉛筆と消しゴム専用の抽斗を見せた。グリマルディはわたしの説明に耳を傾け、抽斗を観察した。聞き終わって言った。「それだけ？　あんたも頭がおかしくなったの？」

「これがサムでなければ、否定はしない。サムにはわかる」

グリマルディは頭を振った。「科学捜査班が来ると思ったら大間違いよ。要請しないわ。あんたのせいで恥をかきたくない」

「どんな証拠が見つかったのか知らないが、これには見かけ以上のなにかが――」

「やめろ！」サムが怒鳴った。「よけいな口出しをするな。彼女はおれを逮捕する。おれがあの人たちを殺したことを突き止めた。それができなかったおまえは、クビだ。さあ、行こう、アンジェラ。バイバイ、リディア」

グリマルディはわたしに向かって眉を上げた。「クビだって」首を巡らせた。「ビル・スミスのパートナーのリディアね。話を聞きたいわ」

「ええ、リディア・チンよ。あなたのことはビルから聞いている。いつでもけっこうよ」

グリマルディはリディアと握手を交わし、セグラに合図してサムを連行させた。三人はエレベーターへ向かった。グリマルディがボタンを押す。三人が乗り込んでドアが閉まり始めたとき、グリマルディは念を押した。「サムの弁護士に連絡して」

22

わたしはスーザン・トゥーリス弁護士に電話をかけた。

「ええ、サムが出所したことは知っているわ」サムの件だと伝えると弁護士は言った。「彼はいまやピカソね」

「塀のなかに戻ることになるかもしれない。ついさっき逮捕されたんだ。事情はあとで説明するし、費用はこちらで持つが、いまはとにかく誰かがそばにいて、よけいなことをしゃべらないように見ていてやらないといけない。メロディーや歌詞を知りもしないで、歌いまくる気がする」

「もっと簡潔に話しなさい。あなたの比喩は凝りすぎよ。すぐに誰か向かわせる。でも、費用を持つ人はほかに見つけて。わたしがあなたを雇う立場でいたいの。その反対ではなく」

六年前にサムが逮捕された際、スーザンはわたしを弁護チームに引き入れた。そして毎年一ドルの手付金を支払い、実費はのちほど清算するという雇用契約を結んで、わたしを雇用しているといつでも主張することができる形にした。今回、彼女はこの契約を有効利用しようとしている。サムの弁護士の雇用のもとでわたしが発見したことは、弁護士－依頼人特権で保護されるが、探偵－依頼人特権というものは存在しない。そもそも、サムはわたしを解雇した。

スーザンは言った。「詳しく説明して」

そこで、サムの依頼の内容や逮捕に至る経緯など、彼女が知る必要のあることをすべて語った。

「わかった、引き受けるわ」スーザンは言った。「あまり影響はないけれど、答えてちょうだい。サムにかけられた容疑は正当？」

「ぼくはそうは思わない。でも、サムは正当だと考えている」

「なるほど、サムは相変わらずね」

電話を切ったわたしに、リディアは訊いた。

「スーザンは引き受けた？」

「うん。ちなみに、比喩を使った話し方はきみと同じでお気に召さなくて、忠告された」

「やっぱりスーザンは優秀ね。これからどうするの、ボス？」

「ピーターに電話で事情を伝える。そのあと隣に行って、木を揺さぶってみてはどうだろう」

リディアはため息をついた。「スーザンに忠告されたのに、懲りない人ね」

予定よりも早く隣へ行くことになった。テイバー・グループの受付係は、ピーターは病気で欠勤、レスリーは外出中と教えてくれた。ふたりのどちらでもかまわないので早急に連絡をもらいたいと伝言を頼んで電話を切り、リディアに言った。「ピーターの携帯電話の番号は知っているけれど、具合が悪いときに知らせるのは気の毒だろう？」

「要するに、西の悪い魔女がドロシーに手を焼いているあいだにってことね？」

「あれ？　スーザンの忠告に逆らっているのは誰だろう？」廊下に出てドアを閉めた。「施錠を！　秘密を知りたもう人よ！」

「giraffe《キリン》よ」リディアはボタンを次々に押した。「アルファベットを数字に変換したの」

「だったら、rは？」

リディアはサムそっくりにきょとんとし、わたしは思わず吹き出した。「1と8。一桁でなければいけないって決まりはないわよ」

「たしかに。失礼しました」

思い切り二回叩いた末にようやくドアが開き、顔を真っ赤にしたクロムリーが現れた。

「あら、やだ。なんの用？　帰って」

リディアの姿が目に入っても、わたしに対する態度は軟化しなかった。いや、殴らなかったのだから、軟化したのだ。ドアノブを握っていないほうの手が、こぶしを握っている。

「ニュースがある。なかで話そう」

「なんで？」

「そのほうがいいと思うわよ」リディアが言った。

クロムリーは険しい顔をしていたが、少しして脇に寄った。その前を通って狭い通路に入ると、音高くドアが閉まった。キャンバスのロール、箱、缶、絵筆などが積み重なり、散らばっている雑然とした室内を見て、トニー・オークハーストのカメの話を思い出した。甲羅のないクロムリーはどんなだろう？

絵具の飛び散ったソファの脇に、シェロン・コネツキが不機嫌な面持ちで立っていた。彼女のような洒落た服を着ていたら、わたしもこの部屋では絶対に腰を下ろさない。

わたしは言った。「お邪魔でしたか」

「ええ、邪魔よ」コネツキはにべもなかった。「なんの用?」

「サムが逮捕されたことを知らせておこうと思って」

「なんですって?」クロムリーは慌てふためいて悲鳴に近い声をあげた。コネツキは無言で、ほんのわずか目を見開いた。

「昨夜、ホイットニー美術館の近くで若い女性が殺された。その殺人容疑です」

ややあって、コネツキは冷静に訊いた。「どうして、逮捕を?」

クロムリーは言葉を失って、わたしを見つめるばかりだ。

「物的証拠が出たんです。どんな証拠か、刑事は教えてくれなかった」

クロムリーがようやく声を絞り出した。「でも――」

氷にひびが入り始めたときのような声で、コネツキは笑った。「あらまあ」と、クロムリーに言う。「こうなったら、取引は白紙よ」

両手を握り締めたクロムリーが、必死に呼びかける。「シェロン!」

だが、コネツキはわたしとリディアの前をつかつかと通り過ぎてドアを開けた。戸口で足を止めて――タイトル〝安堵と憤怒を浮かべて出ていく女〟――わたしに尋ねた。「サムに弁護士は?」

「います」

コネツキは片方の眉を上げた。「優秀なの？」

「はい」

「必要なものがあったら連絡して」

勝ち誇った目つきでクロムリーを一瞥して、コネツキはエレベーターへ向かった。クロムリーは泣きそうな顔でその後ろ姿を見つめていたが、あとを追おうとはしなかった。

「いったい、どんな取引だったんです？」わたしは言った。「白紙になった取引って」

クロムリーははっとして振り向き、憎々しげに睨みつけてきた。「よけいなお世話よ！　出てって！」

わたしはリディアに話しかけた。「こういうペアは〝レッツ・メイク・ア・ディール〟（テレビのクイズ番組）には絶対に登場しないね。取引が白紙になってひとりは喜び、もうひとりは嘆き悲しんでいる。どうしてだろう？」

「ひとりはその取引の成立を、他方よりもずっと強く望んでいた」

「でも、望んでいないほうは、意志に反して取引しなければならなかった」

「つまり、望んでいたほうは強力な説得手段を持っていた」

「ところがそれは、サム逮捕の知らせとともに消え去った」

リディアとわたしは、同時にクロムリーを見た。

「なんの話？」クロムリーは言った。「シェロンとあたしは取引をして、彼女は考え直している最中だけど、それがどうかした？　出てって」

「正確には、サムが逮捕されたために考え直している」わたしは言った。「サムには連続殺人犯の容疑もかかるかもしれない。おっと、サムのことを疑っていないいんだっけ」

「サムは犯人じゃないわ」クロムリーは言い返したが目を合わせようとせず、口調もおざなりだった。

「嘘が下手ね」リディアはおだやかに言った。「なにか重要なことをサムに話したかったんでしょう。そして、シェロン・コネツキにもその重要なこととやらを話した。もしくは彼女があなたになにかを話し、彼女が望まないにもかかわらず、取引をすることになった。サムは刑務所に逆戻りしかねないのよ。どんな取引だったの？」

「あんた、頭がおかしいんじゃない？」

「おかしいのはサムだ」わたしは言った。「だが、人殺しではない」

「人殺しだわ！　だから刑務所にいた！」

わたしは彼女をしげしげと見た。「きのうそれを指摘したら、あれはまったく事情が違う、とあなたは答えた。考えが変わったのかな」

クロムリーは顔を赤くした。「わかったような口をきかないで！　帰って！　いますぐ出ていかないと警察を呼ぶわよ」

こけ脅しだろうが、ほかにも話を聞きたい人がいるし、クロムリーからなにかを引き出すチャンスはゼロだ。ゼロどころかマイナスと言いたいところだが、リディアの指摘したように彼女は嘘が下手だった。スタジオを出たわたしたちのうしろで、ドアがバタンと閉まった。

23

「ピーターに電話をしたいんだ」わたしは廊下を歩きながら言った。「サムのスタジオで、ドアを開けっぱなしにしてかけるよ」

「それなら、クロムリーが出かけてもわかるわね」リディアは暗証番号を入力した。

「好奇心をそそられるな」わたしたちはサムのスタジオに入った。「クロムリーはなにか情報を持っていて、コネツキはそれに対する興味を失った。そんなクロムリーが出かけるとしたら、行先はどこだろう？　それに――」

「さっき、なにを手のなかに隠していたのか」

「きみも気がついた？」

「誰に向かって話しているの？」

「質問を撤回する」

「なにか小さなものよ」リディアは言った。「わたしたちには見せたくなかったけれど、シェロンに取られそうなところには置きたくなかった。つまり、白紙になった取引に関係がある」

「完全に心を読まれたな」

「誰に向かって話しているの？　今度は、わたしの心を読んで」

「きみは――」

ドアの開く音がした。

リディアは少し間を置いて「いいわよ」と、会話の続きのように言った。「じゃあ、またあとで」悠然と廊下へ出ていって、エレベーターへ向かうクロムリーにぶつかりそうになった。

クロムリーが立ち止まる。「サムのスタジオでなにをしているの?」

「ビルが何本か電話をかけなければならなくて」リディアは愛想よく答えた。「わたしは帰るところ。ほかにも案件をいくつか抱えているし、サムが釈放されるか告発されるまでは手の打ちようがないでしょう。もっとも、あなたが話す気になれば――」

「誰がそんな!」クロムリーは先に立ってずかずかとエレベーターに向かい、ボタンをひっぱたいた。

携帯電話を見ているリディアと圧力鍋の蓋を吹き飛ばしかねない形相のクロムリーを乗せて、エレベーターのドアが閉まった。

窓辺に立ってふたりの行先を確認した。リディアはむろんクロムリーを尾行するつもりでいたが、遠くまで行くことにはならなかった。あとから出てきたリディアが立ち止まって携帯電話を見ているうちに、クロムリーは脇目も振らずに道を渡って、トニー・オークハーストのスタジオに入っていった。

携帯電話が鳴った。

電話に出ると「見た?」とリディアの声。

「見た。みんな、社交に精を出すことにしたみたいだね。クロムリーが別の場所へ行ったら、尾行を頼む」

「耳寄りな情報があるのよ。1―2―1―3―1―4―1―5」

「なんだい、それは？」

「クロムリーのスタジオの暗証番号。鍵をこじ開ける手間が省けるわ。さっきサムが、自分の暗証番号と一緒に教えてくれた」

「どうして？」

「ていねいに頼んだから」

「きみは天才だ」

「いいえ、礼儀をわきまえているだけよ。ねえ、急いだほうがいいわ。クロムリーはすぐにオークハーストのところを出て、スタジオに戻るかもしれない。きょうの流行みたいだもの」

暗証番号がわかったのは大助かりだった。わたしの錠前破りの腕は悪くないが、暗証番号となると自信がない。歯が立たなかったかもしれない。リディアの教えてくれた番号は、やはりと言うべきか、悲しくなるほど想像力が欠如しているが、解錠には問題なかった。

クロムリーのスタジオに入ってドアを閉め、どこから始めたものかと思案した。探しているのは、クロムリーが握り締めていた、シェロン・コネツキに不利をもたらす小さな品だ。トニー・オークハーストとそれについて話し合うため、あるいは手元から離したくなくて持っていったとも考えられるが、そうでない可能性もある。あのふたりは犬猿の仲だ。コネツキがお高く留まっているのに対して、オークハーストはやたらと親しげに振る舞うが、威圧的という点ではどちらも変わらない。しかも大男で、無鉄砲なことで知られ、〝カメの甲羅を剝がす〟趣味がある。腹に一物ある痩せっぽちの怒れる女は、だいじなお宝をここに置いておくのではないだろうか。

いっぽう、とわたしはその場にたたずんで思った。たとえ体重五百ポンドのゴリラが箱やガラクタの山に埋もれて眠っていたとしても、いびきをかかない限り見つけることは不可能だ。散らかり放題のこのスタジオで一本の針を見つけるなど、考えるだけでも骨折り損かもしれない。

だが、こうした経験がないわけではない。順序だてて徹底的に探すことにした。絵具がばらばらに投げ込まれている抽斗を開け、童話のお姫さまのベッドのように、真ん中が盛り上がった紙の束をめくった。絵筆の缶を覗き込んだ。サムのように専用の抽斗に入れずに放り出した鉛筆と消しゴムで覆われた、いくつかの作業用テーブルも調べた。

そのとき、サムの声が頭のなかで聞こえた。「誰もイーゼルのそばに行かなかった」

障害物を避けながらスタジオを突っ切って、イーゼル三台が置かれている窓辺に行った。制作中の三枚のうち二枚はきのう見たときから変わっていないが、真ん中のリディアが見ていた一枚はスカーレット、カーディナル、クリムゾンなどの赤色系が濃くなっている気がする。その前に立って、絵ではなく周囲を観察した。作業用テーブル、パレット、絵筆を置くトレー。クリーニング用のぼろ布。

丸めてあるぼろ布を一枚ずつ慎重に広げていった。かなりの枚数が丸めてピラミッド状に積んであったが、暗証番号や——美術評論家を気取れば——絵からわかるように彼女は想像力がない。探し物は一番下に、ぼろ布にくるんで隠してあった。

それは、宝石店でくれるベルベットの小箱だった。ぼろ布を手袋代わりにして、蓋を開けた。サテンの内張りの上にイヤリングの片割れが三個載っている。箱を包み直して、ポケットに入れた。戸口へ駆け戻って、ドアを少し開けて外を窺った。誰もいない。廊下に忍び出て、giraffe《キリン》と打ち込んで再びサムのスタジオに入った。

24

スタジオのドアを閉めると同時に、携帯電話が鳴った。

「すぐそこを出て」リディアだった。

「せっかくだが、とっくに出てサムのスタジオで骨休めをしている。任務完了だ。クロムリーが戻ってくるのか？」

「いまエレベーターを待っている」

「そうか。じゃあ、上がってきて。彼女と話そう」

電話を切って待っていると、エレベーターの到着を告げるチャイムが鳴った。クロムリーのスタジオに着くまでくらいの間を置いて、ドアが開閉する大きな音が聞こえた。再びエレベーターのチャイムが鳴る。廊下に出てサムのスタジオのドアを閉めた。リディアがエレベーターを降りてきた。

「なにか見つかった？」リディアはわたしの前に来て言った。

「うん」わたしはポケットから箱を出し、ぼろ布を取って中身を見せた。

「まあ、こんなものが」リディアは息を呑んで、わたしの目を見た。「これは戦利品？　被害者の所持品？」

「もしくは、それらしきもの。これの正体や出どころ、クロムリーが持っていた理由をぜひとも知りたいね」わたしは箱をポケットに戻して、クロムリーのスタジオへ向かった。

何度か激しくドアを叩いてようやく、怒鳴り声が返ってきた。「あっちへ行け！」

「行かない！」怒鳴り返してドアを叩き続けた。

ようやくドアが開いた。土気色の顔をしたクロムリーが、わたしとリディアを交互に見る。

「いったい、なんの用？」

「これについて話したい」わたしは再び箱をポケットから出し、ぼろ布を取って蓋を開けた。

クロムリーは、一瞬凍りついた。慌てて背後のぼろ布の山に目をやり、向き直ってかすれた声で言った。「それ、どこで……？」

わたしはイーゼルに向かって顎をしゃくった。

「え？　なんで――」奥へ駆け戻って、ぼろ布を次々に放り投げる。しまいにこちらを向いて叫んだ。「クソったれ！　ゲス野郎！　忍び込んだの？　あたしのスタジオに侵入したの？　なんてことするのよ！　許せない。ここはあたしのスタジオよ。勝手に入ってあたしのものを盗むなんて、許せない」

「あたしのもの？」わたしは言った。「では、これはあなたのイヤリング？」

わたしはリディアとともにスタジオに入って、ドアを閉めた。

クロムリーは立ち止まった。顔色が冴えない。「そうよ、いつもつけているわ。返して」ひったくろうとしたが、わたしは彼女の手の届かないところに遠ざけた。

「あなたの趣味には合わないわ」リディアは言った。

「なによ、なにも知らないくせに」

「そうね」リディアは言った。「だから教えて」

「なにを？」

「これをどこで手に入れたの」

「どこかの店よ。よく覚えてないわ」

わたしはリディアを見やった。「きみはどうか知らないが、こんな茶番にはうんざりした。さあ、行こう」

そして、クロムリーに背を向けてドアを開けた。引きつった声がうしろからかかった。「待って！　どこへ行くつもり？」

ドアを開けたまま、わたしは振り向いた。「グリマルディ刑事のところだ。これはサムが自分でやったと主張している殺人事件の戦利品か、それに見せかけたものだと思う。グリマルディならどっちかわかるし、あなたがなぜこれを持っていたのか、とても知りたがるだろう」

クロムリーの声はますます引きつった。「ドアを閉めて」

わたしは肩をすくめてドアを閉めた。クロムリーは口を開いてしゃべりかけたが、なにか思いついたらしく、頭上で豆電球が灯ったような表情を浮かべ、陰険な目つきをした。「それを刑事に見せたら、あんたがどこで手に入れたか知りたがるわよ。そうしたら、あんたがここに忍び込んで盗んだって話すからね。探偵許可証を取り上げられてもいいの？」

わたしは笑った。リディアが笑みを浮かべて言う。「映画の見すぎよ。ビルの許可証は何年も危機に瀕しているの。不法侵入《B&E》がひとつ加わったところで、大差ないわ」

「それが」わたしはつけ加えた。「複数の殺人事件の証拠品を提供するなら、なおさらだ」

「だって、証拠とは認められないでしょ！　あんたは令状もなにも持ってなかったんだから」

「令状は必要ない。これは盗品とみなされる。それにあなただって、これをサムのスタジオから盗んだとき、令状を持っていなかった」

「盗んだんじゃないわ。サムは友人だもの」

「なるほど。やっぱり、サムのスタジオにあったのか」

クロムリーは目を剝いて、喉の奥で小さな音を立てた。

「それで？」わたしは言った。

返事はない。

「そうか、じゃあいい。これが証拠となるか、誰がなにを盗んだのか、警察に決めてもらう」

クロムリーはおぼつかない足取りで奥へ行き、染みだらけのソファに腰を下ろして頭を抱えた。

リディアは彼女の横に座って、「心配ないわ」とやさしく話しかけた。「サムを助けたかったのね？　ビルにもそう話したのよ」

少ししてクロムリーは顔を上げ、うるんだ目を拭った。憎々しげにわたしを睨みつけてから座り直して、リディアと向き合った。

「ええ、あんたの言うとおりよ」蚊の鳴くような声で、わたしを無視してリディアひとりに話しかけた。

「詳しく聞かせて」

クロムリーは唾を呑み込んだ。「今朝ここに来たときにスタジオを覗いたら、サムはいなかった。仕事をしながらサムを待っていたら、ドアの閉まる音がした。エレベーターのチャイムやドアを開ける音を聞いた覚えはなかったけれど、仕事をしていて気がつかないときがあるのよ。だって集中しているから。それで、閉まる音を聞いて急いで出ていった。サムは廊下にいなかった。よかった、出ていったのではなく、いま来たところだ。そう思ってノックをしたけど、返事がなかった。サムも仕事をしていて気づかないときがよくある。だから、なかに入ったわ」

クロムリーは間を置いた。そう言えばサムは、みんなが勝手に出入りするとこぼしていた。

リディアはおだやかにクロムリーを促した。「でも、サムはいなかったのね？」

「誰もいなかった。入れ違いになったのかとがっかりして、しばらくぼんやり突っ立っていたわ。電話に出ないし、メールにも返事をしないから、サムがすごく心配だった」なぜだかまた、わたしを睨む。「そうしたら、抽斗が少し開いていることに気がついた。サムが鉛筆を入れておく抽斗よ」

リディアはうなずいた。

「なんだか――気味が悪くなってね。ほんの少ししか開いていなかったけれど、朝に最初に入ったときはそんなふうになっていなかったし、抽斗でも戸棚でもサムは決して開けっぱなしにしない。強迫性障害のひとつね」

リディアが再びうなずく。

「あんなふうに開けておくなんてよほど動揺していた――というか頭がおかしくなっていたんだと心配になったわ。それで、サムが戻ったときに不安になってはいけないから、閉めようとした。だけど、つかえて閉まらなかった。不思議に思って引き出したら、その箱が入っていたのよ」これでおしまいとばかりに、口をつぐむ。

「それで?」

クロムリーの目が険しくなった。「決まってるじゃない。取ったのよ」

「どうして?」

「わかるでしょ」

「サムを脅迫するため?」

「やだ! 冗談じゃない! サムは友人よ。ただ――あたしが持っているほうが安全だと思って。サムがそれを持って警察に駆けつけるとか、愚かな真似をしそうだから」

「サムが連続殺人犯でこれがその戦利品なら、きっと自ら警察に駆けつけるわ。それより、あなたがそうするべきだった」

「サムは誰も殺していない! サムは……」クロムリーはしまいまで言わずに、もじもじした。

「サムが犯人でないなら」リディアは言った。「なぜ戦利品を持っているのかしら」

「戦利品と決まったわけではないでしょう！」

「そうね。あなたが正しい。警察に渡さなければ、これの正体はわからないわ。戦利品ではないと主張することもできる」

「もしくは」わたしは口を挟んだ。「戦利品だと主張することもできる」

クロムリーは素早く顔を上げ、予想に違わず、せせら笑った。「いったいなんの話？」

「ぼくはリディアほど素直ではない。だから、あなたがサムのためを思ってこの箱を取ったなどとは一秒たりとも信じない。見たとたん、金鉱を掘り当てたと悟ったんだろう？　そしてさっさと持ち帰って、シェロン・コネツキを呼び寄せた」

クロムリーの顔に血が上った。「彼女はまったく別の件で来たのよ」

「信じられないな。あなたはシェロンにこれを見せてどこで手に入れたかを話し、なんらかの取引を迫った。これが証拠となって精神異常の殺人鬼――あなたのだいじなサムが有罪宣告を受け、ほかの女性の命が救われる可能性は、ちらとも心をよぎらなかった」

「くだらない。知ったかぶりしちゃって。あんたは無能よ。なんでサムがあんたを買っているのか、理解できない」

リディアが笑う。「実際、ビルはしょっちゅう間違うわ。だから、わたしがついているの。また間違えた？」

「そうよ」

「どこが間違っているの？」

クロムリーは腕を組んだ。「あんたたち、いい警官悪い警官をやっているの？　見え透いているわよ。バカにしないで。ふたりとも地獄に堕ちるがいい」

「彼女はサムを脅迫する気はなかった」わたしはリディアに言った。「する理由も、必要もない。サムは彼女を慕っている」理解しがたいが、明らかな事実だ。「彼女が望めば、なんでも与える。だが、あいにくサムは彼女のほしいものを持っていない。シェロン・コネツキだろう？」わたしはクロムリーに指摘した。「あなたはなにがなんでもシェロンの世界に入りたい。どんな取引をした？　コネツキのギャラリーとの契約と引き換えにイヤリングのことを黙っていると持ちかけたのか？」

クロムリーはあきれ顔をした。「バカじゃない？　この業界の仕組みにまったく無知なのね。シェロンに契約させたところで、どうなるってのよ。個展を無理強いしたって同じだわ。あたしの作品を売ろうが売るまいが、シェロンの自由だもの。あたしの作品を見ている客の前でお上品に首を横に振ってこう言うこともできる。この価格では高すぎますから、少しお待ちになったら。この画家は最盛期を過ぎていますのよ。この画家は期待した方向に成長しなくて云々《うんぬん》。ギャラリーの経営者や販売員ってこんなものよ。平気でアーティストをコケにして、顧客のご機嫌取りをする。シェロンはあたしと契約したって、あたしにはなんの得もない。そして、作品の置き場所が必要になるだけで、懐はまったく痛まない」

「有名にしてくれなければ、箱のことを暴露すると脅せばいい」

「きっとこう返すわよ。馬を水辺に連れていくことはできても、水を飲ませることはできない」

「なるほど」トゥーリス弁護士に聞かせたかったな、と思いながらわたしはうなずいた。「だが、あなたはなんらかの取引をした。サムの逮捕で白紙になる類《たぐい》の取引だ」

「ふん、くだらない」

「いやはや」わたしはリディアと顔を見合わせた。「どうする？　行こうか？」

リディアは腰を上げ、「賛成。さようなら」とクロムリーに挨拶した。

「どこへ行くの？」

「さっき話しただろう。警察だ」

「やめて！」クロムリーは慌てて立ち上がった。「その箱を手に入れた場所を、ちゃんと教えたでしょう。約束を守って」

言わずにはいられなかった。「ふん、くだらない。真面目な話、証拠隠匿罪で逮捕されてもいいのか？　しかも、連続殺人事件の証拠品だ。ＮＹＰＤはこうした件では迅速に動く。それに、まだほかにもある」

「ほかにも？　どういうこと？」

「サムは午前中いっぱい、ブルックリンでいつも誰かと一緒だった。ぼく、警官、バーテンダー。あなたがドアの閉まる音を聞いたときにこの箱がスタジオに持ち込まれたのなら、それをしたのはサムではあり得ない」

クロムリーは呆然として黙りこくった。

「その場合、何者かが若い女性を次々に殺して、あなたのだいじなサムに罪を着せようと企んでいることになる」

クロムリーは心底困惑して、眉をひそめた。「でも、犯人ではない……」

「犯人ではない？　というと？」

「箱を置いたのは、犯人ではないわ。もし、本物の戦利品ならね。でも、偽物なら……」

「なにを言いたいんです？」

知識をひけらかしたい欲が黒々した憤怒の雲を貫き、かすかな嘲笑となってクロムリーの顔に出た。「箱を置いていったのは犯人じゃないわよ。もしも本物ならね。戦利品を手放すわけがない」

「警察を混乱させるため、誰かに罪を着せるためでは？」

「あり得ないわ。戦利品を取るのは、殺人の記憶に浸るためだもの。思い出を蘇らせるのに必要な、殺人行為そのものと同じくらい重要なものよ。眺めて儀式を行う場合もある。触れてみるかもしれない。耳にピアスの穴があいていれば、つけるかもしれない。手放すものですか」

「興味深い説だ。もし、それが正しければ――」

「正しいわよ」

「もしも正しければ、これは偽物ということになる。もしくは本物であって、サムが持っていた。そして、サムは隠し場所を移そうとしていた。これを取ったとき、あなたはどっちだと思った？」

嘲笑が薄れて消えた。クロムリーの心は再び黒い雲に覆われたらしい。

「まあ、いい」わたしは言った。「なぜトニー・オークハーストのところへ?」

「ゲス野郎」

「誰が?　あなたにどう思われようとかまわないが、あなたがトニーに会いにいった理由を知りたい。取引しにいったのか?」

「どんな取引なのさ」

「金を払わなければ、戦利品を警察に渡してサムを刑務所送りにすると脅した」

「冗談でしょう?　そんなふうに脅したって、トニーはびくともしないわよ。刑務所を訪問して収容されているサムの写真を撮りまくり、シェロンがそれを売って大儲けする」

「その点はあなたが正しいと思うわ」リディアは冷静に言った。「でも、あなたはトニーのところへ行って、腹を立てて戻ってきた」

「あいつが気に食わなかったからよ」

「どんなふうに?」

「ほっといて。どうせ、あいつは後悔する」

「なぜ?」

「バカだから。あんたもバカだわ。さっさと箱を返して出てって」

「なぜ、トニーに会いにいった?」

「箱を返して」

わたしはリディアを見やった。「手詰まりかな？」

「そのようね」

「ほかに話すことは？」わたしはクロムリーに尋ねた。

「あんたったら――あたし――」クロムリーは言葉に詰まった。

リディアと連れ立ってスタジオを出た。廊下を歩いていると、堰を切ったように罵詈雑言が押し寄せてきた。続いてドアを叩きつける音が、エレベーターの前でも聞こえた。

25

「おやおや」下降するエレベーターのなかでリディアは言った。「あなたはずいぶん嫌われたものね」

「なんでぼくだけ差別されるんだろう。クロムリーに好かれるなんて、きみにはなにか欠陥があるのかもしれない。自分を見つめ直したほうがいい」

「きっと、いまは好かれていないわよ。一緒にいる人が悪いから。ほんとうにその箱を警察に持っていくの？」

「もちろん。クロムリーの話は嘘で塗り固めてあるのかもしれないけどね。彼女は連続殺人犯のことはなんでも知っていると一度ならず自慢していた。イヤリングのコレクションを利用して、コネツキに取引を強要することを考えつく知識はあっただろう。この三個が戦利品なのか、三件の殺しの戦利品が果たしてイヤリングだったのか、ぼくたちにはわからない。でも、それはコネツキも同じだ。これが本物なら、コネツキの金の卵を産むガチョウは刑務所に舞い戻り、卵ともさようならだ」

「あら、今度はガチョウ？　あなたは決して変わらないのね」

「変わってほしくないだろう？」

「おそらく取引の条件は、ギャラリーとの契約といった複雑かつ長期のものではなかったのね。いますぐ大金を払うことを求めたのかしら」

「その可能性はあると思う。そして、コネツキは同意した。サムが実際に犯人なら、遅かれ早かれ――サムのことだから、どちらかといえば早く逮捕される。作品に巨万の価値があるうちに、なるたけ多く売りさばきたかったんだ」

「あきれた。なんて冷酷なのかしら」ロビーに出てリディアは言った。「サムが人を殺し続けても、自分が儲かればいいんだわ」

「アイス・クイーンと呼ばれるだけのことはある。だが、サムが逮捕されたと聞いて取引する意味がなくなった」

「でもビル、コネツキの件は措《お》いておくとして、クロムリーは真実を話していて、スタジオのドアが閉まる音を聞いたあとで、抽斗に入っている箱を見つけたのかもしれない。だけど、サムはスタジオに入って抽斗が開いていることに気づき、パニックになって走り出てきたのよね」

「うん」

「となると、箱を抽斗に入れたのはサム以外の人だわ」

「サムが自分で入れたことを忘れたのかもしれない」

「それもそうね。でも、サムではなく、そしてクロムリーの説が正しくて連続殺人犯でもないなら、真犯人の正体を知っていてサムを罠にかけたい人物ということになる」

昼下がりの街路に出た。「一九分署へ行く前に、ピーターの携帯にかけてみる。スーザンがすでにサムの逮捕を知らせているかもしれないが、念のために知らせておこう」

わたしは煙草をくわえて、電話をかけた。

電話に出たピーターの声はだるそうで一本調子だった。「なにか用か、スミス?」ガミガミ文句を言う元気がないようでは、ほんとうに体調が悪いのだろう。

「すまない、ピーター」わたしは言った。「体調がよくないところへ悪い知らせがある」

「なんだい」悪い知らせは聞き飽きたと言わんばかりだ。

「サムが逮捕された。ゆうべ、ホイットニーの近くで起きた殺しの容疑だ」

間。「なんてこった」顔をつるりと撫でるピーターの姿が、目に浮かんだ。

「警察はなんらかの物的証拠を握っている。具体的には知らないが、スーザン・トゥーリスの事務所の者が行ったので、間もなくわかるだろう」

「物的証拠」ピーターは言葉の意味がピンと来ないかのように、繰り返した。「逮捕だなんて、無茶だ。サムが殺した? なんでまた、そんな疑いをかける。サムは殺していない」

「同感だ。でも、どんな証拠か知る必要がある」物的証拠になり得るものがぼろ布に包まれてポケットに入っていることは伏せておいた。「スーザンに電話すれば、サムが勾留されたかどうか、どこにいるか、教えてくれる」

「スーザンか。わかった。まいったな。なにか情報が入ったら、教えてくれ」ピーターは電話を切った。

「どんな反応だった?」リディアが訊いた。

「死ぬための活力を絞り出そうとしているような声だった」

「兄が殺人容疑で逮捕されたと聞くのは、病人にとって酷よ」

「元気でも同じだ。あれには、ほかにも事情がある気がする」

「あれ、って?」

「ピーターはきのう元気だったのに、いまの電話では息も絶え絶えって感じだった。マイケル・サンガーの仕事がキャンセルされたとか、なにかあったのかもしれない。アップタウンへ向かう前にもう一ヶ所寄りたい。いいかい?」

「証拠の引き渡しをできる限り先延ばしにしたいのね。トニー・オークハーストに会いたいんでしょう?」

「みんなの真似をしようと思って」

オークハーストの退屈しきった助手アマラが、ドアを開けた。どっちが偉いか知らしめるかのようにしかめ面をこしらえたが、失せろとは言わなかった。「トニーと約束してあるんですか?」

「会わないと後悔すると伝えてくれないか」

アマラはピアスをつけた眉を上げて、躊躇した。「ちょっと待って」内扉の前にわたしたちを置き去りにして奥へ行ったが、すぐに戻った。「ええ、会うって」不満げに言う。「どうぞ」

今回、オークハーストはすぐにやってきた。「やあ、スミス」それからリディアを一瞥して値踏みした。「ホイットニーで見かけたけど、顔を合わせるのは初めてだね。トニー・オークハーストだ」

「リディア・チン。ビルのパートナーです」

「ビルは運がいい」オークハーストはしばしリディアを見つめたあと、こちらを向いた。「で、いったいどうなってるんだね？　さっき、エリッサ・クロムリーが押しかけてきて、サムが逮捕されたとわめいていたが」

「昨夜ホイットニーで起きた殺しの容疑ですよ。その件は聞きましたか？」

「今朝、ケーブルニュースで知った。残酷なニュースほど話題になる。失敗したよ。お互い、もっとあそこに残っているべきだったな」にやにやして言う。

「できれば、二、三質問させてもらいたい。座って話しましょう」

「その殺しってのは、例のやつか？　おっと、失礼。さあ、こっちへ」オークハーストは革製ベンチに案内した。リディアは先ほどのオークハーストと同じ目つきで、壁の写真を眺めた。

「一杯、どうだね？」

リディアもわたしも遠慮した。リディアは滅多にアルコールを口にしないし、わたしはこのあと一九分署に行くことを考慮して。もっともそれはオークハーストには伏せておいた。

「ほんとうに？　ふたりとも？　じゃあ、おれだけか」オークハーストは身を乗り出してキャビネットに手を伸ばし、先日のようにわたしがバーボンを所望しなかったからだろう、マッカラン十八年を取った。「おれにどうしてほしいんだ？　哀れなサムのためになにかしてほしいのか？」

「まず、教えていただきたい。クロムリーはなぜここへ？」

「さっき話したように、サムの逮捕を知らせにきたんだよ」

「然るべき理由があって逮捕されたんですが、あなたとクロムリーは親密ではない。彼女はなぜ、わざわざ来たんですか」

「自慢したかったんだろうよ。自分だけがサムに関する重大情報を握っているって」

「それだけの理由で？」

オークハーストは肩をすくめた。「おれに訊かれても困るよ。あのお粗末なギャラリーの家賃に困って、金目のものがあるか探りにきたのかもな」

リディアが訊いた。「エリッサ・クロムリーのギャラリーはお粗末なんですか？」

「からかっているのか？　エリッサが選考委員なんだぞ。ひと眠りしたいときは、あそこのオープニングに行くといい」

わたしは言った。「彼女はここを出るとき、かなり腹を立てていた」

「うん。エリッサは癇癪《かんしゃく》持ちなんだよ」ウィスキーを飲んで言った。「サムの逮捕を聞いてもおれはあまり動揺しなかった。まったく予期していなかったわけではないからね。それが気に食わなかったんだろう。おれが股間をつかんで悶絶するのを期待していたんだ」リディアに向かってウィンクする。

「なるほど」わたしは言った。「ま、いいでしょう。ではシェロン・コネツキは？　なぜここに来たんです？」

オークハーストの笑い声には苛立ちが混じっていた。「おれを見張っていたのか？」

「たまたまサムのスタジオにいたので」

「で、ぼんやり窓の外を眺めて人の行き来を観察していた？」

「そんなところです」

「シェロンはおれのディーラーだ。寄ってくれと頼んだんだよ。新作を見せたくてさ」

「コネツキもここを出るとき、怒っているようでしたが」

「作品が気に入らなかったんだ」

「かんかんになるほど？」

「だといいけどね。なにが狙いだ？」

「自分でもよくわからない」

「きょうは」リディアが間髪を容れずに言う。「妙なことばかり起きているんです。ブルックリンのサムのアパートに何者かが侵入したし。ご存じでした？」

オークハーストはリディアをまじまじと見た。「いや、知らなかった。なにか盗まれたのかね？」

「いいえ、なにも盗まれなかったみたい。スタジオも侵入されたんですよ。エリッサ・クロムリーから聞いていませんか？」

「いや、なにも。なんだよ、彼女は知ってたのか？」

わたしは言った。「きっと、逮捕のニュースのほうが重要だと思ったんでしょう。もしくは、あとでもう一度自慢するために、内緒にしておいたのかもしれない」

「エリッサなら、やりそうだ。妙なことはほかにもあったのかね？」オークハーストはリディアに尋ねた。

「シェロン・コネツキはここを出たあと、クロムリーを訪ねました」

「このふたりも親密ではない。そうでしょう？」わたしは言った。

「うん、互いに我慢がならないんだよ。エリッサに言わせればシェロンは冷酷で底意地が悪い、シェロンに言わせればエリッサは才能のない負け犬。どっちも正しい」

「でも、シェロンは訪ねた。そしてクロムリーはこちらへ押しかけた。むろん、そのあいだにはサムの逮捕という出来事が挟まっている」

「えっ、マジかよ」オークハーストは酒を飲み干した。「うーむ」グラスを両手で包んでまわす。「じゃあ、シェロンはなぜエリッサを訪ねたんだろう？」

リディアは平然として言った。「あなたがご存じなのでは？」

「いや、おれはなにも知らないし、ぜひとも知りたいね。ここを出た足で行ったのかい？」

「ええ、まっすぐに。あなたになにか言われたために、シェロンは怒り狂った牡牛さながらの勢いでエリッサのスタジオに押しかけたんじゃありませんか。なにを話したんです？」

オークハーストは笑った。「つまり、きみはこう考えているのか？　シェロンはおれの新作に腹を立てて、ふだんは顔も見たくない相手のところへ駆けつけた」

「さあ、どうなんでしょう」リディアはにっこりした。

「シェロンに電話して、直接訊いたらどうだい？　エリッサでもいい。エリッサは大喜びで何時間でも話すだろうよ」

〝電話〟は魔法の言葉らしく、オークハーストの電話が鳴った。ジーンズのポケットから出して、話し始める。「フランクリンか……ああ、かけたよ、きみの気に入りそうなのがある……いま？　ああ、だったらかまわない。実際、十分かそこらですむ。いいねえ、じゃ、のちほど」電話をポケットにしまって、スコッチを飲み干した。「よし」オークハーストは言った。「こうしよう。シェロンに電話をして、エリッサとのあいだになにがあったのか訊いてやる。断っておくが、怒り狂っているときになにか訊いたところで、ケツをどやされるだけだ。冷静になるまで待って訊く。なにかわかったら、知らせる。それから、妙なことがまた起きたら教えてくれ。いいな？」空《から》になったグラスをガラスのキューブに置いて立ち上がる。「すまないが、コレクターが来る。このあいだのフランクリンだ」と、わたしに告げた。「アマラ、お客さんを出口に案内してくれ」わたしとはふつうに握手をし、そのあと両手でリディアの手を握って昬の片隅を上げ「また近いうちに」と言葉を添えた。

つかつかとスタジオへ戻るオークハーストと入れ違いにアマラが緩慢な歩みでやってきて内扉を開け、退屈しきった顔でわたしたちを送り出した。

26

地下鉄へ向かう途中、リディアが言った。「オークハーストは、コネツキが冷静になったら電話をするかしら。そして、なにかわかったら教えてくれると思う？」

「だったら、フクロウはホウホウとニワトリを口説く」

リディアは天を仰いだ。

「だが、オークハーストはコネツキとクロムリーのあいだになにがあったのか、すごく気にしていた。興味深いね」わたしは言った。「でも個人的には、そっちよりオークハーストとコネツキの関係に興味がある。それにクロムリーとの関係にも。ところで、きみは抜け抜けと嘘をついた。コネツキがクロムリーに会いにいった理由は、先刻承知なのに」

「オークハーストが色目を使った罰よ。そういう人に誠意を見せる義務はないもの。それに、嘘はお互いさま。クロムリーが押しかけたのは、サムの逮捕を伝えるためだけではない。イヤリングのことも話したに違いないわ」

「うん、オークハーストは明らかになにか隠している。イヤリングの件はなんとも言えないけれど、クロムリーはオークハーストになにかを要求し、それが手に入らなかったんじゃないかな」

「運のない日というわけね。ところで、いい警官の役に飽きてきたわ。役を交替しない？」

「無理だよ。誰も信じない」

「鏡を見て練習しなさいよ」

「きっと自分でも信じない」わたしは電話を出して、次に会う相手にかけた。

「はい、グリマルディ」

「スミスだ」

「サムは勾留されて弁護士を呼び、いまは本部へ移送中。ほかに、なにか知りたい？」

「見せたいものがある」

「なに？」

「証拠だ。確信はないけれど」

「だったら、見ても無駄。ま、いいわ。おとなしく引き下がるとも思えない。分署にいるわ。すぐに来られる？」

「超特急で」

地下鉄に乗った。昼間はタクシーよりもずっと早く着く。一九分署は六八丁目駅から一ブロックのところにある。

「すてきな建物ね」リディアは分署を見て言った。

「外側だけだよ。なかはほかのどの署とも同じで、ゴミ溜めだ」

「それもなにかの比喩？」

「人生かな」

グリマルディは上階の刑事部屋でデスクについていた。あとひとり、肩幅の広い、茶褐色の肌の巨漢が部屋の反対側のデスクでコンピューターに向かい、二本の指で文字を打ち込んでいる。名札は〝イグレシアス〟。ほかの刑事たちは出払っていた。アッパー・イースト・サイドで犯罪が多発しているに違いない。

「よく来てくれたわね」グリマルディは言った。「ミズ・チンも」

「皮肉を言われている気がする」

「あんたに対しては。ミズ・チンには会いたかったわ」

「リディアと呼んで。どんな質問にも喜んで答えるけれど、持参したものをまず見てくれる？」

「好奇心ではち切れそう」

わたしはぼろ布で包んだ箱をポケットから出した。グリマルディは箱を受け取ってぼろ布をつけたまま開けたとたん、大声をあげた。「えーっ！　大変！　これって、もしかしてあれ？」

「さあ、どうだろう。戦利品はイヤリングだった？」

グリマルディはじろっと睨んだ。「しょうがない、教えるわ。そうよ。まったくあんたって人は。これをどこで？　待って。座って」グリマルディは書類をどかして箱をデスクに置き、箱と中身の写真を撮った。「あと一個は？」

「あと一個？」

「被害者は四人で、ここには三個しかない」

「これは見つけたときのままだ」

「この箱に入っていたの？　ぼろ布でくるんだ箱に？」

「そうだ」

「見つけた場所は？」

「エリッサ・クロムリーのスタジオ」

「何者？」

「サムの友人で、隣のスタジオを使っている」

「ああ、あの人か。いまどこにいる？」

「たぶん、まだスタジオだろう」

「これは彼女に渡されたの？」

「いや、隠してあった。クロムリーがいないあいだに見つけたんだ」

「あんたが持っていることを彼女は知っているの？」

「いまは知っている」

「女を殺す女性連続殺人犯は」グリマルディは下唇を噛んだ。「ごくごく稀だわ」

「クロムリーは、盗んだと主張している」

「彼女を信じるの？」

「信じる」

「話せば長くなる?」

「なる」

「だったら、待って」グリマルディは抽斗を開けて証拠品用のビニール袋を二枚出し、表に記入して箱とぼろ布をそれぞれに入れた。「ここを動かないで。コーヒーでも飲んでいて。電話は禁止。メールも。戦利品がなにか、誰にも知られたくない。わかった? まさか『ポスト』に教えてないでしょうね」

わたしは両手を掲げた。「誰にも話してない」リディアがうなずく。

グリマルディはそそくさと刑事部屋をあとにし、リディアは客用の椅子に腰を下ろした。わたしはカウンターの上にあったポットからコーヒーを注いだ。なんと、美味かった。警察のコーヒーは悪評が高いのだが。外出中の刑事のデスクから椅子を持ってきて座った。グリマルディが戻るまで、リディアもわたしも口を閉じていた。グリマルディは部屋に入るなり声をかけた。「ガビ?」

「ふたりとも電話はしなかった」イグレシアスはキーボードから顔を上げようともしなかった。

「メールも」

「信用しないのか?」わたしは文句を言った。

「当たり前でしょ。あれはジャマイカへ送ったわ」——クイーンズのジャマイカはNYPD犯罪捜査研究所の本拠地である——「でも、あれは戦利品に間違いない。ほら、見て」グリマルディはデスクのうしろにあるホワイトボードの前に行った。「これがパイク。こっちが今朝遺体を発見したときに片耳につけていたイヤリング」

ホワイトボードには、被害者の顔写真をトップにして体全体と外傷のクローズアップ写真を横一列に並べた現場写真が四組。それぞれの下にカラーマーカーでリストやメモ、疑問点が記されていた。グリマルディが示しているキンバリー・パイクの右耳のイヤリングは、箱に入っていたうちの一個と合致していた。

グリマルディはしばしボードを眺めたのちに背を向け、椅子に座った。「場合によっては、承知しないわよ。もしも、ずっと隠していたんなら——ところで残りの一個はどこ？」

「知らない」わたしは言った。「見つけたのはこれで全部だ。それに隠したりしていない。もっとも、戦利品がイヤリングだと最初から知っていたら違ったろうな」

「どう違ったのよ。あたしがパトロール警官に降格しないですむとか？」

「見つけたのは、一時間くらい前だ。戦利品と知っていれば、すぐに連絡していた」

「怪しいものだわ——でも、取引するわ。その件はいったん棚上げにする。だから、答えて。〝見つけた〟正確な場所は？　すぐに連絡しないで、なにをしていたの？　もっとだいじな用があったとでも？」

「サムの逮捕に至った物的証拠がなんだったのかを教える、という条件を追加するのはどうだろう？」

「質問に答えようとしないのは、隠し事をしているせいかしらね」

「そこまで言うなら、しかたがない」わたしは委細漏らさず語った——クロムリーは間違いなくコネツキになにか見せていたが、それをわたしたちから隠した。ふたりはなんらかの取引をし、サムの逮捕を聞いたコネツキがそれを反故にした。わたしは、クロムリーがオークハーストのスタジオへ行った隙に箱を盗んだ。クロムリーはその箱をサムのスタジオから持ってきたと主張している。オークハーストはなにを訊いても、知らないの一点張りだった。

「うーん、なんだかねえ」聞き終わったグリマルディは言った、「あんたがたったいま窃盗行為を認めたことは忘れるとして、要するに頭のおかしなあんたの依頼人が戦利品を持っていたのね？」

「クロムリーが作り話をしているのでなければ、あれはサムのスタジオにあった。彼女は嘘をつくのが下手だ。信じてもいいだろう」クロムリーも窃盗をしたことになるが、指摘したところでわたしの罪が軽くなるわけではないので触れなかった。「だが、だからといってサムがイヤリングのことを知っていたとは限らない。クロムリーは午前中、サムのスタジオのドアの音を聞いて訪ねていき、箱を見つけた。午前中、サムはぼくと一緒だった。それに」わたしは指摘した。「きみもいた」

「うん、そのあとサムは抽斗が開いているのを発見して、慌てふためいて廊下を走ってきたのね。嘘をつくのがクロムリーより上手なのかもしれない。さもなければいわゆる健忘状態で箱を抽斗に入れ、そのことをすっかり忘れていた」

「三個のうち一個が昨夜の事件のものでなければ、その可能性もあるけどね」

「なんで？」グリマルディは椅子にもたれて、指を絡め合わせた。「サムには時間がなかったと言いたいの？　あんたが眠っているあいだにホイットニーに行ってキンバリー・パイクを殺し、戦利品を箱に入れてスタジオに持っていき、ブルックリンに戻る。十分、可能よ」

「健忘状態の酔っぱらいがそんなふうに慎重に考えて行動できるかな」

リディアが言った。「それに遺体をトラックに隠した。これも慎重に考えたうえでの行為よ」

「あら、あんたまで？」

「それに、サムはどうやってパイクを見つけたのかしら」リディアは続けた。「あなたの見立てでは、サムは常人には理解できない理由でホイットニーに戻り、バーかなにかから出てきた彼女に出くわした。でも、彼女と一緒だった人たちは？　たとえパイクがひとりで飲んでいたとしても、店にはほかの客がいる。サムがホイットニーに戻ったとしても、デモが終わってから何時間も経っているわ。誰かがパイクかサムのどちらか、またはふたり一緒のところを見かけたはずよ。目撃者は見つかった？」

「いまのところ、ゼロ」グリマルディは認めた。「デモのあと、サムも被害者もあの近辺で目撃されていない。いまも近隣に聞き込みをしているわ。それにアパートのあるブルックリンでも、深夜に走りまわっているサムを目撃した人を捜している」

「骨折り損だよ」わたしは言った。「サムは外出しなかった」

「それは希望的観測ってやつでしょ」

たしかにそのとおりだが、聞き流した。「パイクがデモのあとで誰にも目撃されてないなら、デモの最中か直後に殺されたに違いない。その時間帯、サムは闇雲に走りまわったあとぼくたちと一緒だった。パイクがサムとデートの約束をして、それまで自分の意思で何時間もどこかに身を潜めて待っていたというなら、話は別だが」

「その可能性はなくはないわ」グリマルディは言ったものの、考え直した。「うん、あたしもそれは納得できない」もう一度ホワイトボードを確認して、向き直った。「それで、四個目のイヤリングは入ってなかったのね？」

「なかった」

「なかったわ」

「そう。だったら――ああ、もうっ！」いきなり立ち上がった。

何事か、とリディアとわたしは入口のほうを振り向いた。

アイク・キャバノーが立っていた。

わたしもリディアも腰を上げて、並んで立った。

「なんの用、アイク？　スミス探知レーダーでも持ってるの？」

「おまえに用があって来たんだよ」キャバノーは不機嫌に言い、人を掻き分け、押しのけるような歩き方で入ってきた。親指を立てて、わたしを指す。「こいつはここでなにしてる？」

「あたしが呼んだのよ」グリマルディは言った。「あんたこそ、なんの用？」

「彼女は誰だ？」

「スミスのパートナー」

「協力しにきたのか？　それともテイバーの釈放をごり押しか？」

「用件はなに、アイク?」

「テイバーを逮捕したんだって? 祝いを言いにきた」

「ありがとう。じゃ、帰って」

「慌てるな。今度は証拠があるんだろ。逃がすなよ」

「証拠が確定的なら、その心配はないわよ。そうでなければ——」

「もっと探せ」

「もっとあるなら、必ず見つける」

「目をしっかり開けて探せばな。直感とやらにあぐらをかいて、テイバーの仲間とお茶会なんかしてないで」

グリマルディはキャバノーをしげしげと見た。「証拠が見つかったことをなんで知っているの、アイク」

「噂が広まっているんだよ。午後に逮捕したんだろ」

「たしかに噂にはなっている。でも、ふつう詳しいことまでは噂にならない。正直なところ、テイバーが百回自白したとしても、彼が犯人だという確信は持てない」

「マジで? 冗談だろ」

「アイク、あたしの事件にちょっかいを出したり、ああだこうだと気をまわしたり、それに——」

「おいおい、そんなにやきもきするなよ。誰だって、ときにちょっとした助けが必要だ」

「帰って」

「いいかい、嬢ちゃん――」

「あんたにはうんざりよ、アイク」

「おお、怖っ」

「キャバノー刑事」イグレシアスが自分のデスクの前に立っていた。「アイクだっけ？　初めて会うな。ガビーノ・イグレシアス部長刑事だ。ただちにここを出ていきたまえ」

キャバノーは部長刑事を見つめ、それからグリマルディに向かって皮肉に笑った。「ほらな？　助けがあると、ありがたいだろ」

「おれがあんたを助けているんだ、キャバノー」イグレシアスはデスクをまわって近づいてきた。「おれ自身のこともね。グリマルディがあんたを窓から放り投げたら、山ほど書類を書かなきゃならない。さあ、帰ってくれ」

キャバノーの赤ら顔がさらに赤くなった。「けっ、どいつもこいつも気に食わねえ」怒鳴って、また人を掻き分け、押しのけるようにして出ていった。

27

グリマルディはキャバノーの足音が聞こえなくなるまで、刑事部屋のドアを見つめていた。それから、向き直った。「ありがとう、ガビ」

「お安いご用さ。誰だって、ときにちょっとした助けが必要だ」

「やなやつ。前言取り消し」

巨漢の刑事はコーヒーを注いでデスクに戻った。グリマルディは再び椅子に腰を下ろしてリディアを見た。「さて、ミズ・チン。パイクについて教えて。彼女とはきのうの昼間に話をしたのね。デモのときは見かけた?」

リディアとわたしは元の椅子に腰を下ろした。「どっちの質問にもイエスよ」リディアは言った。「アニカ・ハウスマンが最後に目撃されたバーで、パイクに話を聞いたわ。サムの写真を見てもはっきりしたことは言えなかったけれど、ホイットニーの裏では『あの人よ、あの人よ』と叫んでいた」

「では、そこでは顔がわかったのね」

「さあ、どうなのかしら。デモに参加した人たちは、サムの容姿くらいは知っている。単に、サムが裏にいることをほかの参加者に知らせたのかもしれないわ」

「バーで話をしたとき、パイクはほかになにか言っていた?」

「重要なことはなにも。黒っぽい髪の白人がバーの女客に声をかけていたのをおぼろげに覚えているだけで、実際にアニカが口説かれたのか、それがほかの夜だったのか、はっきりしなかった」

「どうしようもないわね。パイクは、アニカと連れ立ってバーを出た人物を見たのかしら?」

「いいえ、彼女のほうが先にバーを出たのよ」

「ほかには? 誰かがなにか話さなかった? たとえばバーテンダーやバーにいたほかの客はどう?」

「収穫なし。バーテンダーも、写真からはなにも言えなかった」

「そう」グリマルディは言った。「こっちの聞き込みの結果もほぼ同じだった。これがハウスマンよ」ホワイトボードの最上段、キンバリー・パイクの写真の横を示した。レイヤーを入れたショートカットのブロンドで、右耳のイヤリングがない。キンバリー・パイクと同様、アニカ・ハウスマンの薄青の目も見開かれて虚空を見つめていた。「一応知っておいて」

グリマルディは再び、しばしボードを眺めた。こちらに向き直ってデスクに両手をつく。

「じゃあ、次。なんでクロムリーのスタジオに侵入したんでしょう」

この質問は明らかにわたしに向けてのものだ。「サムがふたりを結びつけている。そうでなければ、口もきかない仲だ。きみがサムを逮捕したことを聞いて、コネツキはクロムリーとの関係に興味があるの? 興味があるから、クロムリーとの取引を反故にした。サムの友人であれば、誰でも興味を持つ」

「誰でも、ときたわね。ひとりいるだけでも幸運よ」

「ふたりよ」リディアは笑みとともに言った。

「四人だよ。オークハーストとクロムリーを勘定に入れれば」

「入れるべきなの？」

「結論はまだ出ていない」

「そう、それは幸い。逮捕されてあんなに喜んでいる男を見たのは初めて。『やっぱりおれが殺した。やっぱり殺した』って何度も繰り返していた。だけど、被害者と出会った場所など、捜査に役立つ事実はひとつも話さない。まいったわよ」グリマルディは頭を振った。「テイバーがヴィニー・ザ・チン（マフィアのボス、ヴィンセント・ジガンテのあだ名。精神錯乱を装って多くの裁判を乗りきった）の再来でない限り、やっぱり犯人とは思えない。つまり、若い女を餌食にする殺人鬼がいまだ徘徊しているってこと」

「同感だ」

「それはどうも。だけど、テイバーを逮捕したから、ボスに捜査終了を迫られていてね。いまある証拠で十分だし、ほかにも二件担当している。だけど、どうもピンと来ない。いろいろな角度から考えてみても、サム犯人説に納得できなくて。キャバノーはあたしのこういうところを嫌っている。容疑者を特定して証拠を固め、連行して圧力をかければ九九パーセントは白状して、うまくいく。強情に口を割らないやつ、犯行を自慢するやつもときにはいるけれど、容疑者の特定ができればこっちの勝ち。警察学校でも、アイクみたいな昔流の刑事と組んでも、そう叩き込まれる。あたしだって、もちろんできるわよ。その方法が正しいときはね。でも、違う方法を取るときもある。証拠以外のことに目を向けるってわけ。そうすると、いま判明している事実からはテイバーが犯人とは思えない。それに、圧力をかけるとテイバーは悲しそうな顔をするだけ。なんだか、あたしを失望させたくないみたい」

「実際にそうなんじゃないか。あるいは、釈放するのではないかと不安なんだろう」

「いったん勾留したら、あたしには釈放する権限がない。別の人物を逮捕しない限りは。実際、逮捕したいものだわ。真犯人をつかまえたい。でも、あたしのボスだけでなく、アイクとそのボス、それに大勢の人たちがサムに罰を受けさせたがっている。だから、ボスがあたしをこの件からはずして捜査を終了させる前に、どんなことでもいいから教えて。時間がないのよ。なんでもいい。あんたたちはサムの勾留を解きたい。あたしは真犯人をつかまえたい。結局のところ、目的は同じよ」

グリマルディは口をつぐんで期待を込めて待った。

「こっちが隠し事をしていると疑っている口ぶりだな」わたしは言った。

「イヤリングを持っていたわ」グリマルディは指摘した。

「そして、きみに渡した」

小競り合いが深刻な口論に発展する前に、現場写真を見ていたリディアが口を挟んだ。「イヤリングよ」

「だから?」グリマルディはリディアを見て、視線をボードに移した。

「気になることがふたつあるわ。あと一個はどこ？　見つかっていない一個は、最初の被害者のものね？」

「そうよ。あたしも同じ疑問を持っている。なんで、箱に入っていないんだろう？」

「犯人がなくしたのでは？」わたしは言ってみた。ふたりとも疑いと哀れみの混じった視線を向けてきた。女性のこうした視線を受けるのは、いまに限ったことではない。

「あんた、本気なの？」グリマルディは言った。「女を殺して戦利品を奪い、そしてなくした？　マジでそう思う？」

「それで箱に入れることにしたんじゃないか？　二度となくさないように」

グリマルディはリディアと顔を見合わせ、リディアは天を仰いだ。言わなければよかった。

「それから」と、リディア。「キンバリー・パイクのイヤリング」

「それがどうかした？」

「ほかの三人は右耳から取っている。キンバリーは左耳よ」

グリマルディは椅子を蹴って立ち上がり、ボードに見入った。「しまった！　ほんとうだ！　なんで見落としたんだろう」わたしに向き直った。「でもあんたは、これはなにも意味しないと主張するのよね？　最初の被害者のイヤリングと同じく」

「とんでもない。それより、凶器について訊きたい。四件とも同一のナイフだった？」

「もっともな疑問だけど、なんであたしが答えなくてはいけないの」

「答えてくれなくてもかまわない。サムの弁護士に訊く」

「まあ、いいわ。予備検査では同一という結果だったけれど、違っていた。よく似ているけれど、最初の三件は刃がもっと長い。こちらは同一、もしくは同型の三本のナイフみたい。おそらく、折りたたみナイフでしょうね。昨夜のナイフは似ているけれど、少し小さい」

「ポケットナイフかな。あれは同じ形で多様なサイズがある」

「ええ、おそらく。あんた、こう考えてない？　最初の三件は同一犯人、パイクを殺したのは別の人物。イヤリングを違う側の耳から取っているしね」

「それに、死亡時刻を隠そうとしたのはパイクの件だけだ」

「遺体を隠そうとしただけかもしれない。でも、それもほかの三件ではやっていない」

「最初の三人の殺害現場は、いずれも公園だった。工場の荷物搬入口ではない」

「たしかに。でも、パイクを殺したのが別の人物なら、なんで違う側の耳から取ったイヤリングがほかの二個と一緒に箱に入っていたの？　犯人どうしは知り合い？　タッグを組んでいる？　それに、最初の事件のイヤリングは？　いったい、どこにあるんだろう？」

「違う側の耳からイヤリングを取ったことにとくに意味はなく、犯人はひとりと仮定してみない？」リディアはボードを見ながら言った。「犯人は捜査を混乱させるために、キンバリー・パイク殺しがほかの三件と違うように見せた。わたしが犯人でサムを嵌めたいなら、出所する前の事件で手に入れたイヤリングを箱から取り除く」

「なるほど。じゃあ、サムを嵌める理由は？」

「そうねえ、自分に警察の手が迫ってきたから？」

「ふうん。だったら、あんたはあたしの知らない情報をつかんでいるってことね。やめてよ、ガビ」笑い声をあげたイグレシアスに、文句を言った。

「犯人があの箱を置いたのなら」グリマルディはリディアに向き直った。「テイバーのスタジオに入る方法を知っていたということね」

「それはかなり大勢の人が知っている」わたしは口を挟んだ。「せっかく物的証拠について話しているんだ。ついでに教えてくれないか？」

グリマルディは言った。「しつこいわね」

「弁護士に電話をする手間を省きたい」

「んもうっ。わかった。あんたのパートナーがイヤリングの取られた耳が違うことを指摘してくれたお返しよ。あまり役には立たないかもしれないけど。キンバリー・パイクのセーターに黒っぽい髪の毛がついていた」

「サムの髪だった？　もう結果が出たのか？」

「ラピッドＤＮＡ（ＤＮＡの自動鑑定）でね。注目を浴びている事件だから、最新技術の恩恵を受けることができたって次第。驚いた？」

「もちろん」

「それに、パイクと会ったことはないと言っているテイバーも、驚くでしょうね」

リディアが言いかけた。「でもそれは単に――」

「言われなくても、わかってる。別の機会についた。別の場所でついた。ホイットニーのパーティーでテイバーと体が触れた。男女共用のトイレに、テイバーのすぐあとで入った。バーでテイバーのうしろに並んでいた。髪の毛は始終風に乗って飛んでいる。たしかになにも証明できない。ただし、地方検事がテイバーを勾留する口実にはなる。スタジオでイヤリングが見つかったし、そもそも自分が殺したと触れまわっている。おまけにバカどもがテイバーを刑務所に送り返したくてうずうずしている。いっぽうで、頭のいかれた真犯人は街をうろついている。そして、もう一個のイヤリングの行方がわからない。ああ、腹が立つ！」

28

「さてさて」一九分署を出てリディアは言った。「実り多い話し合いだったわね。待って、言い換えるわ。キャバノーは最低」

「異議なし」

「グリマルディは優秀で信頼が置ける」

「これも異議なし。そして、きみは天才」

「異議なし」

「ところで」わたしは言った。「きみがグリマルディ対キャバノー戦に夢中になっているあいだに、思いついたことがある」

「おしっこの飛ばし合い《ピス・ファイト》を特等席で観戦する機会なんて滅多にないから、つい」

「今度、チケットを用意しようか？　さて、こういうことだ。さっきオークハーストのところにいたとき、コレクターから電話があっただろう。あれはフランクリン・モンローという男だ。ホイットニーで見かけたのを覚えている？」

「ポニーテールのキザな男？」

「そもそもそれが彼の不利な点だ。オークハーストは新作を見せたくて彼を誘ったみたいだね」

「そうね。そして、彼を口実にしてわたしたちを追い払った」

「うん。だが、ぼくはきのうオークハーストのスタジオでもモンローに会った。彼は新作を見にきてぼくをコレクターだと誤解し、競争相手の出現に慌てていた。つまり、いまオークハーストが見せようとしている新作は、きのうの夜撮影したものだ」

「オークハーストはホイットニーのなかでも外でも撮影していたわ。でも、この新作は特別版のコレクター用なのね？　シェロン・コネツキが展示を断った陰惨な作品を買うコレクターのための新作。彼は昨夜、それを撮影した」

互いの目が合った。

「それがこっちの考えているものなら、ぜひとも見なくては」

トニー・オークハーストに電話をかけた。アマラのやる気のない声が告げた――トニーは外出中です。ええ、ほんとうに。居留守じゃないわよ。電話があったことは伝えとくわ。そこで、携帯電話を試したが、留守電になっていた。

「オークハーストはその新作をコネツキに見せたのかしら。それでコネツキが怒った？」

「うん、そんな気がする。直接訊いてみよう」

電話に出た〈レムリア・ギャラリー〉の若い女性はアマラとは対照的にてきぱきしていたが、役に立ってはくれなかった――ミズ・コネツキは外出中でございます。いいえ、何時に戻るかおっしゃいませんでした。いいえ、携帯電話の番号は存じません。ええ、メッセージを承ります。はい、お戻りになるか、連絡がありましたらただちに伝えます。ほかに、なにかございますか？

「アイス・クイーンはいなかったの？」と、リディアは電話を切ったわたしに訊いた。

「うん。アシスタントだった。きっと、名前は永久凍土《パーマフロスト》だ」少し考えて言った。「そうだな、もうひとつ試してみよう。モンローはコレクター仲間に会うのが好きだ」

リディアは顔をしかめて舌を突き出した。わたしはモンローの名刺を財布から出して番号を打ち込んだ。

呼び出し音が二度。それから「こちら、モンロー！」

「ビル・スミスです、フランクリン」一秒ほど間が空いた。「ほら、きのうトニー・オークハーストのスタジオで会った」

「ああ！　うん、そうだった。夜にホイットニーでも会ったね。トニーのコレクターだろう。それで、なにか？」

「さっきトニーに会ったんでしょう？　昨夜のあれ、見ましたか？」

声が警戒の色を帯びる。「うん、まあ。きみも見たのか？」

「その件で話をしたくて。都合はどうです？」

真っ白な歯を見せて笑っている顔が目に浮かぶような、上機嫌な声が返ってきた。「アートの話ならいつでも歓迎するよ。じつはトニーのスタジオからちょうど戻ったところだ。住所はわかるかね？」

「名刺をもらいましたから」

「では待っている」

「というわけだ」わたしは電話をしまってリディアに言った。「来るかい？」

「わたしが必要？」

「訊くまでもないだろうに。もっとも今回は、きみがどうしてもと言うのでなければ、ひとりで行く。そのほうがモンローは喜ぶだろう」

「正直なところ、ひとりで行ってくれたほうがありがたいわ。気味の悪い男に食傷気味なの」

これはわたしの事件だ。一緒に来てもらいたい、あるいはどこかに行ってもらいたいと本心から望めば、リディアはそのとおりにする。だが、コレクターどうしが秘密の楽しみを分かち合う形にしたほうがうまくいきそうだし、リディアもほかに考えがあるようだった。

「なにか計画しているのかい？」わたしは訊いた。

「サムが住んでいる界隈をもう一度当たってみようかと思って。実際に何者かがアパートメントに侵入したのなら、それが誰か知っておいたほうがいいわ」

「グリマルディが調べさせているよ」

「深夜にサムを目撃した人を探しているんでしょう。侵入の件で聞き込みをしているとは言わなかったもの。しているとしても、誰だって、ときにちょっとした助けが必要よ」

ではあとで、と軽く唇を合わせて地下鉄駅の入口へ向かうリディアと別れ、反対方向へ歩いた。

途中で屋台のピザをそそくさと詰め込んだ。食べ終わりかけたとき、電話が鳴った。手を拭いてディスプレイをチェックする。サムの弁護士、スーザン・トゥーリスだった。

「やあ、スーザン。どうした？」

「ちょっと知らせておこうと思って。サムは本部に勾留中よ。優秀な若手を行かせたわ。ルーペ・ベラスケス。サムに手を焼いて大変だったみたい」

「どんなふうに？」

「サムが誰彼かまわずつかまえて、逮捕されたから二度と人を殺さずにすむと触れまわったのよ」

「しょうがないな、サムのやつ」

「ルーペはしまいに交換条件を出した。サムが口を閉じて、話すのは彼女にまかせたら、画用紙と木炭を手配するって。サムは不満たらたらだったけれど、受け入れたわ」

「彼女にボーナスを出そう」

「サムの請求書に加算しておくわ。ルーペが担当を続けるなら、精神科医のぶんもきっと必要になる」

「相手はサムだ。どのみち精神科医が必要になるかもしれない。ふたりいっぺんなら、割引になるんじゃないか。とにかく、そのつもりで頼む。サムは十分賄える」

「その件で訊きたかったのよ。わたしの依頼人はサムとピーターのどっち？　ピーターは、前回と同様に自分が払うと言っていたけど」

「ピーターと話したのか?」

「ええ、彼のほうからかけてきた。物的証拠がなんだったのか、知りたいって。髪の毛だったのよ。サムの髪の毛が被害者のセーターに付着していた」

「うん、それは知っている。サムを逮捕した刑事と話をしてきたところだ。まずい状況になったね」

「頭が痛いわ。当然、ピーターとレスリーもそうなんだけど、理由は違うみたい」

「おや、レスリーも一緒だったのか」

「もちろん。ピーターは、あり得ない、サムはその女を知らなかった、無実だ、とずっと繰り返していた。いっぽうレスリーは、警察が握っている証拠は髪の毛だけではない、ほかにもあるけど秘密にしていると言い張るのよ。そうしたら、サムを疑うのかとピーターが怒った。それに対してレスリーは、髪の毛数本くらいで逮捕はしない、ほかにも証拠があるからだ、と反論した。だから、わたしはこう言ったのよ。髪の毛だけでも十分逮捕はできるし、ほかの証拠があるとは考えにくい。万が一あるなら、警察は明らかにする義務がある。でも、なんだか壁に向かって話しているみたいで、変な感じだったわ」

「うん、あのふたりを相手にするといつもそんな感じがする」

「それで、あとはふたりでやり合ってもらうことにして、適当なところで切り上げたわ」

費用はピーターに請求したほうが今世紀中に手に入るよ、とスーザンに助言した。もっともわたしの知る限りでは、サムは強迫性障害であっても支払いはきちんとしている。連絡を絶やさないよう頼んで、電話を終えた。いまの状況についてつらつらと考えながら、目的地までの残り数ブロックを歩いた。

モンローの名刺に記されていたパーク街の住所には、装飾を施した暗赤色のレンガ壁、テラコッタで縁どった窓という造りの戦前の気品あふれる壮大な建物が、肩をそびやかすようにして向かいのガラスを多用した高層ビルに対峙していた。ドアマンに名を告げた。彼は携帯無線機で連絡を取って、富のほのかな香りに満ちた鏡張りロビーの奥を示した。真鍮製のボタンがついたエレベーターは十階まで上昇して、熱帯林をプリントした壁紙を貼った廊下にわたしを吐き出した。厚いカーペットの上をエレガントなダークグリーンのドアまで進んでドアベルを鳴らすと、軽やかな音色に続いて満面に笑みを湛えたモンローが現れた。

「やあ、ようこそ。どうぞ」

大理石の玄関ホールを抜け、一段低くなった広々としたリビングルームに案内された。グレーツイードの巨大なソファ、濃赤色の革張りの肘掛椅子が点々と置かれ、グレーの壁に多数の写真、絵画、プリントが掛けられている。どれも馴染みが薄いが、半数くらいはここ三世紀にわたるアーティストによるもので、名前当てに挑戦してみたい気がしなくもない。写真も初めて目にするものばかりだが、オークハーストの作品はすぐにわかった。ここにあるアートには共通点がある。どれも心や肉体の〝苦痛〟を題材にしているのだ。

血、傷、苦痛にゆがむ顔。息絶えた幼子を抱いて空を飛ぶ死神と丘のふもとで泣き叫ぶ母親を描いた十九世紀の木版画。遺体の発見や行方不明の子供、一家惨殺などを報じる一九七〇年代の新聞記事を重ね貼りした上に赤の絵具をなすりつけたコラージュ。テーブルに載った切断された手首と枠外から滴り落ちる血を美しく緻密に描写した、ハイパー・リアリズム絵画。

オークハーストの作品三点はいずれもくすんだ色彩、奥行きのある黒、まばゆい白といった特徴を持ち、見間違いようがない。一点は、手前に上半身裸の男のたくましい肩、その向こうに椅子に縛りつけられた若い女の怯えた顔。もう一点の被写体は不鮮明だが、血と肉、湿った髪がとらえられていた。残り一点は、不潔なマットレス上の注射針が刺さった傷だらけの腕と、その後方にいる骨と皮ばかりの薬物中毒の女の組み合わせ。女は注射器を膝に落として口をぽかんと開け、過剰摂取で瀕死の男には目もくれずに陶然としている。

シェロン・コネツキがこうした作品の展示を拒否したのは無理もないと思えてきた。被写体は小道具やモデルであってほしいが、違うだろう。

「一杯どうだね？」モンローが椅子を指して、尋ねた。

たしかに、一杯飲みたい気分だ。煙草もほしいが、灰皿は見当たらない。椅子に座ると柔らかなクッションに体が吸い込まれた。モンローはキャビネットに並んでいる半ダースほどのクリスタルのデカンタから一本を選び、厚手のグラスに注いで持ってきた。それを目で追ううちに、暖炉の横に掛けてある額装したサムの鉛筆画が目に入った。

「どう思う？　なかなかいいだろう？」モンローはグラスを手に向かいの椅子に腰を下ろし、革製のオットマンの上で足を組んだ。わたしの前にもオットマンが置いてあったが、そこまでくつろぐ気にはなれなかった。「ほかにまだ何枚も持っていて、ここに飾ったり、あそこに掛けたりと順繰りに替えるんだ」グラスで廊下のほうを漠然と示したので、そちらへ行かないですむことを願った。

「たいした目利きですね」と、コレクターが一番喜ぶ誉め言葉でモンローの自尊心をくすぐった。「オークハースト、サントロファー」――サントロファーは友人だ。モンローの嗜好に合うようでは、いま目指している方向は望ましくない。今度、忠告しよう――「それにテイバー。テイバーも蒐集しているとは知らなかった」

「トニーの紹介だ。これは〝赤い納屋〟のためのスケッチだよ。完成した絵よりもずっと迫力があると思わないか？」

　同意はしないが、希少品ではある。「テイバーは原則として鉛筆で描いたスケッチは売らないのでは？　シェロン・コネツキがマイケル・サンガーに話しているのを聞きましたよ」

　モンローはにんまりした。「うん、いまのところはね。シェロンはそれでよしとしている。供給がなければ、需要が膨れ上がるからね。でも、そのうちサムを説得して売らせるさ。金にものを言わせりゃ、原則なんぞ吹っ飛んじまう。シェロンの言葉を信じるなんて、マイケルは間抜けだよ。もっとも、もともと間抜けな男だからな」

「彼もトニーの特別版を蒐集しているんですか」

「マイケルが？」モンローはせせら笑った。「あいつにそんな度胸はない。世間知らずのアート愛好家、言い換えれば阿呆なのさ。初めのうちは、シェロンに売れ残りを押しつけられていた。その後テイバーを見つけて、金の湧き出る泉と化した」

「サムをまだ説得していないのに、ここにあるスケッチはどこで手に入れたんです？」

「トニーがテイバーに頼んでもらったんだよ。テイバーは、トニーが自分用にほしがっていると思った。わたしのためだとは知らなかった」モンローは得意げだ。たしかに、トニーはわたしにそんな便宜は図ってくれなかった。「わたしはスケッチが好きでね。アーティストの出発点を見たいんだ。トニーも、ときどき加工する前の画像を提供してくれる。完成品も買うという条件で」

わたしはサムのスケッチを眺めながら、グラスを口に運んだ。度数の高い、複雑かつバランスの取れた味わいのスコッチだった。銘柄はわからないが、極上品だ。

モンローはわたしの視線を追った。「トニーとテイバーが親しいことは知っているね？トニーの特別版はテイバーと知り合ってからどんどん先鋭的になっていく。きみも気がついただろう？」モンローの微笑は言っていた——きみは知らなかった、気がつかなかった。

「うーん、どうだろう。考えたことがなかった。どんなふうに？」

「小便《ピス》の飛ばし合い《ファイト》をしているみたいに」

それがほんとうなら、リディアに教えなくては。チケットをほしがるかもしれない。

「テイバーは気にしていないがね」モンローは続けた。「トニーが一方的に仕掛けているだけで、気づいてもいないだろう。ぼうっとしているからな。テイバーには笑えるよ。しょっちゅう瞬きして、けつまずいて。あんな薄のろが偉大な傑作を生み出すのだから驚くほかない。どうやらテイバーの作品は、トニーの制作意欲に火をつけるらしい。きっと、テイバーは自分のしていることを意識していなくて、トニーは意識しているからだろう。自分がなにをしているのかわかりもしないやつに負けるのが、トニーは我慢できないんだ」

興味深い発言だ。オークハーストは、サムが創造するものは自分しか理解できないと自負している。その言と妙に響き合っている。

そこで訊いてみた。「最新作の根底にはそれがあるということですか？　トニーとテイバーの陰惨さの競い合いが？」

「そりゃあそうだろう」モンローはオットマンから足を下ろして身を乗り出した。ほかに誰もいないにもかかわらず、声を潜める。「で、感想は？　昨夜の新作をどう思う？」

わたしはグラスを見つめた。「前にも言いましたが、判断がつきかねていて」

「おいおい。一線を越えるのをためらっているのか？」嘲笑するような響きがあった。モンローには一線など存在しないのだ。

昨夜の新作。一か八かで言ってみた。「あれは……演出ではなかった。でしょう？」

「あれが演出であるものか。あの目。トニーが送ってきた生画像をひと目見てわかった。演出？　冗談じゃない。トニーがそんなことをするものか。過去にもしたことがない。バカバカしい」モンローは椅子の上でそっくり返った。「きみは蒐集を始めてどのくらいになる？　トニーを信用しないのか？　だったら、蒐集などするな」

「これまではずっと信用していましたよ。本物であることを疑ったことは、一度もない」椅子に縛りつけられた若い女の写真を身振りで示し、正しい答えであることを願った。「でも、昨夜のあれ……」

「なに言ってるんだ！　トニーがあの場にいたのは、きみも承知だろう。わたしは見たんだよ。テイバーとトニーの作品を展示した壁の前で、きみがトニーと一緒にいるところを。それにあの女が死んだことも承知だろう。朝からさんざんニュースで取り上げられている」モンローは目をぎらつかせて睨んだ。「きみは疑っているのではない。願っている。演出かもしれないと疑っているのではない。演出であってほしいと願っている」モンローはスコッチを飲み干した。「実際に目にすると、きみにはそれを受け入れる度胸がない。腰抜けめ。買いかぶっていたよ。ほかのコレクションも見せるつもりだったのに。さて、飲み終わったかね？」

　意味するところは明らかだ。まだ残っていたが、二秒でグラスを空《から》にした。その五秒後、わたしは部屋を出た。礼は述べなかった。モンローも別れの挨拶をしなかった。

29

表に出るなり、煙草に火をつけた。グリマルディに連絡した場合の利点を少しのあいだ考えてみたが、キンバリー・パイクの生前最後のポートレートとおぼしき、オークハーストの昨夜撮った新作を彼女が見せてもらえる確率は、わたしよりさらに低い。令状が必要になるだろうが、モンローの言葉からわたしがした推測だけでは根拠が乏しく、取得は難しい。この目で確認する必要がある。グリマルディへの報告はそのあとだ。

三九丁目に行くために地下鉄を目指した。

オークハーストがキンバリー・パイクを殺したのか？　オークハーストが自認どおりの、〝苦痛〟が見えても創造する力はないアーティストであれば、犯人ではないだろう。だとしても、ハイゼンベルグの原理——観察することで、観察される現象の性質が変わる——というものがある。オークハーストは、見ているだけだと自分にも他人にも言い聞かせているようだが、見られている者——苦痛を創り出す者——はカメラを意識して行動を変えているかもしれない。つまり、観察して記録するオークハーストと、カメラに向かって演じる被観察者を隔てているのは、太くてあいまいな線ではないだろうか。大きく引き伸ばされた写真で見たリックとローレルのみならず、被写体となった人々が、矢継ぎ早に焚かれるフラッシュを浴びて悶えるさまが脳裏に浮かんだ。オークハーストがいることで、ほかになにが起きるのか。オークハーストが写真を撮るために、女たちが殺されているのか？

あまりにも飛躍している。オークハーストが殺しの瞬間を見たとは限らない。偶然パイクの死体を発見しただけならば、せいぜい通報を怠ったことを責められる程度だ。犯人の正体を知らないのなら、ニューヨーク州では罪に問われることもない。

ただし、知っていれば罪になる。

オークハーストのスタジオの入口で、アマラは眠そうな顔でわたしを見つめた。「なにか？」

「トニーに呼ばれてね」

「あらそう？」眉と一緒に銀のピアスも上がった。「聞いてないけど。ちょっと待ってて」アマラはわたしを置いて、奥へ確認しに行った。むろん出まかせだが、自信はある。「いいわよ」と、戻ってきた彼女は間延びした口調で言った。「どうぞ」

内扉を入るか入らないかのうちに、オークハーストがつかつかとやってきて「やあ」と手を差し出す。握手をすませて彼は言った。「どうした？　さあ、こっちへ」わたしを革製ベンチのある応接スペースへ連れていった。アマラは急ぐふうもなく、コンピューターの前に戻った。

「なにか飲むか？」オークハーストは言った。「座れよ。きみを呼んだ覚えはないぞ。なんであんな出まかせを？」その顔は笑っていた。

「今朝のお返しですよ。コーク《Coke》をいただこう」

「炭酸の？　粉のほうかな？」

わたしが首を横に振ったのを見て、オークハーストはキャビネットからスコッチを、小型冷蔵庫から缶入りコーラを出した。

「どうしても、あなたと話をしたくて」わたしはプルトップを開けた。「おたくの夢見る門番と押し問答をする時間が惜しかった。出まかせを言えば、その理由を知りたがるだろうと思ったんですよ」

「ちくしょう。おれはそんなに見え透いているか？」と、スコッチを指二本ぶん注ぐ。

「ええ。じつは、さっきまでフランクリン・モンローのところであなたの最新作について話し合っていた」

「ふうん、フランクリンか」オークハーストは当たり障りなく言って、微笑んだ。グラスを掲げる。「きみを部屋に通したのか？」

「滅多にない特別扱いなのかな」

「そうだ。あいつはコレクションを自慢の種にしているが、ふだんは分別をわきまえて……秘蔵している」オークハーストはスコッチをがぶりと飲んだ。

「あなたのコレクターの大半がそうしているでしょうね。結局のところ、腰抜けと罵られて追い出されたけど」

「なんでまた？」

「昨夜の新作は演出ではないかと疑問を呈したんです」

「昨夜の新作――」

「モンローは、ぼくがそれを見たと思った」

「えっ？」

はたと腑に落ちた。「あなたはキンバリー・パイクのデスマスクを持っている」わたしは言った。「殺しの現場にいたんですか」

オークハーストはスコッチをすすって思案した。しばらくして、「いいや」と薄ら笑いを浮かべて答えた。「その直後だ」

「誰が殺したんです？」

「知らない」

「だったら、なぜ直後だとわかる。何時間か経っていたかもしれない」

「まだ温かかったんだよ。トラックのなかは寒かったが、遺体にはぬくもりがあった」

「なんだってまた、トラックを覗いたんです？　じれったいな、小出しにしないで洗いざらい話してください」

「気に入らないなら」オークハーストは薄ら笑いを浮かべたまま、わたしを見据えた。「帰れ」

「どうしようかな。ひと騒動起こすから、警察を呼びますか。そうしたら、どう説明します？」

オークハーストは肩をすくめた。「異常者が出まかせを言って入り込んだと話す」

「ではぼくは、あなたが死んだ女の写真を撮る異常者だと話そう。いいですか、パイクを殺した犯人を知らないなら、変態であっても犯罪者ではない。いい加減にしてください。トラックのことはどうやって知りました？」

オークハーストは、〝腰抜け〟に変態呼ばわりされても平然とスコッチをすすっていた。どこまで話したものかと思案しているのは明らかだが、時間を与えた。アーティストとしてのプライドが警戒心に勝つことを当てにしていた。すでに一度は勝っている。だからこそ、事件のあと時間を置く安全策を取らずに、ただちにモンローに得々として作品を見せたのだ。

予想は半分当たった。「取引しよう」オークハーストは言った。「トラックについて話すから、真っ先にフランクリンを訪ねた理由を教えてくれ」

「なんだ、お安いご用だ。あなたは今朝、新作を見に来いとモンローを誘った。しかし、彼はきのう新作を見にここに来ていた。つまり、あなたが見せようとしている新作とは、昨夜撮影したものだ。パーティーで何枚も傑作を撮ったとしても、モンローはその種の写真に興味はない。特別版コレクターがほしがる類《たぐい》の写真を撮ったに違いない」〝特別版コレクター〟ではなく〝鬼畜〟と言いたかったが、自制した。

オークハーストはおもむろにうなずいた。「前に撮った写真を仕上げたのかもしれないぞ」

「考えられなくはないが、だったら電話したときにモンローがエサに食いつくはずがない。〝昨夜のあれ〟と言ったら、あっさり面会を承知した」

オークハーストはうなずいた。「上手いな。気に入った」

「どうも。そっちの番ですよ」

「よし」オークハーストはもう一杯スコッチを注いだ。「ほとんどの人は知らないが、いい写真を撮るチャンスは、大きな出来事が終わったあとにある。授賞式、決勝戦、暴動、戦闘。興奮が鎮まって誰もが……」そこまで言って、言葉を途切らせた。

「素っ裸のカメになる?」わたしは補足した。

「そうだ」うれしそうにうなずいたのは、わたしの記憶力ではなく自分の比喩に感心したのだろう。「だから、いつも遅くまで残ることにしている。ゆうべは美術館の裏で騒動が治まったあと表にまわって、デモ隊がいなくなるまで撮影を続けた。そのあと、また裏に戻った。散乱している靴、帽子、水の壜なんかを撮っていたら、トラックから出てくる人影が見えた」

「どんな?」

「なんとも言えないな。ハイウェイを通る車のヘッドライトにシルエットが浮かんだだけだから」

「男? 女? 背格好は?」

「シルエットしか見えなかった。それもヘッドライトが当たって長く伸びていたから、まるで宇宙人さ」

「写真は?」

「撮ることは撮った。アートとしては最高、ジャーナリズムとしては最低だったな。要するに、なにも伝えていない」

「そして、トラックを覗いた」

「当たり前だ。きみだって覗くんじゃないか?」

「で、発見した」

再び、薄笑いを浮かべる。「彼女の遺体をね。ぬくもりのある遺体を。むろん、息はなかった。あれば、当然通報した」

怪しいものだが、問い質したところで得るものはない。

「そして遺体を撮影して、トラックを出た」わたしは言った。「なぜ、そのとき通報しなかったんです？」

わたしは、無言のオークハーストに代わって言った。「サムの犯行を疑ったからだ。連続殺人犯サム。だから、サムを捜した。電話やメールに返事をしなかった」

オークハーストは肩をすくめた。「サムは友人だ。せめて待って、直接訊くくらいはしたかった」

「それで、訊いたんですか？」

「おいおい、そいつは愚問だろうが。訊く機会を与えずに、あのバーからサムを連れ出したのはどこのどいつだ」つと顔を上げる。「きみは訊いたのか？」

「パイクが殺されたことは、今朝まで知らなかった。むろん、サムが犯人だとは思っていない。だが、本人は自分がやったと主張している。警察も。写真を見たい」

「え？」

「トラックのなかの遺体、例のシルエットの写真を見たい」

「断る。失せろと言いたくなってきた」

「なにを言おうと自由ですが、写真は見せてもらう」

オークハーストは大きなため息をつき、グラスを置いて立ち上がった。「やれやれ」またしてもプライドが勝ち、奥の作業テーブルへわたしを連れていった。「どれもプリントはまだだ」誇らしげな目を向けてきた。「でもフランクリンは即刻、予約した」

「生画像を見たうえでと、言っていた」

「阿呆な野郎だ」

異議はない。オークハーストは、テーブルの左半分を占領している大型モニターのスイッチを入れた。クリックを続けて目当てのファイルを探し出し、画像が落ち着くまで待つ。キンバリー・パイクの顔が出現した。グリマルディのボードに貼ってあった、ＮＹＰＤの写真と比べて、よくもあり、悪くもある。ＮＹＰＤのそれは科学捜査用の強力なライトのもとで撮られ、こちらは照度の低いライトのもとで、平面や角度、影を綿密に考慮して一ミリのぶれもなく撮影されている。ＮＹＰＤの写真では生命が完全に失われた物体だったのに対し、トニーの写真の彼女は怯えてショックを受けていた。

わたしはその顔を脳裏に刻み込み、それから言った。「次は、シルエットを」

わたしを一瞥して、オークハーストは幾度かクリックした。モニター画面に、強烈なヘッドライトの光で輪郭のぼやけた移動中の人物が現れた。先ほどのオークハーストの言葉は正しく、まさに宇宙人だ。「アートとしては最高、ジャーナリズムとしては最低」でもある。

「鮮明になるように、調整はしたんでしょう？」

「もちろんだ。できる限り工夫したが、これが精いっぱいだった」

これでは、犯人が現場を立ち去る場面としかわからない。「ほかのも見せてください」

「ほかの？」

「シルエットの写真ですよ」

「一枚がやっとだったんだ」クリック音と同時に、シルエットはするすると小さくなってサムネイル画像のグリッドに収まった。全部を識別することはできないが、同種の画像がないことはたしかだった。

「いいでしょう。では、残り全部を」

「なんだと？」

「全部。昨夜、トラックのなかで撮った画像を全部」

「アウトテイク（完成版で使わないショット）は誰にも見せないことにしている」

「ふざけるな！　評論を書くわけじゃない！　さっさと見せろ」

思わず出た強い口調に、我ながら驚いた。オークハーストもなにかを感じ取ったのだろう。わたしをしばらく見つめたあと、数十枚の画像を次々に出していった。異なる角度、焦点範囲、露出。クローズアップ、ロングショット。遺体の顔、手、胸の刺し傷。人間のものではない死骸の残渣《ざんさ》が光る荷台の床、壁。わたしは無言で見入った。ようやく最後の一枚が終わった。

「あとの写真は全部、パーティーかデモ騒動だよ」オークハーストはモニターの電源を切った。

「いやはや」わたしはつぶやいて一歩下がった。

オークハーストはわたしをじろじろと見て、にんまりした。「いいことを教えてやろう。きみは腰抜けだ」

腰抜けかもしれないが、オークハーストを殴りたい欲求を抑える強さは持っている。無言で出口へ向かった。

30

オークハーストのスタジオを出るや、ミッドタウンのさわやかな外気を浴びて煙草に火をつけた。リディアにかけたが、留守電になっていた。「ニュースがある。電話してくれ」とメッセージを残した。

次にグリマルディにかけた。あの写真に動揺したのは事実だが、オークハーストの前では誇張していた。取るに足らない腰抜けだと見くびらせたかったのだ。作品を自慢したい欲望がそこに加われば、グリマルディが見る前に画像を消去する恐れが減る。写真がグリマルディに新たな証拠を提供するか否かは不明だが、推定より八時間せばまった死亡時刻を明確に示している点は大きい。

「はい、グリマルディ」

「スミスだ。プレゼントがある」

「もう一個のイヤリング？」

「違う、でも、きっと気に入る」どこでなにを見たのかを伝えた。

聞き終わったグリマルディは、ゆっくり言った。「人でなしめ」

「令状がなければ、スタジオに入るのは無理だよ」

「SWATチームを呼んで、押しかけようかしら」

「できるのか?」

「差し迫った脅威でない限り、確実にクビが飛ぶわね。でも、令状が出るまで時間がかかる。あしたの朝まで無理かもしれない」

「おせっかいを焼くつもりはないが――」

「あら、よかった」

「――だが、ぼくだったらオークハーストが不安にならないよう、令状が出るまではスタジオに近づかない。警察に目をつけられていると知ったら、画像を消すかもしれない。知らなければ、自己顕示欲の強い男だ、取っておく。それに、見た限りでは捜査に役立ちそうなものは写ってなかった」

「それは、あんたの見解でしょ」

「たしかに。だが、漫然と見たのではない。あいつを刑務所送りにできるようなものを探していた」

「刑務所送りにするのは、あんたではなくあたしの役目よ。忘れないで」

「そうだったな。覚えておく。オークハーストに会ったら、ぼくの差し金で来たと伝えてくれ」

電話を切って、歩き始めた。一ブロックも進まないうちに電話が鳴った。ピーター・テイバーだった。「やあ、ピーター。なんだい? 具合はどうだ?」

「最悪だ。レスリーとふたりで、必死に被害を最小に留めようとしている。刑事と話をしたそうだな。スーザン・トゥーリスに聞いた」

「サムを逮捕した刑事のことかな？」

「当たり前だ。ほかに誰がいる」

たとえば、アイク・キャバノー。だが、口には出さなかった。「ああ、話をした。それがなにか？」

「警察がつかんでいる証拠って、なんだった？」

「スーザンから聞いただろう？　髪の毛が数本。それだけだ。サムが自白を繰り返したところで、立件には不十分だ」

「どうして？」

「ほかに証拠はないし、髪の毛がいつついたのかわからない。サムは自分が殺したと言い張っているが、犯行や被害者について具体的な説明ができないうえに、被害者と繋がる線が見つからない」

こうした場合、弁護側はほとんどの事件で容易に不起訴に持ち込むことができる。しかし野心的な地方検事補だったら、現実を把握することが苦手で執拗に自白を繰り返すサムの現状を踏まえて起訴し、陪審団は万が一を考えて世間からの隔離を求めるかもしれない。だが、最悪な気分のピーターに追い打ちをかけたくはなく、黙っていた。

「証拠はほんとうにそれだけ？」ピーターは訊いた。「だったら、たしかに立件には不十分だろうに、なぜ告訴した。レスリーは、ほかにも証拠があるに違いないと言っている」

「いや、そんなことはないだろう。断言はできないが、グリマルディはかなり率直に話してくれている。証拠固めをするあいだ容疑者を隔離しておくのは、ごくふつうのやり方なんだ、ピーター。証拠固めができなければ告訴を取り下げるさ。それに、サムが現場にいなかったことが、ほぼ確実になった」

「現場にいなかった？　どういう意味だ。被害者が殺されたのは、ホイットニーのすぐ近くだ。サムはきみが見失う直前までそこにいた。殺されたのがもっとあとだとしても、スーザンが言うには、きみが大いびきをかいているあいだにサムが戻った可能性があると警察は見ている」

ピーターは、暗にわたしを責めていた。

「サムは騒動が始まったとたん、グレイハウンド犬顔負けのスピードで駆け出した。そのときパイクはまだ生きていて『あの人よ』と叫んでいたし、その後のサムの足取りはいずれ明らかになる。パイクが殺されたのは、サムが酒を求めてバーからバーへ移動していた時間帯だ」

「死亡時刻を絞ることができないと、スーザンが話していた」

「最初はたしかにそうだった。だが、目撃者が見つかった。騒動が治まったあと、トラックから出てくる人影を目撃した人がいたんだ。目撃者はトラックに入って、パイクの遺体を発見した」

「たまげたな。目撃者とは誰だ？　どんなやつを見たんだ？」

「はっきり見えなかったんだよ。ヘッドライトに浮かび上がったシルエットだけだ。だが、サムが駆け出したときから見つかるまでのあいだの行動は、必ず証明される。目撃者の話がほんとうなら、サムは犯人ではあり得ない」

「目撃者がほんとうのことを話していれば、だろう。出まかせだったら？　目撃者とは、どこのどいつだ。なぜ、すぐに通報しなかった。もしかして、そいつが犯人じゃないか？」

「すまないが教えることはできない、ピーター」教えても法律上の問題はないが、令状が出る前にオークハーストの名を漏らしたら、グリマルディに射殺されるだろう。「だが、目撃者が出まかせを言っているとも、犯人であるとも考えられない。それに関しては、警察が必ず明らかにする」

ピーターは長いあいだ沈黙した。「もう、耐えられないよ」ため息とともに言う。「まさに悪夢だ」

「つらいだろう。気の毒に」わたしは言った。

「目撃者が現れたのだから、サムは釈放されるんだろう？　いつになる？」ピーターはわたしの慰めを聞き流したが、はねつけもしなかった。

「わからない。サムは召喚されたのか？」

「今夜と聞いた。告訴が取り下げにならなければ」

「保釈金が設定されたら都合できるか？」

「さあ、わからない。金額次第だ」

「そうか。警察が証人の供述を確認し、新しい証拠が出てこなければ、告訴取り下げまで長くはかからない」

「新しい証拠が見つかったら?」

「サムが無実なら、見つからない」

ほかに話すことはなかった。連絡を取り合うことを約束して電話を切った。ピーターが安心したかどうかわからないが、いまわたしにできることはない。新しい煙草に火をつけて、アートについて考えた。

31

九番街の小さな食堂でコーヒーを飲んでいるとき、リディアが電話をかけてきた。「ニュースがあるんですって？」

「うん。きみは？」

「まったく、なし。あしたの午前中に出直すわ。犬の散歩集団がいるでしょうから」これは毎日決まった時刻に外に出て、ふだんと違ったことに気づきやすい人々を指す。サムのアパートメントが侵入されたのは、昼前だ。あした、同じくらいの時刻に聞き込みをしたほうが夕刻のいまよりも収穫が期待できる。

「それとも、そのニュースとやらの結果、聞き込みは不要《スーパーフルアス》になった？」

「舌を嚙んじまえ」

「そうしたら不要になるうえに、出血もするわ」

「おまけに『不要《スーパーフルアス》』と発音できなくなる。いや、真面目な話、誰がサムのアパートメントに侵入したのか突き止めよう。不可解なことがまだたくさんある。でも、さっき手に入れた情報で、サムがキンバリー・パイクを殺していないことが、ほぼ確実に証明された。それに、トニー・オークハーストが鬼畜だってことも」

「ふたつ目は証明するまでもないでしょう。どんな情報？」

「夕食のときに話すのは、どうだろう」

「冗談じゃないわ。そっちへ戻るのに一時間かかるのよ。サムの無実を証明できる情報を持っているなら、早く教えて。待っていられないわ」

「待てば待つほど、会いたくならないか？」

「殴りたくなる」

　そこで、食堂のブース席で、ジュークボックスから流れるジョニー・マティスの歌声と、電話の向こうのクラクションと話し声とを聞きながら、先ほどまでどこにいて、なにを見たかを語った。

「なんて非道な」聞き終わってリディアは言った。「鬼畜という言葉では足りないくらいよ。アーティストというのは……」

「なんだい？」

「うまく説明できないけれど、アーティストというのはハートを持っていると思っていた。彼の作品はすばらしいんでしょう？」

「オークハーストの？　うん、すばらしい。彼はハートを持っている。ただし腐ったハートだ」

「なんだか幻滅しちゃった」

「だったら、夕食をご馳走する。絶対に幻滅しないパスタを出す店を知っている」

「きょうの仕事はおしまい？」

「そうしよう。グリマルディが令状を手に入れるのは、あしたの朝か、早くても今夜遅くだ。今夜のうちに罪状認否を行って、ピーターとレスリーが保釈金を払わない限りは、サムはあしたの朝まで勾留されている。でも、工面するのは難しいだろうな」

「ふたりとも張り切って金策に駆けずりまわっているんじゃない？」

「失意の人から皮肉屋か。変わり身が早いな」

「失礼」

「前がどんなだったか、忘れないようにしよう。どのみち、たとえサムがオークハーストの写真を買い取って無実を証明したとしても、調査を依頼された二件は未解決だ。それにパイク事件にも疑問がいくつも残っている」

「あらあら、では、パスタは仕事絡みの夕食に連れ出す口実？」

「食べ物が加われば、会いたい思いがいや増すかと」

「正解よ。どこに行けばいいの？」

「〈モランディ〉。南七番街だ。場所はわかる？」

「Ｓｉｒｉがあるから大丈夫。一時間後でどう？」

「了解」

会話を終え、もう一杯コーヒーを飲みながらアートについてさらに考えた。リディアのことも。

32

あくる朝起きたとき、寝ているあいだも考えていたのか、目が覚めたときに意識にのぼったのか、リディアのことが頭にあった。パスタの夕食のあとでリディアはここに来たが、泊まってはいかなかった。このところずっと、リディアは母親と〝訊かないで――話さないで〟とお互い口には出さず牽制し合っていて、そのルールはリディアしか知らない。わたしはそれでよしとしている。そもそもいまの状況は、以前は望むべくもなかったのだ。

シャワーを浴びてコーヒーを淹れた。リディアはいまごろ〝犬の散歩集団〟に話を聞くため、ブルックリンへ向かっているだろう。わたしはたっぷりカフェインをとったあと、クロムリーをあらためて問い質すつもりだ。彼女がオークハーストを訪れた目的は、サムの逮捕を知らせるほかにもあったことは間違いない。

コーヒーをカップに注いでいると、電話が鳴った。

「スミスだ」

「あたしよ、グリマルディ」

「やあ。令状は手に入った？」

「もっとすごい。いますぐ、ここに来て」

「ここって?」

「トニー・オークハーストのスタジオ。急いで」

「喜んで行くが、どうして?」

「パトカーで連行されたい?」

「いま出る」

急いでコーヒーを飲んで、リディアに電話した。留守電だったので行先を告げて「有無を言わさず呼びつけられた。悪い予感がする」とメッセージを残した。駅まで走って地下鉄に乗り、ペン・ステーション駅で地上に出た。三九丁目へ向かう途中で、コーヒーを二杯テイクアウトした。

オークハーストのスタジオのあるブロックは警察の非常線が張られており、コーンミールに群がるカラスを連想させる野次馬を掻き分けて進んだ。SWATチームは見当たらないが、スタジオ前の荷積みゾーンを占領している科捜研の大型バンに加えて、監察医の車も停まっている。〝エプスタイン〟の名札をつけた、そばかすの散った黒人警官が半開きのドアの前で監視していた。警官はわたしの説明を聞き、「なにも触らないでくださいよ」と注意して、グリマルディに確認しに行った。ドアノブにも呼び鈴にも、指紋検出用の粉の痕があった。

エプスタインはすぐに戻ってきた。「入って待っていてください」

スタジオに入ると、アマラが革のベンチで毛布にくるまってうずくまり、紙コップの中身をすすっていた。隣に女性警官が座ってアマラを落ち着かせ、同時にその言動を注視して、警察関係者以外の者との接触を防いでいる。ベンチの置いてあるスペースの後方、巨大なスタジオの奥では、作業用テーブルのひとつにさまざまな職種のNYPD捜査官が集まっていた。行ったり来たりする科学捜査官たちの隙間から、この騒動の原因が見えた。

オークハーストが大の字になって木の床に倒れ、深紅の染みが真っ白なTシャツを汚していた。わたしの立っているところからは生死が判別できないが。傍《かたわ》らにしゃがんでいる防護服姿の監察医を見れば答えは明らかだ。

犯罪現場用の靴カバーをつけたグリマルディが来て、ニトリル手袋をした手でカバーを渡して寄越す。「これをつけて」

「交換しよう」クリームと砂糖入りのコーヒーを渡した。

「ああ、最高」グリマルディはむさぼるように飲んで言った。「あんたのことが好きになってきた」

「警察と探偵の長きにわたる敵対関係を超越して?」

「見てもらいたいものがあるの」

「その前に、なにがあったのか教えてくれないか」わたしはアマラの向かいのベンチに腰を下ろしたが、彼女の目には入らなかったようだ。いったんコーヒーを置いて靴カバーをつけた。

グリマルディはオークハーストの遺体の横を通って、別の作業用テーブルへわたしを連れていき、アマラに聞こえないことを確認して言った。「何者かが、あの人でなしを殺害した。どう思う?」

「犯人はまだわからないんだね？」

「あんたは知らないわよね？」

「呼ばれて来ただけだからね。彼女は？」わたしはコーヒーカップでアマラを指した。

「彼女が通報したとき、あたしは令状を持ってここへ向かっている途中で、救急車と同時に到着した。アマラはいつもどおりにスタジオを開けて、遺体を発見した」

「いつ？」

「一時間くらい前。死亡時刻のこと？　そっちは午前一時前後」

「手口は？」

「射殺」

「凶器は見つかった？」

「拳銃なら、見つけたわ。三八口径」

「凶器だった？」

「たぶん。二発発射されていて、三八口径の銃弾が床に二個めり込んでいた。いま検査している」

わたしはコーヒーカップの縁越しに彼女を見つめた。「凶器の銃が見つかったのに、うれしくないのか」

「オークハーストの銃なのよ」

「なるほど。でも、自殺ではないんだね？」

「六フィート離れたところから自分を撃つのは、無理よ。それから指が一本、吹き飛ばされている。こっちは自分で撃てなくはないけど、まず違うわね。興味深いことに、片方のイヤリングがなくなっている」グリマルディは頭を傾げた。「あらあら、びっくりした顔して」

「そりゃそうだ」

「でもって、この殺しはあんたの依頼人となんらかの関係があると、あたしは睨んでいる。笑いたければ笑って」

「強盗の線は？　あるいは、セックスプレーが行きすぎた」

「あるいは、サンタクロースが銃を構えて煙突から入ってきた。鋭い推測は、ほかにまだある？」

「ない。だが、彼に敵がいたことは間違いなさそうだ」

「ご明察、シャーロック」

「少なくとも、サムの犯行でなかったことはわかっている」

「なんで、わかるのよ？」

「勾留中だろう？」

グリマルディは苦笑した。「釈放されたわ。昨夜十時半ころ、夜間法廷で罪状認否をして。保釈金の二十五万ドルは、立ち会った弟と義妹がその場で払ったわ」

「現金で？　レスリーもいたのか？」

「現金小切手だった。ふたりのだいじないかれた兄さんを留置場に置いておきたくなかったんでしょうよ。だから、真夜中前には自由の身になっていた」

「そうか。知らなかった」では、サムはどこでひと晩過ごしたのだろう。「ふたりの」と言ったのは、わたしには責任がないという意味だろうか。

「というわけで、サムについては判断できない」

「きのう、エリッサ・クロムリーにイヤリングの箱を手に入れた場所を訊いた？」

「遠慮というものを知らない人ね」

「来いと言ったのは、そっちだ。それに、コーヒーを持ってきてあげただろう」

「もちろん、訊いたわ。あんたから聞いた話の繰り返しだった。スタジオのドアが閉まる音がしたので、テイバーが来たと思った。だが、行ってみたら誰もいなかったので、出ていく音だったらしい。たまたま抽斗が目に入った。箱を持ち出したのは、テイバーが警察に提出して嫌疑をかけられるのを恐れたから」

「箱を入れた人物の手がかりをくれた？」

「あんたにはくれた？」

「ぼくは警官ではない」

「あら、そうだった？」黙ってわたしを見つめ、それから振り向いた。「ヒラハラ！」と声をかける。「これは終わった？」アマラのデスクで指紋を採取している鑑識班のジャケットを着たアジア系女性が、オーケーと親指を立てる。それでもグリマルディは手袋を取らずに、検出用の粉末が残っているモニターをクリックした。

「きのう見たのはこれね？」彼女は言った。「全部あるか、教えて」

「できるかな。何十枚もあったんだ」

「とにかくやってみて」

「アマラのほうがよく知っているんじゃないか」

「起動はしてくれたけど、そのあとは放心状態。ほら、見て。かわいそうに」

わたしはグリマルディを一瞥した。きのうリディアは、わたしが珍しく警官の繊細さを気遣っていると言った。きょうは、珍しく警官が証人に同情している。「わかった。やってみる」

始める前に電話がかかってきた。リディアだ。グリマルディは、「メッセージを残してもらいなさいよ」と言ったが、それは予想していたので素早く電話に出た。

「スミスだ。やあ、どうも、ポール。例の証人を見つけたんだろうな。相手はきょうの午後、提訴する」

「そこに誰かいるのね？」リディアは言った。「グリマルディ？」

「そうだ。彼はそっち？」

「彼って誰？　そっちって、どこ？」

「じゃあ、ヴィクターに訊くといい。知っているかもしれない」

「ヴィクター、ヴィクター……サムの行きつけのバーね。サムを捜しているのね。留置所だと思っていた」

「そうでもあるし、違ってもいる。ありがとう」

「了解。オークハーストになにがあったのか、教えてくれる?」

「だめだ。終わってしまった」

「死んだのね」

「そのとおり。では、またあとで」

失礼、とグリマルディに詫びて電話をポケットにしまった。「別件で、怖気づいて行方をくらました証人がいてね。捜してもらっていた」

「サムを自由の身にしておくだけで手いっぱいじゃないの?」

その目的で雇われたのではないと指摘したかったが、自重した。「探偵は警官と違って残業手当がつかないんだ」

「やなやつ。さあ、始めて」

ふたりともコーヒーを飲み、グリマルディはオークハーストのフォトファイルを次々に表示していった。いくつかの画像は被写体の問題を気にしなければ、抽象画のように美しく、きのうと同じく印象的だった。もっとも大半は、理想的な角度や焦点、光を求めて試し撮りした似たり寄ったりの画像で、ぶれたり暗かったりしていた。オークハーストはアウトテイクを見せたがらなかった。きっと、あの世で怒っていることだろう。

ふと、思いついた。「オークハーストのカメラは調べた?」と、グリマルディに尋ねた。「昨夜来た人物の写真を撮ったかもしれない」

グリマルディはあきれ顔で仰向いて、コーヒーを飲み干した。「だから、あんたたちは警察に嫌われるのよ。調べないわけがないでしょ。メモリーカードが抜き取られていた。どうせ訊くだろうから教えておく。携帯電話もなかった。黙って、さっさと見て」

はい、はい！　きのう見た写真がモニター画面に現れては消えていく。あらためて見てもやはり嫌悪感を覚えるだけで、とくに変わった点には気づかなかった。最後の一枚を見終わるまでは。

「シルエットは？」わたしは言った。「ここにはない」

「シルエット？」

「それを目撃したために、オークハーストはトラックを覗いた。トラックを出てくる人影だよ。その画像を見せてもらった。本人も言っていたが、背格好もなにもわからないただのシルエットだ。それがない」

「役に立たないから消去したんじゃないの？」

「でも、美しかった。アートとして、写真として。それに、これは？」わたしはモニターを示した。「ここにある半分は役に立たないし、美しくもないが消去していない。虚栄心の強い男だから、消去はしない。アウトテイクを全部取ってあるとすれば、シルエットの画像はどこだろう」

グリマルディは空《から》のカップで唇を軽く叩きながら、モニターを見つめた。カップを置いて〝ホイットニー騒乱〟のファイルを開き、最後までスクロールした。「ないわね」部屋の反対側に目をやる。「ここにいて」

彼女はアマラのところへ行って話しかけた。アマラの顔から血の気が引いた。それから、毛布を巻きつけて立ち上がり、両側を見ないようにしてグリマルディのあとをついてきた。

「ゆっくりでいいからね」グリマルディは言った。

アマラはスツールを引き寄せて腰を下ろし、唇を嚙み締めてクリックしていった。〝ホイットニー騒乱〟フォルダーの最後の一枚になると隣にデータパネルが現れた。「これを見たかったの?」アマラはか細い声で言い、二十四時間形式の表を指した。「ここに出ているのが撮影した時刻よ」

「〝トラック〟フォルダーの最初の一枚は何時?」

アマラはフォルダーを開いて撮影時刻のデータを出した。

「あら」グリマルディは言った。「十五分、間が空いている」

「トニーらしくないんじゃないか?」わたしはアマラに訊いた。「撮影したいものがあるときに、こんなに長くシャッターを切らないでいることがあった?」

アマラはわたしを見上げて、いきなりくすくす笑った。「トニーが、あんたは腰抜けだってさ」よくない兆候だ。いつ心の均衡を失ってもおかしくない。

「うん、そのとおり」グリマルディはアマラの肩に手を置いた。「ねえ、これはすごく重要なの。あと少し頑張って。オークハーストーートニーがこの十五分のあいだに写真を撮ったとしたら、どこに入っている?」

アマラは視線をグリマルディに移して深く息を吸ってうなずき、スクリーンに目を凝らした。

クリックとマウス操作を繰り返して番号とタイトルが並んだ長いリストを呼び出して、整理した。

「あった」しばらくして、意外そうに言った。「フォルダーが隠してあった。こんなの、初めて。ほら見て、この時刻。〝トラック〟と〝騒乱〟のあいだよ」

「開けられる？」グリマルディは身を乗り出した。

クリック、クリック。アマラは眉を寄せてマウスを動かし、またクリックした。上半身を起こして、グリマルディに目を向ける。「空だった」

「間違いない？」とグリマルディ。

アマラはうなずいた。「隠してあるけど空っぽ。変なことをするわね」

「トニーがやったんじゃないわ。きっと、トニーを殺した犯人がそこに入っていた写真を消去したのよ」

アマラはびくっとしてマウスから手を離した。

「では」グリマルディは言った。「あとひとつ、お願い。ほかにもフォルダーが隠してある？」

アマラは真っ青になってマウスを見つめ、犯人が触れたそれにおずおずと手を置いた。唾を呑み込んでクリックを繰り返し、画面を確認していく。「ないわ」しまいに言った。「あれだけよ」

「そう、ご苦労さま。帰っていいわよ。一緒にいてくれる人はいる？」

「大丈夫」アマラはスツールを降りた。言葉とは裏腹に、血の気を失ってぶるぶる震え、ヒステリーを起こす寸前だ。

「レオポルド!」グリマルディが先ほどアマラに付き添っていた警官を呼ぶ。「彼女を帰していいわよ。誰かに送っていかせて」

アマラはおぼつかない足取りで出口へ向かい、グリマルディはわたしに向き直った。「あーあ、犯人はメモリーカードを盗んで、画像も消去した。そして、イヤリングの片割れを持ち去った。いまごろ、ざまあみろって中指を立てている。生意気なやつ。ぶっ殺してやりたい」

「ただの腰抜けでよかったとつくづく思うよ」言ったとたん、ひらめいた。そうだ、わたしを初めてそう呼んだのはフランクリン・モンローだった。

33

グリマルディにはひらめいたことの内容を教えずに、解放されるときを待った。

「さてと」監察医の助手たちがトニー・オークハーストの遺体を黒い袋に収めるのを待って、グリマルディは言った。「こんなところかしらね。なにかつけ加えることがなければ、帰っていいわよ」

わたしは首を横に振った。「なにもない」

「そう。また訊きたいことがあるかもしれないから、雲隠れしないで。まさか、このことを誰かに話そうなんて考えてないわよね。どうしても我慢できないなら、重要参考人として勾留する」

「写真のこと？　それともトニーが死んだこと？」

「わかってるくせに。写真とイヤリングのこと。オークハーストの死は、たぶんもうニュースになっている」

おそらくそのとおりだろう。科学捜査班や監察医のバン、警察無線とくれば、オークハーストの死亡を隠しておくことは難しい。スタジオの床でこと切れた自身の現場写真に、オークハーストはどんな感想を抱くだろう。

「他言はしない」わたしは約束した。

「テイバーを再逮捕するかもしれない」

「理由は?」

「こうなると、あいつが人殺しだと思えてきたのよ!」

「そうか、わかった」

グリマルディはうなずいた。「エプスタイン! この人を出していいわよ」

外の人だかりは増えていた。グリマルディの予想は正しく、報道各局のバンが到着してブロック周辺の荷積みゾーンを警察車両とともに埋めていた。人垣を掻き分け、東へ向かった。あちこちから声が飛んできた。「なにがあった?」「あんた、何者だ?」「死んだのは誰?」想像力豊かなひとりが叫んだ。「何人?」全部、無視した。

ひたすら二ブロックほど歩き、さすがのレポーターたちもあきらめたところで、電話を出した。

モンローの不機嫌な声が流れてきた。「なんの用だ? はっきり言わせてもらおう。きみの相手はしたくない、スミス」

「それはこっちも同様だ、フランクリン。だが、いまのあなたはそんな贅沢を言える立場ではない。ぼくはコレクターではなく、探偵だ。話がある。いずれ警察も話をしたがるだろう。いま自宅ですか?」

「探偵だと? だったら、なぜコレクターと偽った」

「トニーは彼なりの理由があって、そう言った。こちらにはこちらの事情があって、そういうことにしておいた。家にいるんでしょう？　これから向かいます。なかに入れないと後悔しますよ」

電話を切って地下鉄に飛び乗り、二十分後にモンローの住む建物に入った。この二十分のあいだにモンローがわたしの目的に感づいていないことを願った。

ロビーでドアマンとのしちめんどくさい儀式を終えて上に行くと、モンローはドアを開けて待っていた。あの満面の笑みは欠片もない。

「用件は？」つっけんどんに訊いてくる。

「なかで」

「なんでそんな必要がある」

「あなたの名前を叫びながら、このフロアのドアを全部叩いてまわってもいいのかな」

「頭がおかしくなったのか？」

「さあ、どうだろう」

モンローはあてつけがましくため息をついて、脇に寄った。

ドアが閉まるのを待って、わたしは言った。「二日前の夜、トニーが生画像を送ってきたでしょう。それを見たい」

「トニーに頼め」

「何者かが、深夜トニーを撃った。たぶん、その写真が原因だ」実際はともかくとして、わたしが写真を見たい理由はそれだった。

「え？」モンローの顔から血の気が引いた。「撃った？　誰が？　それで……死んだのか？」

「ええ。誰が撃ったのか知っていれば、ここには来ない。まあ、悪いことばかりではない。スタジオで撮った現場写真がきっと気に入りますよ」モンローが事情を呑み込むまで、少し時間を置いた。それから、勘を信じて言った。「トニーを殺した犯人が、あのホイットニーの夜の写真を一部消去してしまった。つまり、トニーが送った画像のコピーを持っている人物として知られているのは、あなたひとりだ」

オークハーストがモンローに送ったのは、きのう見たなかには含まれていない、彼がとりわけ、そして秘かに誇りにしている写真だろう。

モンローはもっとも重要な言葉に飛びついた。「『知られている』？」

「いまのところ、知っているのはぼくひとりだが、いつまでもそうはいかない。警察に話すし、あなたが画像を持っていると触れまわったら、どうなるかな。トニーがどうなったかは、あらためて言うまでもない」

「きみは最低な男だな」

「誉め言葉と取っておきます。さあ、写真を」

モンローは顔をしかめて、尻ポケットから携帯電話を抜いた。ディスプレイをスワイプする指がかすかに震えている。特別版を蒐集していても、現実の事件には対応できないらしい。携帯電話をこちらに向けて、画面を見せた。

画面の写真は、すでに見たキンバリー・パイクの遺体の写真とほとんど変わらない。がっかりした。

とどのつまり、オークハーストは隠しフォルダーからはなにも送らなかったのだ。きのう見た写真だって、十分陰惨だった。モンローが満足し、コネツキが怖気をふるうくらいに。

だが、なんとなく勘が働いた。「こっちの携帯に送ってください」

「きみの命と引き換えでも断る」

「これにかかっているのは、あなたの命だ」

「それは脅しか？」

「いいえ。だが、そのうち必ず誰かに脅される」

「断る。帰ってくれ」

「殺人事件の場合、証拠隠匿は罪に問われますよ」わたしは微笑んだ。「よくよく考えると、あなたがトニーを殺した気がしてきた。コレクションの価値を高めるためにね。うん、きっとそうだ。とくに遺作は、スタジオのコンピューターに入っていたほうをあなたが消去したから、とんでもない高値がつく」

「まさか、本気ではないだろうな」

「ええ、違いますよ。あなたにそんな度胸はない。だが、この仮説を担当刑事に話したらどれほど面倒なことになるか、考えてみるといい。警察は誰かを逮捕したくて、死に物狂いなんだ。おっと、言葉の選択がまずかった」

長々と睨んだあげく、モンローは携帯電話に番号を打ち込んだ。そこで電話を取り出して待った。着信したファイルを開く。「これはフルサイズ?」わたしは言った。「細部を見たいので」

「そうだ。さあ、出てけ」

「それ、消去しないほうがいいですよ」ドアを開けながらわたしは言った。「NYPDが見たがるだろうから」

いささか拍子抜けしてカーペット敷きの廊下をエレベーターへ向かっていると、ドアを閉める大きな音が響いた。

34

地下鉄でダウンタウンへ向かった。最後尾の車両の一番うしろのドアにもたれて、フランクリン・モンローから手に入れた写真を観察した。勘が正しければ、この写真のどこかに消去したかったなにか、おそらくは殺人にも値したなにかが写っている。

画像を拡大した。そうしたところで、ばらばらになった画素の隙間に答えが隠れているわけではない。パイクの怯えた目と体が、濃淡や形の異なる平面と線とに分解されて、抽象画のようになった。これまでに見たオークハーストの作品に比べて色が濁っている。生画像をアートに昇華させるまでに要した手腕と労力を思って、あらためて畏敬の念を抱いた。彼は生画像を見た瞬間に完成作品のイメージが湧いたのだろうか、それとも満足できるイメージ、もしくは〝素っ裸のカメ〟の持つ真実に到達するまで、試行錯誤を重ねたのか。

この写真のなにが重要なのかさっぱりわからないうちに、グランド・セントラル駅に到着した。ウエストサイドへは、シャトル線ではなく徒歩で行き、タイムズスクエアの新鮮な外気を吸って頭をすっきりさせることにした。雑踏を縫って五番街へ、それから四二丁目通りを進んで図書館を過ぎ、六番街の蜜蜂の働きぶりを見たくてブライアント・パークに寄った。男がふたりでペタンクをしていた。金属ボールのぶつかり合う音が脳を揺さぶって風通しがよくなることを期待して眺めた。だが、パズルのピースが嵌まったのは、ブロードウェイに着いてからだった。バットマンのおかげである。

タイムズスクエアのコスチュームプレーヤーは、観光客と一緒に写真を撮るだけでは食べていけなくなってきた。以前はただ立って待っていれば、商売になった。競争が激しくなった現在は、ジャグリング、タップダンスなど、大道芸で客の注意を引く者もいる。スパイダーマンが街灯にぶらさがって大きな弧を描いて体を振っていた。チョークで描いたリングの外でスーパーマンが一服し、タッグの相棒バットマンはニューヨークのアイドル、下水道のワニと格闘中だ。

はっとした。ワニだ。なんてこった。

携帯電話を出して画像を拡大すると、ほかの画像にはなかった、先ほど目にしながら気づかなかったものが見えた。これがあるから、特別版コレクターのなかでもとりわけ特殊なコレクターに見せたのだ。これがあるから消去され、トニーは殺された。

トラックの床に横たわるキンバリー・パイクの右肩のそばに、ブルーの染みがある。さらに拡大すると、未修正で色の濁った状態であってもブルーの地に散った黄色の点が識別できた。

ワニだ。

サムのネクタイだ。

電話をしまってサムのスタジオまでの残り数ブロックを急いだ。オークハーストのスタジオの前に監察医の車はなかったが、科捜研や報道局のバンはまだ停まっていた。物見高い群衆はまばらになり、反対側の歩道を歩くわたしに誰も注意を払わなかった。

サムのスタジオの呼び鈴を押したが、返事がない。クロムリー以外の呼び鈴を半ダースほど押した。ようやく「どなた?」と返ってくる。「フェデックスです」ドアが解錠された。さっきの人が荷物を受け取りに出てくるかもしれない。鉢合わせを避けて、階段を使った。サムの階で階段室のドアを開けると、廊下は無人だった。スタジオのドアを何度かノックしてもやはり返事はなく、本人の頭のなかとは対照的に整理の行き届いたスタジオに、勝手に入った。

サムがわたしの闖入に怯えた場合の対処をあらかじめ考え――制作中なら、わたしが目の前にいても気づかないだろうが――、隣のクロムリーに気づかれないようノックの音も小さくし、と万全を期した作戦は報われなかった。サムは不在、そしてドアを閉めて携帯電話でリディアの短縮番号を押したとたん、ドアが激しく叩かれた。

「誰? 開けなさい!」

「なにがあったの?」耳元でリディアの声。「話していて大丈夫? やかましいけど、なんの音?」

「大丈夫だ。いまサムのスタジオにいる。あの音はエリッサ・クロムリー」

「聞こえているのよ!」クロムリーが怒鳴った。「誰かいるんでしょ!」

「彼女、どうしちゃったの?」

「さあねえ。でも、トニー・オークハーストは大変なことになった。殺されたよ」

「ええ、さっきの電話でわかった。自分のスタジオで?」

「うん」

「犯人の目星はついた?」

「いいや。きみは、まだブルックリン?」

「そうよ」

ドアの向こうでまたもや怒声。「開けなさい!」

「サムは見つかった?」わたしはリディアに尋ねた。

「いいえ。自宅にはいなかった。ベルを鳴らしたりノックしたり、名乗りもしたけど返事がなかった。バーも空振り。ヴィクターは、サムを見かけていないと話していた。いつ、保釈されたの?」

ドン、ドン。「開けなさいってば! 警察を呼ぶわよ!」

「昨夜遅くに、ピーターとレスリーが保釈金を払った。じゃあ、サムを捜すのはそれくらいにして、侵入の件を引き続き調べてくれないか。切るよ。カッサンドラ(凶事の予言者)を止めなくちゃ」

電話を切ってドアを開けた。目の前に銃口があった。

「なにをする! そいつをどけろ!」

「あら、あんただったの」クロムリーは意地悪く笑った。「こんなところで、なにしてんのよ?」

「サムを捜している」

「あんたには会いたくないって」

「どうしてわかる」

「誰にも会いたくないんだって」

「なるほど。あなたのところにいるんだな」

「あら、みごとな推理ね、名探偵」

「どいてくれ」

「動くな！」クロムリーは銃を左右に振った。「これって不法侵入よ。会いたくないってサムが言ってるんだから、さっさと帰りなさいよ。警察を呼んでもいいの？」

「これは不法侵入にはあたらない。サムが暗証番号を教えてくれたんだ」実際はリディアに教えたのだが、まあいいだろう。「これからあなたのスタジオに行って、サムと話す。銃を下ろすなり、撃つなり、好きにするがいい」銃を向けられるのは気に食わないし、おまけに二度目ともなればよけい不愉快だ。賢明ではないと承知していても、言わずにはいられなかった。

クロムリーは動かなかった。

わたしは右手で鉛筆の入った缶を払い飛ばした。クロムリーがはっとして横を向いた隙に、銃を持った手にこぶしを振り下ろす。

「ぎゃっ！」

銃は床に落ちたものの、暴発しなかった。自分の銃を抜いて、クロムリーに向けた。あざのできた手首を見ていたクロムリーが顔を上げて、目を丸くした。

「やめて！　撃たないで」

わたしは少し間を置いて、銃をホルスターに戻した。「撃ちはしないけれど、今後は脅したり、銃を向けたりする前によく考えるといい。さもないと、痛い目に遭いますよ」

サムのスタジオにぼろ布の山があるはずもなく、スケッチブックからはぎとった紙を使ってクロムリーの銃を拾い上げた。弾倉を確認したところ、空《から》だった。臭いを嗅ぎ、紙に包んでポケットに入れた。

「返して！」

「最近、撃った痕がある」

「だからって、盗んでいいことにはならないわよ」クロムリーは手首をさすった。「練習したのよ。あたしは責任を持って銃を所持してる。使い方を知りもしないで銃を持つべきじゃないわ」

「弾が入っていなくても、銃を振りまわすべきではない。それに練習したあとで手入れをしないようでは、責任を持っているとは言えない」

クロムリーを押しのけてサムのスタジオを出て、隣の開け放したドアを入った。無精ひげを生やしたサムが奥のソファに座って、靴を脱いだ足元に空のビール壜を数本置いてくつろいでいた。「やあ」サムは言った。「いままでどこにいたんだよ？」

「ぼくを捜していたのか？」

サムはきょとんとした。「いいや。ただ、どこにいたのかなと思ってさ」

クロムリーが手首を抱えて、すぐうしろで言った。「なんてことするのよ！」

「すまない」わたしは言った。「絵を描く支障にならないといいが」

「エリッサに暴力を振るったのか？」サムが訊いた。

「彼女が銃を突きつけたんだよ」

「エリッサの銃を？　あれは弾が入ってない」サムは言った。「スタジオに誰かが侵入したと思って、追い払おうとしたんだよ。抽斗をいじったやつだといけないだろ」

「すごい名案だな。相手が銃を持っていたら、どうする？」

「あんた、実際に銃を持ってたじゃない！」クロムリーが答えた。

わたしはサムに言った。「話がある」

「いやなら、話さなくていいのよ」手首をさすりながら、クロムリーが言う。

「別にいやじゃないよ。おれはこいつが好きだ。あの弁護士——ルーペだっけ？——みたいじゃない。もうひとりの弁護士はどうした？　たしかスーザンて名前だった。あの人はいいな。ルーペは意地が悪い」

「彼女はあんたを守ろうとしただけだよ、サム。それが彼女の仕事だ」わたしはサムの横に腰かけた。クロムリーはぶつくさ言いながら牛乳運搬用ケースの上の紙を払い落として座った。

「口を閉じてろって、おれに命令したんだぜ」サムはこぼした。「画用紙をもらってくれる約束だったのに、守らなかった」

「保釈されたから、守れなかったんだよ」

「ピーターとレスリーはなんで保釈金を払ったんだろう」

「あんたが無実だからよ」クロムリーが言った。

「おれはあそこにずっといたかった。おれが留置所にいれば、みんなが安全だ」

「そんなことはない」わたしは言った。「教えてくれ。夜に保釈されたあと、どこに行った？」

「ピーターは、家に連れ帰ろうとした」

「それで？」

「ここがいいって、断った。ピーターは納得しなかったけど、レスリーが言い争いをいやがった。もうたくさん、うんざりだって。変だよな。それじゃあなんだか、前にもそのことで喧嘩したみたいに聞こえるじゃないか。そして、ここまでUberで送ってきた。ピーターはすごく疲れていたらしくて、シートにがっくりもたれていた。それから、おれに謝った。なんでだろうな。おれの希望どおりにしてくれているのに。で、おれをここで降ろして、ふたりで帰っていった」

「そして、自分のスタジオに行ったのか？」

「うん、絵を描くつもりだった。留置所でアイデアが湧いたんだ。だけど、足音がするたびに肝が縮んでさ。それでここに来て、一杯引っかけた。そのあと、眠くなってソファで寝た」

クロムリーに訊いた。「あなたもここにいたんですか」

「真夜中に？　あたしにも私生活があるのよ」

「では、ここへはいつ？」

「今朝、早く」

「昨夜はどこにいました？　つまり、私生活があるときは」

「なんで、そんなこと訊くのよ」

「いや、とくに意味はない」いずれグリマルディが同じことを訊くだろう。ふたりにはほかに訊きたいことがあった。「ひとりずつ、別々に話を聞かせてもらいたい」

「勝手に決めないでよ」

「まあまあ」サムが言った。「その口ぶりじゃ、だいじなことなんだろ」

「当たりだ」

「わかった」

「サム──」クロムリーが止めにかかる。

「いいんだ」サムは立ち上がった。「かまわないよ。さあ」わたしに言った。「おれのスタジオに行こう」

「ぼくと話をする前に帰ったら」わたしはサムのあとに続きながら、クロムリーに釘を刺した。

「バカを見ますよ」

「サムは人殺しじゃないわ」クロムリーは言った。

「もちろんだ」思いもよらなかったやさしい声が、わたしの口から出た。

35

サムは暗証番号を打ち込んで、スタジオのドアを開けた。なかに入って、こちらを向く。

「腰を下ろそう、サム」

「いやだ。そういうのは、悪い知らせがあるときだ」

「座っていようが立っていようが、悪い知らせに変わりはない」

サムは動こうとしない。

「そうか、しかたがない」わたしは言った。「直接伝えたかったんだ。トニーが亡くなった」

「なんだと?」サムは、理解不能とばかりに首を傾げた。「まさか。トニーが死ぬはずない。すぐそこにいる」くるりと向きを変えて窓の前に行く。わたしもあとに続いて、ふたりで道の向かいを眺めた。まばらになった野次馬、NYPDのバン。エプスタインがまだ入口に立っている。サムは呆然と立ち尽くし、長いあいだ身動きひとつしないで見つめていた。「ああ、ああ、クソっ。おい、スミス、なんで警察がいる」

「いま話しただろ。トニーが死んだんだよ」

「嘘だ。嘘だろ? 大変だ。ほんとうに? トニーが死んだ? なにがあった。どうしよう、スミス。おれが殺したのか? なにがあった。ああ、どうしよう、スミス。おれが殺したのか？　おれがトニーも殺したのか？」しまいには目を丸くして、怒鳴り散らした。

「あんたは誰も殺していない」わたしは言った。「何年も前にエイミーを殺したほかは。わかったか？　何者かがトニーを殺した。だが、あんたではない」

「なんで、わかる？　なんで、わかるんだよ！」

確証はない。だが、サムではないという心証はますます強くなっていた。

サムに言った。「とても重要な質問がある。オープニングの夜のことだ」

「トニーはあそこにいた。あそこにいたのに、いまは死んでいるのか？」

「サム、つらいだろうが、質問に答えてもらいたい。いいかい？」

「どんな質問だったっけ？」サムはまだ聞いてもいない質問の内容を忘れたとばかりに、眉間に皺を寄せた。

「ホイットニーから帰るときのことを思い出してもらいたい。ネクタイはどうした？　ワニの模様のついたブルーのネクタイをしていただろう？」

「ネクタイ？」怪訝な顔をする。

わたしはタクシーで帰る最中や、アパートメントでサムが酒を飲んだ際の光景を思い返した。

「家に着いたとき、あんたはネクタイをつけていなかった。寝床の横に脱ぎ捨てた衣類のなかにもなかった。ホイットニーでネクタイを取って、ぶんぶん振りまわしていたけれど、そのあとはどうした？」

「ああ、そうだったな。レスリーがかんかんになってさ」にやりとしたが、すぐに真顔になった。「おれから取り上げてゴミ箱に放り込んだ。おれのネクタイだぞ。失礼だよな。ネクタイは嫌いだから、まあいいけどさ」

「では、あのバーでトニーに見つかったときは、ネクタイをしていなかったんだね？　トニーにプレゼントしたということはないか？」

「なんで、プレゼントするんだよ？　トニーは絶対にネクタイなんかしない。いつだってTシャツだ。それに、死んだんじゃなかったっけ？」

「では、みんなで下に降りて裏口から出たときは、ネクタイをしていなかったんだね」

「あのな」サムは言った。「あのな、まるきり覚えていないんだよ！　ネクタイなんか、どうだっていいだろ」

これ以上の質問は無理だろう。サムはテーブルのそばの折りたたみ椅子に腰を下ろして泣き出した。「あっちへ行け。帰れよ。ほっといてくれ」

「わかった、帰る。だけど、ここを出ないと約束してくれ」

「いいとも。出たくもない。ずっとここにいる。トニーが幽霊になって会いにくるかもしれない。とにかく、帰ってくれ」

わたしは廊下に出た。クロムリーのスタジオに行く前にリディアに連絡した。

「いま、かけようと思っていたところ。サムはこのあたりにはいないわ」

「うん、いままでスタジオで一緒だった。オークハーストが死んだことを伝えたら、動転して取り乱している」

「気の毒に。大丈夫かしら」

「どうかな。追い出されてしまってね。スタジオから出ないと約束させたが、守ってくれるかどうか」

「わたしから電話してみようかしら」

「電話を取らないかもしれないが、試してみたら？」

「そうね。それから、目撃者がいたわ。サムがヴィクターのバーにいたころ、アパートの近くで見慣れない人物を見かけた人がいた」

　そもそもリディアがブルックリンに行ったのは、それが目的だ。すっかり失念していた。

「よく見つけたね。で、誰だった？」

「その女の人が説明してくれた特徴しかわからない。写真を持っていなかったから、見せて確認することができなかったのよ。でも彼女の話を総合すると、アイク・キャバノーと考えてほぼ間違いなし」

36

右肩の天使と左肩の男が例によって議論を始めた。天使いわく、グリマルディに知らせよ。男いわく、ひとりで行動したほうが成功する確率が高い。天使が問う。成功することが目的なのか、それとも私的な事情が絡んでいるのか。男は言った。当ててみろ。

クイーンズ北署殺人課に電話をして、キャバノーにまわしてくれと頼んだところ、番号を残せと指示されたので従った。それからクロムリーのスタジオへ赴いた。繰り返しノックして大声で呼んでも返事はなく、しまいに廊下のはずれのドアから、腕を白く汚したドレッドロックの黒人が顔を出して、強いジャマイカ訛りで怒鳴った。「おい！　エリッサはいないよ。おれと入れ違いに帰っていった。静かにして、仕事をさせてくれよ」

「すまない」わたしは片手を挙げて謝り、エレベーターへ向かった。歩道に出て煙草をくわえて待った。電話がかかってこないか、リディアが来ないか、コーヒーがスケートボードに乗って滑ってこないかと願ったが、どれも叶わなかった。少なくとも最後のひとつは多少形が違っても妥協することにして、近くの食堂に入って最初のふたつの実現を待った。

トーストと焦げた脂が香ばしく匂う店内で、卵とベーコンを注文した。念願のコーヒーは、スケートボードではなくラテン系の青年が盆に載せて運んできた。コーヒーを注ぎ足してもらっているとき、ようやく電話がかかってきた。見覚えのない番号だが、声には聞き覚えがあった。

「電話があったと聞いた。なんの用だ、この野郎」

「いやはや。それが朝の挨拶とはね」

「バカにはこれで十分だ」キャバノーは言った。「なんの用だ」

「会って話をしたい」

「取り込み中だ」

「それはこっちも同じだ」

「ほほう。で、その話とやらを聞いたらいいことがあるのか？」

「いいや、ただし聞かなければ後悔する」

「どっちも同じだろうが」

「こっちにとってはね。グリマルディに電話をしてもいいのか。彼女はきっと耳を傾ける」

「あんなうざい女、誰が気にするもんか。バカ野郎」

「その言葉、そっくりそのまま返してやるよ。だが、会って話をするべきだ、キャバノー。〈オールデイ・コーヒー〉という店にいる」住所を教えた。「これから朝飯だ。そのあいだはここにいる」通話を終えた。グリマルディに電話をしないと言った覚えはない。彼女にかけた。

「いま、どこにいる？」わたしは電話に出た彼女に訊いた。

「あらま、挨拶なし？　あんたこそ、どこ？」

「オークハーストのスタジオに近い食堂だ。もうすぐ珍しい客が来る。きみをパーティーに招待する」

「もうそっちにはいないのよ。分署に戻ったところ。あんたの依頼人とその隣人を向かいの建物まで捜しにいったけど、ふたりともいなかった」

そのころわたしはモンローの自宅にいたし、サムはクロムリーのスタジオでうたた寝をし、クロムリーは私生活を送っていた。

「しかも」グリマルディは続けた。「石膏まみれのジャマイカ人に、静かにしろと怒鳴られる始末」

「今度、彼に耳栓をプレゼントしておく。きみの喜ぶものを持っている」

「女には必ずそう言うんでしょう」

「このあいだきみに言ったときは、ほんとうだった」

「勘弁してよ。あんたの甘い言葉に乗せられてはるばる出かけていくほど、暇じゃないのよ。なにを持っているのか、さっさと話して」

「わくわくする事実をふたつ、それと銃が一丁」

「誰の？」

「ごちゃごちゃ言ってないで、サイレンを鳴らしてぶっ飛ばしてきたら？　気分爽快になるよ」

「わざわざ出向くんだから、あんたの持っているものが役立たずだったら承知しないわよ」

「男には必ずそう言うんだろう」

次はリディアに電話をして、それから食事に専念した。五分と経たないうちにリディアが店に入ってくる。

「やった、三連勝だ」

「え、なに？」リディアはわたしの頬にキスをして、テーブルの向かいに腰を下ろした。

「いや、なんでもない。調子はどう？」

「朝のこの時間はお手のものよ。あなたは？」

「早起きのよさを実感し始めている。なにか飲む？」

「しばらくここにいるの？」

「客が来る」

「だったら、注文するわ」

わたしはウェイターを呼んだ。リディアは紅茶とイングリッシュマフィンを頼んだ。「誰が来るの？」

「アイク・キャバノー。それにグリマルディ」

「パーティーになりそう。それとも大喧嘩かしら」

「そっちの話を頼む。目撃者の説明した特徴は――キャバノーに間違いなさそうなんだね？」

リディアはうなずいた。「彼女はプロ、つまり犬の散歩代行業者だった。でっぷりした男が車のなかで――ブルーのリーガルで、かなりくたびれていて――」

「男が？　それとも車が？」

「両方とも。男はアパートから二ブロック離れた場所に車を停めて、もう駐車が可能な時間なのに、解禁を待っているかのように座っていた。そして、彼女が犬と一緒に道路の反対側を戻ってきたとき、男は車を降りて歩いていった」

「サムのアパートのほうへ？」

「そう。そして、アパートの近くでそちらへ道を渡った」

「それにしても、ずいぶんよく見ていたものだな」

「彼女は作家で、男に興味を引かれたんですって」

「散歩代行業者じゃなかったっけ？」

「それは昼間の仕事。小説で食べていける人なんている？」

「ごもっとも。ほかには？」

　リディアは首を横に振った。「犬を届けるために、彼女はあいにく反対方向へ向かったの」

イングリッシュマフィンと紅茶が運ばれてきた。「トニー・オークハーストのことを教えて」紅茶にレモンを絞り入れて言う。「サムに電話したのよ。電話には出たけれど、支離滅裂だった。自分が殺したと思って怯えているわ。サムが犯人ということはある？」

「まず、ないだろう」

「スタジオを出ないとあらためて約束させたわ」

「よかった。あとで、どこか目立たない場所に移したほうがいいかもしれない。オークハーストは、午前一時前後に射殺された。そして、犯人は片方のイヤリングを持ち去った」

「びっくり。男女の別なく殺す連続殺人犯は、初めて聞いたわ」

「びっくりすることは、まだある」朝食をとりながら、余すところなく語った――オークハーストの死。隠されていた写真フォルダー、写真がおそらく消去されてそれが空《から》になっていたこと。オークハーストがモンローに送付した生画像とそこに映っていたサムのネクタイ。そして、クロムリーの銃を取り上げたこと。

「ほらね、早起きすると実りが多いのよ」リディアはカップを置いた。「だけど、クロムリーの銃はオークハースト殺しの凶器ではあり得ない。そうでしょう、ビル？」

「うん。あれは二五口径で、凶器は三八口径だ。警察は現場にあったオークハースト自身の銃が凶器と見ている。とはいえ、彼女の銃には最近撃った痕がある。興味深いね」

「ネクタイも興味深いわよ」リディアはテーブルに目を落とした。「わたしたちが見つけたとき、サムはネクタイをしていなかった。そのずっと前、騒動が始まったときもしていなかった」

「そのとおり。サムに確認したら、レスリーがエレベーター脇のゴミ箱に放り込んだと話していた」

「では誰かがそれを拾い上げたのね」

いい感じで検討が進んでいたのだが、がっしりした男の出現で中断を余儀なくされた。アイク・キャバノーが入口のすぐ内側で仁王立ちになっていた。

わたしはことさら親しげに手招きした。嫌味なやつだと言いたげにキャバノーは顔をしかめ、つかつかとやってきた。

「ったくもう、めんどくさい野郎だ！」それが、テーブルの前に立った彼の挨拶だった。

「まず座ったらどう、刑事さん」

「この女は？」

舌の先まで出かかった――おまえの疫病神だよ。「パートナーのリディア・チン。リディア、アイク・キャバノー刑事だ」

「ふん、どうも」キャバノーは言った。「さっさとすませろ。すぐ帰る」

「そうもいかない。座ってくれ」わたしはウェイターを呼んだ。「コーヒー？」キャバノーに尋ねた。「こっちの奢りだ。さあ、座って。話を聞きにきたんだろう？ 立ったまま聞くような話ではない」

キャバノーは顔をこわばらせた。「コーヒーをくれ」ウェイターに言った。「ジャムドーナッツも」

リディアが笑いをこらえている。警官とドーナッツ――笑いたくもなる。キャバノーはリディアとわたしの斜め向かいの椅子にどっかりと腰を下ろした。「よし、聞こうじゃないか。ろくでもない話だったら覚悟しとけよ」

「ああ、やっぱり。こんなことだろうと思った」と声が降ってきて、三人揃って顔を上げた。グリマルディが立っていた。

37

キャバノーはすさまじい形相で睨みつけた。「この野郎――」

「まあまあ、とにかく座って」わたしは、まだ立っているグリマルディと再び立ち上がったキャバノーに言った。

「こんな光景を見ることになるとはね」グリマルディは椅子を引いて言った。「嘘みたい。ハイ、リディア。アイク、座ったら？　どういうことなのかさっぱりだけど、わざわざ来たのよ、さあ始めて。コーヒーね」キャバノーの注文を持ってきたウェイターに言った。「それから、あれも」粉砂糖のかかった生地からジャムがはみ出しているドーナッツを指さす。

「ああ、もう」わたしはウェイターに言った。「こっちにも」

「お客さんは？」ウェイターの言葉にリディアはかぶりを振った。ウェイターが去ると、わたしはグリマルディとリディアとともにキャバノーを見上げて、彼が座るのを待った。

「さてと」わたしは言った。「今朝はいろいろあった。まず、これだ」紙でくるんだ銃をポケットから出して、グリマルディの前に置いた。「持ち主はエリッサ・クロムリー。弾は入ってない。だが、最近撃った痕がある」

グリマルディは紙の隅をめくった。ドーナッツとコーヒーポットを運んできたウェイターが、少し離れたところで目を丸くして立ちすくんでいる。

「心配しないで」グリマルディはベルトにつけた盾形の警官バッジを見せた。「あたしたちは警官よ」〝あたしたち〟は誇張だが、嘘も方便だ。グリマルディはクロムリーの銃をジャケットのポケットに入れた。ウェイターはドーナッツの皿をテーブルに置き、そそくさとコーヒーを注いで去った。

グリマルディがドーナッツを頬張って、ナプキンで口を拭く。「それで、銃を使ったのは誰？　誰を撃ったの？　これをどうやって、手に入れた？　クロムリーはどこ？」

「答えを知っているのは、銃を手に入れた方法だけだ。クロムリーが銃を突きつけたので、取り上げた」

「どこで？」

「サムのスタジオ」

「彼女はいまもそこ？」

「あそこを出たとき、彼女はサムのスタジオにも自分のスタジオにもいなかった。あとの質問の答えは知らない。クロムリーは射撃練習をしたと主張しているが、実際はどうだろうね。でも、来てもらったほんとうの理由は別にある」

グリマルディはコーヒーカップ越しにキャバノーとリディアを上目遣いで見た。「殺人事件の捜査が行われている最中に最近発射された銃を持っている。なのに、別の理由で警官を呼んだんだって。信じられる？」

「じつは、こういうことなの」リディアは言った。「わたしはさっきまで、サムのアパートメントの侵入事件についてグリーンポイントで調べていた」

グリマルディは目を細くした。わたしが注目していたのは、キャバノーの反応だ。彼はドーナッツを持った手をいったん止め、それから口に放り込んで強靭な顎で咀嚼した。

リディアが目で訊く。どんな作戦？　わたしは単刀直入に言った。「侵入犯はあんただ、キャバノー刑事。目撃者がいる。犬の散歩をしていた人が見たんだよ。サムのアパートの入口まで歩いていくところを。いつもは小柄な痩せた男が出入りするだけだったから、彼は意外に思ったんだ」

〝彼〟は、キャバノーが散歩代行業兼作家の女性に万が一気づいていた場合のささやかな保険だ。わたしはリディアの視線をとらえて、小さくうなずいた。リディアがすみやかに引き継いだ。

「そして、彼はあなたがアパートに入っていくまで見ていた。どんな人だったか、詳しく教えてくれたわ」

よけいと知りつつ、わたしはつけ加えた。「そればかりか、車の特徴もね」

わたしの左肩に座っていた男が、真っ赤な嘘をつきやがって、と背中をひっぱたき、リディアのところへ飛んでいって同じことをした。リディアは澄ましてマフィンを食べた。

グリマルディの鋭いまなざしがキャバノーに飛んだ。「アイク、あんたってどこまでバカなのよ。いったい、なんで――」

「いや、うん、だってさ」キャバノーは言った。「誰かが証拠を探すべきだろ。おまえはなかに入って五分と経たずに出てきた。あのキモい野郎のことを虐《しいた》げられた天才――つまり自分の同類だと同情して探そうともしない！　誰かがやらなくちゃいけないんだよ！」

グリマルディの顔は怒りで赤く染まった。「この落とし前はつけてもらうからね。完全な違法捜査じゃない。なにか見つけたとして、どうするつもりだったのよ」

「それはどうでもよかったんだ」わたしは言った。「きみの言うような意味で、探したのではない。そのために侵入したのではない」キャバノーに目を据えた。「あんたは薬戸棚を覗いた。誰かが歯ブラシの向きを反対にして戻したと、サムが話していた」

「歯ブラシの向きが反対？　なんだ、そりゃ？」キャバノーはぐるりと視線を巡らせて、わたしたちを見ていった。その目にこちらがどう映ったのかは知らないが、わたしには彼が追い詰められた獲物のように見えた。「頭のいかれた野郎の言葉をまともに受け取るのか？」

「薬戸棚を覗いて」わたしは続けた。「櫛を見つけ、そこから髪の毛を――」

「まさか！」グリマルディは息を呑んだ。「違うと言って、アイク。証拠をでっちあげてないと言って！」

グリマルディは憤怒の形相でキャバノーを睨んだ。キャバノーが敵意とやり場のない怒りを込めて睨み返す。人目がなければ、殴り合いになっていたことだろう。

グリマルディが席を蹴って立ち上がったので、結局は殴り合いになるのかと、慌てて腕をつかんだ。だが、彼女は邪険に振り払って店の外に出た。窓から見ていると、携帯電話で話し始めた。彼女が戻るまで、誰も口を開かなかった。

グリマルディが席に戻る。「証拠品保管箱を持ち出したわね」とキャバノーに言った。「パイク殺しの証拠品が入った箱よ。サインして持ち出したでしょう」

キャバノーはごつい手でテーブルの端をつかんだ。「ちょっと見たかったんだよ。おまえがなにか見落とし――」

「ごまかさないで。彼女のセーターにサムの髪の毛をつけたのね。なんて愚かな――」

「あいつがパイクを殺した！」キャバノーの視線は理解を求めてテーブルを一周した。「ほかの若い女も。わからないのか？ あいつにもう誰も殺させたくない」

わたしは頭のなかでサムの声を聞いた。これが始まった夜、サムはわたしのリビングルームで言った――スミス？ もう誰も殺したくない。

「クソったれ」グリマルディはキャバノーが目を逸らすまで睨みつけていた。それからわたしに顔を向けた。「あんたもよ。なんでこんな方法を取る必要があったの？ 知っていることを教えてくれれば、こんな騒ぎを起こさずにこいつを逮捕できたのよ」

「まだ話は終わっていない。証拠の捏造はほかにもある。あとで消されてしまったが」わたしは携帯電話を出した。「これはトニー・オークハーストが特別版コレクターのひとりに送付した画像だ」

キャバノーが言った。「オークハースト？ 美術館の気取ったパーティーで写真を撮りまくっていたやつか？」

グリマルディがはっとしてキャバノーを見る。「ホイットニーの？　あんたがなんでそんなこと知ってるのよ」

わたしは言った。「おや、パーティーに行ったことをキャバノーは話さなかったんだ」

「皮肉はけっこう。どうなのよ、アイク？」

「ああ、行ったよ。おまえが行かないと思ったから」

グリマルディの表情は殴り合いを予感させるに足るものだった。

「キャバノー刑事」わたしは口を挟んだ。「オークハーストは死亡した。きのうの夜遅く、射殺された」

「嘘だろ」

「そして、この写真がなんらかの形で関わっている」わたしは携帯電話を三人に向けた。

すでに見たリディアも含めて、三人とも身を乗り出した。

キャバノーは写真の意味を一瞬遅れて理解した。「オークハーストはトラックのなかにいたのか？　遺体と一緒に？」

「そうよ、アイク。あんた以外はみんな知ってるんだから、黙ってて」グリマルディは言った。

「これはもう見たわ。なんでいまさら？」

「いや、見ていない。よく見てくれ。これはたぶん、消去された画像の一枚だ。遺体の肩のところにブルーの染みがあるだろう？　これは、あの夜サムがつけていたネクタイだ」

グリマルディはわたしから電話を奪い取って、写真を拡大して凝視した。「これはどこで？」

「勘に従った」勘だけではなかったが、グリマルディの怒りはすでに危険域に達している。

「オークハーストがこれをフランクリン・モンローという男に送付したかもしれないと思って会いにいったら、大当たりだった。彼についての情報は全部渡す」

「当たり前でしょ。それをこっちに送って」携帯電話をわたしに返して手元を見つめ、送信したことを確認した。それから椅子に背を預けて考え込んだ。しばらくして努めて平静な声で言う。「遺体の発見時、トラックのなかにネクタイはなかった」

「オークハーストの撮った写真には、ネクタイのあるものとないものとがある。おそらく彼が持ち去ったんだろう。だが重要なのは、美術館を出たとき、サムがネクタイをしていなかったという点だ。レスリー――サムの義理の妹がゴミ箱に捨てたからだ」

「なぜ、そんなことを?」

「サムがネクタイを振りまわして騒いでいたから」

「ふうん」グリマルディは唇を嚙んだ。「では、アイクがゴミ箱からネクタイを拾ってトラックのなかに置いたと疑っているの? 髪の毛と同じく、証拠を捏造した? だったら、アイクは少なくともパイクの死を知っていた。さらには犯人を目撃した可能性もある。なのに、だんまりを決め込んだということになるのよ」わたしをしげしげと見る。「警官をコケにしたこんなろくでもない仮説はクソくらえと言いたいところだけど、実際のところ、アイク」――とキャバノーを向いた――「あんたはパーティーに行ったし、証拠をでっちあげた」両手でテーブルを叩いて、立ち上がった。「あんたを逮捕しない理由がある? あるなら、言ってみなさいよ！」

さっきのウェイターと周囲の客が恐る恐るこちらを窺っている。チップをかなり余分に置かないといけないだろう。

キャバノーの下からの視線と、グリマルディの上からのそれがぶつかった。殴り合いに割って入ることになるのだろうか。すると、キャバノーは笑い出した。「いやあ、なんてこった！」腹を抱えて笑う。「ああ、ああ、笑わせてくれるじゃないか。ネクタイかよ。ネクタイだって？」涙を拭った。

「なにがそんなにおかしいのよ、アイク。説明して」グリマルディが言った。

キャバノーの上機嫌は不意にかき消えた。椅子をうしろに押しやって、立ち上がる。「いや、おかしいことなんかひとつもない、天才嬢ちゃん」打って変わった厳しい声で言った。「たぶん、どっかの警官が髪の毛の証拠をでっちあげたんだろうよ。それもこれも、閉じ込めておかなきゃいけない異常者を、おまえが野放しにしているからだ。たぶん、その警官はもうすぐ退職する。いまの警察のやり方に嫌気が差してさ。だが、このおれが遺体を発見したのに通報しなかった？　ネクタイを置いて、ケツの凍えそうなトラックのなかに彼女を置き去りにした？　冗談じゃない。ふざけるな、グリマルディ！」

リディアはこの会合がパーティーか大喧嘩になると、予想していた。パーティーは無理だとしても、大喧嘩は回避したい。

リディアはちらっとわたしに目をやって言った。「キャバノー刑事、ネクタイがどうかしたんですか？」

　全員の視線がリディアに集まった。「あなたはネクタイのことで笑った。どうして？」リディアは紅茶を飲んで答えを待った。

　キャバノーは苦笑した。「あのいまいましいネクタイの件で、天才女刑事はおれを逮捕しようとしている。だがな、おれは指一本触れていない。ゴミ箱から拾ったのは、別のやつだ」

「それで笑ったんですか？」

「いいや、誰が拾ったか知っているから、笑ったんだよ」

「そうなの？」グリマルディが言った。「誰が拾ったのよ。オークハースト？」

「おやおや。おれがパーティーに行ってよかったじゃないか。だろ？　証人になってやろうか？」

「いい加減にして、キャバノー。証拠改竄《かいざん》と――」

「黙れ。いいか、拾ったのは、おれでもオークハーストでもない。ネクタイを捨てたいけ好かない女、サムの義理の妹だ」

38

さすがはリディアだ。パーティーはキャンセルされたものの、大喧嘩は回避できた。

グリマルディは傍目にも明らかに動揺を抑えて、キャバノーに言った。「義理の妹って――レスリー・テイバー？　ネクタイを拾いに戻ってきたの？」

刑事ふたりとわたしは立って、リディアは椅子に座ってテーブルを囲む格好になった。

グリマルディは続けた。「それとも、ゴミ箱に捨てたあとすぐに拾った？」

「戻ってきたんだよ。十分か十五分くらいあとで」

「美術館に戻ったの？　みんなと一緒に出たあとで？」

「顧客の相手をするためだ」わたしは言った。「ご機嫌を取るために戻った、と話していた。サムのコレクターのひとりが建築事務所の顧客なので、愛想よくしておきたかったんだろう」

「顧客の名前は？」

そこで、サンガーの氏名と電話番号を伝えた。グリマルディはため息をついて視線を巡らした。

「さてと」グリマルディはキャバノーに言った。「分署に戻って、アイク。おとなしくして、退職の手続きを進めるのね。この件が解決したときにまだ居座っていたら、必ず処分する」わたしに訊いた。「いまごろはどこに行けば、レスリー・テイバーに会える？」

「建築事務所のオフィスだろうな。同行してもいいかい？」

「冗談よね？」

「うん。では神とともに行きたまえ、刑事」

「とにかく邪魔しないで」グリマルディはくるりと背を向けて帰っていった。

キャバノーは口をゆがめて罵った。「神とともに？　地獄に堕ちろ、この野郎」足音荒く出ていき、わたしとリディアは客や従業員の視線の真っただ中に残された。チップを余分に置いて退散する潮時のようだ。ドーナッツのくずやコーヒーカップの散らばったテーブルに二十ドル札を置いた。

「これからどうするの？」店を出て、リディアは訊いた。

「サムを捜す。面倒なことになる予感がする。そんなときに、サムにうろうろしてもらいたくない」

「なにか案はあるの？」

「どうしたものかな。ピーターの家には絶対に行かないだろうし。まずはサムを見つけよう」

リディアとともに、一ブロック先のスタジオへ急いだ。報道とＮＹＰＤのバンはいなくなっている。エプスタインも。代わりに黄色の立ち入り禁止テープがスタジオの入口に張られていた。

「レスリー・テイバーはキンバリー・パイクの遺体を偶然発見して、サムに罪を着せるためにネクタイを置いたと思う？」リディアが訊く。

「それなら、いくらかましだけど」わたしは言った。「彼女がパイクを殺して、サムに罪を着せるためにネクタイを置いた可能性もある」

「なぜ、パイクを選んだの？　そもそも、なぜ殺したのかしら？」

「標的として都合がよかった。レスリーの頭がおかしくなった。どうだろう？」

「もしくは、これまでの殺しはどれも彼女の犯行だった」

「クロムリーの説では、その可能性は低い」

「あの説は必ずしも正しくないわ」リディアは反論した。「これまでの事件が実際に連続殺人なら、たしかに可能性は低い。でも、違う類《たぐい》だったら？　犯行が――クロムリーはあなたに説明したときどんな言葉を使ったっけ――そう、自分の都合のためだったら？」

「どんな都合？」

「わからない」

「では、知恵を絞って」

「もちろんよ」

ノックしたがサムの答えはなく、リディアが暗証番号を打ち込んだ。サムは窓の前に座って外を見つめていた。

リディアはそばに行って、静かに声をかけた。「サム」

「おれが殺した」サムは振り返らずに言った。「友だちのトニーを。おれが殺したんだ、リディア。なんで殺したんだろう」

「あなたは殺していないわ、サム。トニーを殺したのはほかの人よ」

「誰が？　そんなやつがいるのか？」

「誰だかまだわからない。でも、あなたでないことはたしかよ」

わたしは戸口から合図した。隣へ行くよ。リディアはうなずいた。だが、クロムリーのドアをいくら叩いても、大声で呼んでも返事はなかった。ジャマイカ人も顔を出さなかった。きっと、見切りをつけてもっと静かなところ、たとえばグランド・セントラル駅にでも行ったのだろう。暗証番号を打ち込んだが、クロムリーが感づいて変更したらしく、解錠できなかった。

あきらめて、サムのスタジオに戻った。サムはスケッチブックと鉛筆をキャンバス地のバッグに入れているところだった。わたしを見てにっこりする。気分変動だ。そして、リディアは妙案を思いついていた。

サムは言った。「リディアの母さんに会いにいく」

一階に着くとサムは真っ先にエレベーターを降り、わたしは素早くリディアを抱きしめてキスをした。「こんなすばらしいパートナーに見合うだけのことをしたかな？」

「いいえ、ぜんぜん」

タクシーをつかまえてチャイナタウンへ向かい、リディアは車中で母親に連絡した。広東語で話し、電話を切って言った。「待ちきれないって」

「だろうね」

「嘘じゃないわ。力を貸してと頼んだら、大喜びしていた」

「また出まかせを。電話の向こうで怒鳴っているのが聞こえたよ」

「翻訳しないといけないのよ」

「ぼくは中国語がわからないんだよ」

「翻訳する必要があるのは」リディアは言った。「言葉そのものではないわ」

キャナル・ストリートの北でタクシーを降りた。モスコ・ストリートまでの一ブロックを歩くあいだ、サムは終始きょろきょろしていた。「ここは中国人ばかりだね」と、リディアに言う。

「わたしの母も中国人よ。一応、教えておくわ」

五階のチン家のアパートメントまで、わたしをしんがりにして階段を上った。「靴を脱いでね」リディアはドアの鍵をまわして、サムに言った。サムは即座に従い、ドアが開いてリディアの母に握手を求めると同時に靴を差し出すという結果になった。リディアの母親は目を丸くして吹き出し、玄関の床を指さした。サムは靴を下に置き、横にあった一足に合わせてきちんと並べた。

母親は笑みを絶やさずに頭を振って、英語で言った。「入りなさい」わたしには恒例の疑い深いひと睨みをくれたが、どこかおざなりだった。

サムは夢中になって部屋じゅうを眺めまわし、リディアの父親が集めた泥人形——泥を使って形作った茶色の小さな農民や漁師、僧侶の人形に目を留めた。すたすたとキャビネットの前に行き、うっとり見とれる。

リディアの母親が「お茶、飲みましょう」と声をかける。もちろん、英語はサムのためだ。わたしはこんなにたくさんの単語をまとめて言われたことはない。

振り返ったサムの顔には晴れ晴れとした微笑が浮かび、別人のようだった。「どれもみんな、最高だ！　それにほら、あのカモ！」ソファのうしろに掛かっている筆絵の掛け軸を指す。

母親がティーポットと小さな茶碗を四個、盆に載せて持ってきた。全員が腰を下ろし、リディアが母親、サム、わたし、自分と順に茶を注ぐ。リディアがデリケートな小さな茶碗を持つ様子をサムは食い入るように眺め、寸分違わず真似をした。リディアと同じ仕草で茶を飲んで茶碗を置き、わたしたちの誰ひとりとして座ったことのない、くたびれた椅子を指した。「あれはすごく大切なんだろうね」

リディアはうなずいた。「ええ、父の椅子だったのよ」

「亡くなったの？」

「そう」

「おれの親父もだ。いまは弟しかいない。あんたは母さんがいて、幸せだね」

「ええ、ほんとうに。わたしにも男の兄弟がいるのよ。兄が四人」

「みんな、あんたの面倒を見てくれるのか？」

「そうしようと努めているわ」

リディアの母親は卓球の試合を見るかのように、首を左右に振って会話を追っていた。ここに来て口を挟んだ。「リン・ワンジュの兄さんたち、みんな利口よ、そして親孝行。リン・ワンジュもね。みんな同じ。どの子も同じ」ゆったり座り直して、満足げに微笑んで茶をすすった。

リディアはサムに説明した。「リン・ワンジュはわたしの中国名よ」

わたしは思わず言った。「あっ、ク――」危ういところで口を閉じた。リディアの母親の英語の語彙は少ないが、これは絶対に知っている。「ごちそうさま、ミセス・チン。おいしいお茶でした。友人の面倒を見てくださって、ありがとう」立ち上がってお辞儀をした。

リディアは怪訝な顔で、やはり立ち上がった。中国語で母親と言葉を交わす。しばらくやり取りしたあげく、リディアはサムに言った。「くつろいで、と母が言っているわ。なんでもスケッチしてかまわないわよ」

「あんたの母さんを描きたい」

他人のいる部屋で絵を描くばかりか、生きている人間をモデルにしたい？　サムが？　この驚くべき展開については、今度時間のあるときにじっくり考えることにして、靴ひもを結んだ。

リディアの通訳を聞いた母親は、笑って左右に手を振った。リディアがサムに伝える。「婆さんを描きたい人なんかいない、ですって」

「おれは描きたい」

しばし中国語で話し合ったあと、リディアは言った。「どうかしていると思うけど、お客さんには親切にしたいそうよ」

「つまり、いいってことかい？」

「ええ。じゃあ、またあとで」

靴を履いたリディアと外に出た。ドアを閉めるなり、リディアは訊いた。「どうしたの？」

「きみのお母さん。天才だよ、きみと同じだ」

「きょうはその言葉がやたら飛び交っているわね。いったい、なんの話？」

階段を駆け下りて、地下鉄を目指した。電話を出して、テイバー・グループにかけた。ピーターは病欠、レスリーは会合中とのことだった。レスリーは分署に連行されて、グリマルディと会合しているのだろうか。あるいは、グリマルディを応接用スペースで待たせておいて、最後の仕上げをしているのだろうか。グリマルディが待たされているところは想像しにくいが、それをできる人がいるとすれば、レスリーだろう。

グリマルディにかけると留守番電話になっていた。そこで、ブルックリンのピーター・テイバーの自宅に向かっている、と伝言を残した。電話をくれ、ともつけ加えた。グリマルディがわたしの勘をどの程度信用するかわからないが、勝手に動いたことで横槍を入れられたくなかった。

「それで？」リディアは、わたしが電話をしまうと同時に訊いた。「天才の母がどうかしたの？」

「さっき、天才お母さんは『どの子も同じ』と言った」地下鉄の改札口に着いた。

「それはそうよ。家族以外の人に、娘が問題児だと認めるわけがない」

「どの子も問題児だったら？」

「説明して」回転式ゲートを通りながら、リディアは言った。ちょうど到着したブルックリン行きのR線に乗り込んだ。

「子供のころ、ピーターはサムに花やマッチ棒みたいな人間を描かせようとした」

「ええ、あなたが話してくれたのを覚えているわ。でも、サムは描かなかった」

「サムは自分を偽らなかった。というよりも、できなかったんだろうな。ピーターはできた。前に話していたよ。サムと同様、花なんか描きたくなかったけれど、おとなを喜ばせるために描いた。自分だけにわかる絵を描くのが好きだったって。人間と犬を描いたのに、ラクダだと母親に説明したことがある」

「絵に秘密の意味が込められているのね。サムのと同じ。でも、サムのみたいではない」

「サムのみたいではない。でも、サムと同じなんだ」

リディアは、はっとしてわたしの腕をつかんだ。「そういうことなのね！」

「ピーター・テイバーは、ぼうっとしていて忘れっぽい。サムみたいではないが、サムと同じだ。サムが刑務所に入るまで才能が開花しなかった天才だ」

リディアは愕然とした。「だったら、最初の三件の殺人は……」

「ホーボーケンの事件が実際に連続殺人のひとつなら、それが最初の殺しなら、ピーターがサムの仮釈放を知った時期と一致する」

「ストレスを与える出来事ね。ストレスが引き金になるというのは、ほんとうだった」

わたしはうなずいた。「でも、それはサムの引き金ではなかった」

39

ピーターとレスリーの自宅は、ブラウンストーンを張った家が建ち並び、木々がアーチを描くパーク・スロープの高級住宅街にあった。地下鉄の駅を出て、昼下がりの日光が若葉の隙間から射すなかをリディアとテイバー家まで歩いて、玄関前の階段を上った。あたりはしんと静まり返っている。呼び鈴を鳴らしたが、応答はない。少し待った。なかに入れろ、と怒鳴ろうか。近所迷惑も顧みず、わめいて駆けまわろうか。同じ手を一日に二度使おうとする想像力の乏しさに我ながら失望したものの、実行しかけた矢先、ドアがわずかに開いた。

「うるさいな、なんだって――あ、え?」ピーターは口ごもった。「ピザの配達かと思った。帰ってくれ」きのうの電話で想像したとおり、げっそりやつれている。落ちくぼんだ目の縁が赤く、無精ひげが目立つ。最悪なのは、元気なく肩を落とした姿勢だ。しおたれて背を丸め、いままでになくサムそっくりだった。

「帰らない」わたしは苦もなくピーターを押しのけ、うしろに続くリディアとともになかに入って、ドアを閉めた。ゆるやかにカーブした階段を前にして、床を寄木張りにしたホールに三人で立った。「ピーター」わたしは言った。「知っているんだ」

「なにを?」

正直なところ、なにも知らない。抱いている疑念をどう言い表したものかと迷っているうちに、リディアが言った。

「知っているのよ。そんなつもりではなかったって」

「どういう意味だ」ピーターは訊いた。

「少なくとも、最初のときはそんなつもりではなかったこと」リディアは言った。「ホーボーケンのときは」

ピーターの表情や姿勢に変化はいっさいなく、リディアにまっすぐ視線を向けているが、その目の焦点は合っていないようだった。

「あなたは――レスリーはなんて言ったかしら。そう、女漁《あさ》りをしていただけだった。セックスを楽しみたかった。自分にそう言い聞かせていた。でも、あなたは乱暴なセックスを好む。そうよね、ピーター？ それで、レスリーはあなたとベッドをともにしなくなった。ビルにそう話したのよ」

厳密にはレスリーの話した内容と違っているが、リディアの意図は理解できた。こちらがもっと知っていて同情しているとピーターに思わせ、懐柔して口を割らせる作戦だ。

リディアは続けた。「でも、ベッドをともにしなくなっても、あなたはそれほど不満ではなかった。レスリーほどには」

レスリーの名を聞いて、ピーターはたじろいだ。

「でも、あのホーボーケンの夜」リディアは言った。「あなたはサムが出所することを知ったばかりだった。また面倒を抱え込むのは明らかだった。あげくに若い女性を口説いて公園に連れ込んだ。その夜の行為はふだんよりも激しかった。彼女は抵抗したのかしら。悲鳴をあげた？ ひっぱたいた？ おとなしくさせようとして、あなたはポケットナイフを出した。でも、彼女は抵抗をやめなかった。だから刺した。サムがエイミー・エバンズを殺したときと同じように、刺した。そして、快感を得た。サムは違った。でも、あなたには快感だった」

リディアが話しているうちに、ピーターの表情が少しずつ変化した。いまや我を忘れて陶然とリディアを見つめる顔は、車に乗って橋を渡っていたときのサムとそっくりだった。

「そして、被害者のイヤリングの片方を持ち去った」リディアは続けた。「あの感覚を覚えていたかったから。刺しているあいだの感覚、終わったときの慄き、やり終えた満足感。どれも忘れたくなかった。二度と繰り返さないと決めていたから、覚えていたかった。でも、サムが刑務所を出た次の日の夜、あなたは外出した。顧客と一緒だったと主張したけれど、違うわ。ティファニー・トレイナーを口説いて連れ出したのよ。サムの個展がオープンした翌日の夜は、アニカ・ハウスマン。この二つの出来事は、どちらもサムに大きなストレスを与えた。その結果、サムは意識を失うまで深酒をした。でも、あなたにも大きなストレスを与えた。あなたはサムとは違う方法で対処した。あなたはどの夜も被害者のイヤリングを持ち去った。そして、二日前の夜はホイットニーでキンバリー・パイクからも。でも、それは反対側の耳だった。どうして？」

「誤解だ」ピーターは冷静に言った。「そんなことはしていない」

「ピーター、無駄だよ」わたしは言った。

ピーターは不思議そうな顔をした。サムの顔だ。

「きみの犯行とわかった以上」わたしは言った。「警察は顔写真を持って聞き込みをする。足取りをたどる。事務所の顧客も聴取する。あと少しで、なにもかも終わってしまう。でも、警察はいまのところ、サムに的を絞っていて、サムは心の平衡を失いかけている」実際は、リディアの母親と互いにちんぷんかんぷんな会話をし、笑い、一心にスケッチをしているに違いない。「きみは人生の大半を費やして、サムがまともに暮らせるよう手助けをしてきた。兄思いの弟だ。もう逃げることはできないが、いまならサムを助けることはできる」

「ああら、感動的！　涙が出そう！」奥の部屋からレスリーが現れ、階段の横を通って近づいてきた。「なんで、この人たちを家に入れたのよ。頭がどうかしているんじゃない？」

「レスリー」わたしは言った。

「拝聴したわよ」レスリーは目をぎらつかせた。「〝すばらしい弟スピーチ〟を。〝サムを助けるスピーチ〟を。前にも聞いたわ。何年も、聞いてきた。サムは言葉こそ違え、ずっとそれを繰り返してきた。『なあ、おまえは弟だろ、助けてくれよ、助けてくれ！』ピーターも〝兄思いの弟スピーチ〟を繰り返した。『キャリアや結婚なんかどうでもいい、サムを助けなくちゃ！』」

ピーターが言いかけた。「レスリー、ぼくは――」

「黙ってて、ピーター！　ろくでなしよ、兄弟揃って。おれたちは世にも稀な天才だ、愚民どもは這いつくばってテイバー兄弟が輝ける才能を発揮する手助けをしろ。ピーター、わたしはこれまでずっと、あなたの望みどおりに尽くしてきた。自分を犠牲にしてきた。なのに、兄弟ふたりしてすべてをぶち壊した！」

わたしは不意に、ピーターの家に行くかと訊いたときのサムの返答を思い出した。おまえもかなりいかれてるな。いかれ兄弟だ！

レスリーはこちらを向いて、口調を変えて言った。「警察がサムに的を絞っているならそれでいいじゃない。サムは人殺しだもの。サムが悪い。ピーターの罪は、手の施しようのない間抜けで、人生を投げ捨てるようなことばかりしたこと。それも、わたしを巻き添えにして。警察がサムを逮捕したのは、証拠をつかんだからよ。きっと、もっと見つける」

「ピーターの罪はまだある」わたしは言った。「それに、きみも。警察のつかんだ証拠とは、キンバリー・パイクのセーターに付着していたサムの髪の毛だが、それはアイク・キャバノーのでっちあげだった。彼はエイミー・エバンズ事件を担当した刑事だ」

レスリーは眉をひそめた。「なんの話？」

「キャバノーはサムが殺したと確信していて、また罪を逃れるのではと危ぶんだ。そこで、自分にできることをした」

「ぜんぜん理解できない」

「では、よく考えることだね。まあ、それはどうでもいい。そのためにここに来たのではない。きのうサムのところに警察が来たことを知ると、きみは警察がなんらかの証拠をつかんでいると言い張った。髪の毛のことは知らなかったが、ほかに証拠があることを知っていたんだろう。箱とネクタイのことを」

レスリーの顔が真っ赤になった。

ピーターはわたしからレスリーに視線を移した。「ネクタイって?」いまや声までサムに似てきた。いつも混乱しているサム。理解できないことがたくさんある、と嘆いたサム。

「サムがホイットニーでつけていたネクタイが、キンバリー・パイクの遺体のそばに落ちていた」わたしはピーターに説明した。「だが、トニー・オークハーストがそれを持ち去った。おや、それは知らなかった?」わたしは声にならない叫びをあげたレスリーに言った。「警察はサムを逮捕した時点ではそのふたつの証拠をつかんでいなかった。だが、箱はいま警察が持っている。ピーター、ネクタイについては訊いたが、箱については訊かなかったな。どんな箱か知っているんだろう?」

ピーターはごくりと唾を呑み込んでうなずいた。「イヤリングの入っている箱だな?」

「バカ、黙って!」レスリーが怒鳴る。

ピーターはレスリーを見て言った。「あの箱はきみが持っていった。隠すか、捨てると言ったじゃないか」サムの声とのわずかな違いはまったくなくなっていた。「あれをどこにやった?」

「まったく、もう、なんてバカ!」

「彼女はそれをサムのスタジオに置いたんだよ、ピーター」わたしは言った。「ネクタイをキンバリー・パイクの遺体のそばに置いたのと同じだ。警察が必ず見つけるよう仕組んだ。サムの犯行だと示すためだ。だが、警察は見つけなかった。エリッサ・クロムリーが持ち去ったんだ。トニー・オークハーストがネクタイを持ち去ったように」

ピーターは言った。「まさか。レスリーがそんなことをするもんか。サムの犯行に見せかける？　レスリーがするもんか」

「したんだよ」わたしは言った。「ホーボーケンの事件はサムがまだ刑務所にいるときだったので、イヤリングを箱から抜いた。そして、サムのスタジオに箱を仕込んだ。だが、エリッサ・クロムリーはサムの友人だ。頭のねじがゆるんではいるが、友人としてできるだけのことをしようとした。サムが連続殺人犯だと半ば信じていても、逮捕させたくなかったんだ。彼女はスタジオの物音を聞いてサムがいると思ったが、実際はレスリーだった」それが証明された事実であるかのように語った。「クロムリーは箱を見つけて持ち去り、ぼくはそれを彼女のスタジオで見つけて持ち去った。そして、いまは警察にある。ところで、リディアもぼくも不思議でしかたがないことがある。なぜキンバリー・パイクのときは反対側の耳から取ったんだね？」

グリマルディがいまだに到着しないことも不思議だが、折り返しの電話がないのはかえって好都合かもしれない。逮捕されれば、ふたりは弁護士を呼んで防御を固める。その前になるたけ多くを白状させたほうがいい。伝聞証拠は法廷では無効だが、グリマルディが捜査をする際の糸口になる。

ピーターは冷静なまなざしをわたしに向けた。「ぼくは取ってない」

「ピーター、あきらめろ。いまさら否定したところで――」

「ええ、ピーターは取ってないわ」リディアが口を挟んだ。「キンバリーを殺してもいない。レスリーが殺したのよ」

「なによ、あんた！」レスリーが詰め寄る。

リディアはレスリーを無視して続けた。「やっと、わかったわ。わたし、鈍くなったのかしら。反対側の耳だったのは、レスリーの犯行だったからよ。レスリーは、どっちの耳か知らなかった。キンバリーがホイットニーの外で『あの人よ、あの人よ』と叫んだのは、サムを指していたのではなかった。ピーターのことだった」

「そうか」わたしはため息をついた。「ふたりとも鈍くなったな。引退しようか。キンバリーは、ピーターがアニカを口説いていた黒っぽい髪の男であることに気づいた。レスリーはそれを悟って、キンバリーを殺した。そうだろう、レスリー？　ピーター？」

レスリーの呼吸が荒々しく、速くなる。

「たぶんきみは」わたしは言った。「ピーターの散らかした部屋を徹底的に大掃除しているときに、あの箱を見つけた。そしてピーターを問い詰め、洗いざらい白状させた。だからこのあいだ話し合ったとき、苛々していたんじゃないか、ピーター？　そしてレスリーがきみの犯行を隠蔽するためにキンバリーを殺すと、完全に打ちのめされた。仕事が手につかず、考えることさえできなくなった。だが、レスリーは証拠をでっちあげ、いつものように事態の収拾を図った」

「そうよ。いまもね」レスリーは冷ややかに言い放ち、クロムリーの二五口径よりも小型で新式の拳銃をリディアに向けて、わたしを牽制した。

「銃を持っているんでしょ」レスリーは言った。「両手をゆっくり頭に置いて」

わたしとリディアはレスリーの言葉に従った。

「レスリー！」ピーターが言った。「なにをする気だ？」

「自分を守るのよ。ついでに、いつもみたいにあなたも。家に入れなければよかったのに。あなたが悪いのよ」

「やめろ。やめろってば」ピーターの言葉はサムのそれと同じく効き目が薄く、レスリーは聞く耳を持たなかった。

「銃を出して、床に置いて」レスリーは言った。「まず、スミス」

わたしは銃を置き、リディアも続いた。

「拾って、ピーター。ぼやぼやしないで！　ほら、早く拾って」

ピーターはのろのろとしゃがんで、銃を拾った。

「地下室に行って」レスリーはわずかに銃を振って入口を示した。「ピーター、手伝って」

「やめろ」ピーターは繰り返したものの、階段下のドアへ渋々向かう。

「警察はぼくたちがここにいることを知っている」わたしは言った。「来る前に電話をしておいた」

「ふうん。白馬の騎士が来るのね。だったら、なおさら急がなくちゃ。さっさと動かないと、いまここで彼女を撃つわよ。次がスミス。そして、ピーターが死体を地下室へ引きずっていく」銃口をリディアの頭部に移動させた。

呼び鈴が鳴った。

レスリーとピーターがはっとして振り返る。リディアが銃の下をかいくぐってレスリーの膝に体当たりした。もつれ合って倒れると同時に銃が暴発し、天井からつるされた照明が粉々になって降り注いだ。リディアが銃を奪い取って、放り投げる。わたしはそれをつかんで、ピーターに突きつけた。だが、ピーターは両手に持った銃のいずれかを使う素振りもなく、呆然とわたしを見つめるばかりだった。

リディアはもがいて暴れるレスリーを引きずり起こして一発見舞い、続けて腹をこぶしで打った。レスリーはうめいて、人に触られたムカデみたいに丸くなった。

リディアが息を切らして立ち上がった。ピーターはまだ呆然としている。わたしはドアを開けてグリマルディを迎えた。「遅いじゃないか！」

相手はきょとんとした。「三十分って言ったでしょ」

ピザの配達人だった。

40

結局のところグリマルディはやってきたのだが、その前に配達人からピザをひったくって二十ドル札を渡し、目を丸くしている彼の前でドアを閉めた。彼がなにを見聞きしたにしろ、警察に通報されたくなかった。ピザを玄関ホールのテーブルに放り出し、突っ立っているピーターに銃を置かせた。リビングルームで座っているように言うと、ピーターは血の気を失った無表情な顔でおとなしく従った。わたしが銃を拾っているあいだに、リディアはレスリーを立たせてリビングルームへ連れていき、ソファに座らせた。レスリーはすぐさま立ち上がろうとしたが、リディアがこぶしを振り上げて見せると悔しげにうめいて腰を下ろした。

「とんでもない誤解だわ」リディアに殴られた顎を撫でながら、レスリーは言った。「サムがやったのよ。全部サムの仕業よ。たしかに、わたしはネクタイを遺体のそばに置いた。そして、あの箱を見つけたとき――ええ、そうよ、証拠を見つけたくてサムのアパートメントに入ったのよ――あの箱を見つけたとき、すぐに正体がわかった。吐き気がした。警察の目に留まるように、スタジオに置いてきたわ。当たり前でしょ？　サムを野放しにしておくわけにはいかない。犯行を重ねる前に止めて――」

「黙れ、レスリー」ピーターが遮る。抑揚のない口調だが、レスリーを見るまなざしは鋭かった。「やめろ。出まかせを言うな。あれはサムではなく、ぼくの箱だ。ぼくは三人殺した。もうひとりは、きみが殺した。ぼくのせいだ。ああ、なんてことを。悔やんでも悔やみきれないよ。被害者に申し訳なくて……どうして……こんなはずじゃ……ああ……ああ、神さま」顔をつるりと撫でた手は、涙で濡れていた。

呼び鈴が鳴った。

銃を抜いてテイバー夫妻を見張っていたリディアは、戸口の死角に移動した。グリマルディなら撃たれかねない。わたしは銃をしまって、ドアを開けた。「アンチョビーを忘れたよ」

「なに、それ？」

しかめ面のグリマルディが立っていた。

「エクストラのペパロニは気に入ったけど」わたしは言った。「さあ、なかへ」

グリマルディは玄関に入った。「いったい、どうなってるのよ」

わたしは状況を説明した。グリマルディは黙って最後まで聞くと、応援を要請した。テイバー夫妻にミランダ警告を行い、激怒しているレスリーと涙で頬を濡らしたピーターを二台のパトカーに分乗させた。

「オークハーストを殺したのはどっち？」玄関ポーチでパトカーを見送りながら、グリマルディが訊く。「動機は？」

「それはふたりに訊いてくれ。おそらく、レスリーだ。ネクタイの写った写真を見て、パイクを殺したことを気づかれたと思ったんだろう」

「いつ写真を見たの？」

「うーん。たぶん、オークハーストはレスリーがパイク殺しの犯人だと悟ると彼女を呼び寄せて、写真を見せたんじゃないか」

「なんで、そんなことをしたの？」

「トニーは素っ裸のカメを見ることに興味があった」

「もっと筋の通った話をしてよ。乗って」

グリマルディの車にリディアと同乗して分署に赴き、グリマルディに続いて刑事部屋に入った。テイバー夫妻は別室で調書を取られている。デスクについていた巨漢の刑事イグレシアスが、顔を上げた。

「解決した？」イグレシアスが訊く。

グリマルディはうなずいた。「検事が難癖をつけない限りは。いろいろありがとう、ガビ」

「どういたしまして」イグレシアスは書類のタイプに戻った。

グリマルディはわたしとリディアを別々の取調室に入れて供述を取った。わたしが最初だ。

「比喩だのなんだの、まわりくどいことは省いて簡潔に」彼女は言った。「あの極悪ペアが弁護士を用意したらすぐに取調べをする。その前に終わっていないと、ふたりともしばらく帰れないわよ」

そこで簡潔に供述を行った。リディアも同様にしたらしく、いつでも連絡が取れるようにしておくことという指示とともにわたしたちが解放されたとき、テイバー夫妻の弁護士はまだ到着していなかった。ピーターとレスリーがそれぞれ弁護士を呼び、都合二名が来ることになっている。

「罪をなすりつけ合うのかしらね」分署を出て地下鉄の駅へ向かいながら、リディアは訊いた。

「レスリーはやる。キンバリー・パイクとトニー・オークハースト殺しも、ピーターの犯行だと主張するだろう。ピーターはやらない。自分の行為に対する罪を受け入れる。レスリーの罪もかぶろうとするかもしれない。もっともあれほど壊れてしまっては、うまくできるか疑問だな」

「幸せなときも困難なときも、富めるときも貧しきときも……」

「正気のときも狂ったときも。もしかして、結婚を非難している？」

「そういうわけではないわ。ただ、結婚相手は頭がおかしいって、どうしたらわかるかなと思って」

「定義上は、ぼくも頭がおかしい」

リディアは歩きながら母親に電話をかけた。中国語で話したあと、わたしの腕をつかんで通行の邪魔にならない壁際に連れていき、電話をスピーカーに切り替えた。

「もしもし、リディア。おれだ。サムだよ」

「ええ、わかっているわよ、サム。もうすぐ戻るわ。そのとき話す」

「うまくいった？」

「なにが？」

「全部、解決した？」

ふたりで顔を見合わせた。「ええ、解決したわ」

「おれがトニーを殺したのか？　あの女の人たちやトニーも？」

「いいえ、あなたは誰も殺さなかった」

「エイミーを殺した」

「でも、ほかには誰も殺さなかったのよ」

「なんでわかる？　犯人を知っているのか？」

「家に帰ってからにしましょう。もう少し待って」

「オーケー」

いったん声がしなくなったあと、リディアの母親の機関銃のような中国語が電話から迸《ほとばし》った。リディアは短く返答して電話を切った。

「どんな具合だって？」わたしは訊いた。

「養子にしたいくらい、サムのことが気に入ったみたい。でも、絵を見せてくれないんですって」

「だったら、絵を見たら考え直す」

チャイナタウンの店であんパンを買って、チン家のアパートに向かった。サムにはわたしから話すことにしたが、どう話すかとなると、ふたりとも考えあぐねた。リディアが鍵を開け、小さな玄関で靴を脱ぐ。サムがリビングルームでスケッチブックを膝に置いていた。

「やあ！」サムは言った。「なんだ、おまえか。エリッサかと思った」

リディアがリビングルームに入ってきた。「なぜ、エリッサだと思ったの?」

「電話して、ここに呼んだんだ。あんたたちが犯人を知っている、おれじゃなかったって安心させて。それに、あんたの母さん、すてきなものをたくさん持っているだろう。エリッサに見せたくてさ。小さな人形やカモ、小さな人間が象嵌してあるキャビネットとか」

せっかくかくまっておいたのに。まあ、その必要はなくなったから、いいだろう。

「エリッサは、下でブザーを鳴らさないと入れないわよ」リディアが指摘する。

「あ、そうか。きっと、わかるさ。なあ、すごいだろ、座らせてくれたんだ」

ミセス・チンがサムを気に入ったというのは、ほんとうだ。サムが座っているのは、リディアの父親の椅子だった。

「ちょっと待ってくれ」モデルを見て視線をスケッチブックに落とし、線を数本加える。「よし、休憩しよう」スケッチブックを置いて立ち上がった。おいで、おいで、とミセス・チンを手招きする。ミセス・チンはソファから腰を上げて伸びをすると、絵の出来具合を見にやってきた。にっこりして頬を染め、顔の前で手を振ってリディアに話しかけた。

「やたら美人に描いてヘボな絵描きだ、ですって」リディアはサムに通訳した。

「嘘だろ? だって、美人じゃないか。お母さん、あんた美人ですよ!」台所へあんパンを持っていき、電気ポットで湯を沸かし始めたミセス・チンに呼びかける。「本気でおれのことをヘボな絵描きだと思っているのかな」

「あのね、母はお客に手料理を出すとき、料理が下手でごめんなさいって詫びるの。そのときの本心とまったく同じ。見せてくれる？」

サムがスケッチをこちらに向ける。

「すごいわ、サム！」リディアは息を呑んだ。「最高よ」

まさに傑作だった。ミセス・チンの皺や白髪を克明に描くと同時に、あふれる生命力、やさしさ、ユーモアまでをも伝えている。ただ美しいだけではない。心をとらえて離さない魅力があった。

わたしは顔を近づけて観察した。近くで見ても、影のなかに暴力や醜悪なものは潜んでいなかった。「サム」わたしは言った。「びっくりしたよ。こういうものを描くとは知らなかった」

「こういうものって、どういうものだ？　刑務所でほかの囚人の似顔絵を描いていたって話しただろ」

「それは聞いたけれど、まさか――」

よけいなことを言う前に、下の玄関のブザーが鳴った。リディアがインターフォンで問いかけると予想どおりの答えが返ってきた。「エリッサ・クロムリーよ。あんた、誰？」リディアは答えずに、階下のドアを解錠した。

クロムリーが来たために、ピーターたちのことをどう伝えるかがいっそう面倒になったが、サムはいまのところ、ミセス・チンの似顔絵など、エリッサに見せたいもののことで頭がいっぱいのようだ。策を練る時間が稼げた、とわたしは肩の力を抜いた。だが、ほっとしたのもつかの間、ドアを開けにいったリディアがクロムリーに銃を突きつけられて、あとずさりして戻ってきた。

41

「よう、エリッサ！　こっちに来て見て——エリッサ？　なにしてるんだ？　そんなもの、いらないだろ。ここはスタジオじゃない」

「なんてこった」わたしは言った。「またか。バカバカしい、いい加減にしてくれ」

「なにがバカバカしいのよ。手を挙げて」エリッサが怒鳴る。

「恐れ入った。死に物狂いになったときでも、独創性がないとくる」

「どういう意味？」

「撃つ気のない銃を突きつけられたのは、きょうはこれで三度目になる。そのうち二度はあなたの銃だ」実際のところ、クロムリーに撃つ気がないとは言いきれないし、レスリーは撃つ気満々だった。だが、そうした事態になることはない、というイメージを植えつけておくに越したことはない。

「おい、エリッサ」サムが言った。「やめろよ。見せたいものがあるんだ」

「ここを出なくちゃ、サム。外で待ってて。すぐに行く。そうしたら旅に出よう」

「どこへ？」

「どこか遠いところ。あんたが誰にも邪魔されずに、好きなだけ絵を描くことができるところ。

あたしがいるから、心配しないで」

「ここでもできるだろ。自分のスタジオで仕事をして、たまに行き来してビールを飲めばいい。アーティストはみんなそうしている」

「無理よ。そんなこと、できるわけがない。知られてしまったもの。遠くへ行かなくちゃ」

「リディアとスミスのことかい？　うん、ふたりとも女の人たちを殺した犯人を知っている」

サムはわたしに顔を振り向けた。「知っているよな？　おれは犯人じゃないんだろ？　じゃあ、誰だ？」

わたしを見るサムの目は興味津々、クロムリーのそれは不安げだ。

あ、そうかとリディアが目を輝かせると同時に、わたしもひらめいた。

「犯人は三人いた、サム」わたしは言った。「ひとりはエリッサ。トニーを殺したのは彼女だ」

サムはクロムリーに視線を移した。「トニーはおれの友だちだった。なんで殺した」

「キンバリー・パイクを殺したのはあんただと、エリッサに話したからだ」わたしは言った。

「トニーは、その証拠をつかんだと思っていた」

「トニーはおれが彼女を殺したと思っていた？　おれもそう思っている」

「あんたは殺していない。レスリーが殺した」

クロムリーは首を横に振った。「サムが殺したのよ。写真を見たわ」

「違う。ボニー＆クライドのファンタジーに浸っているんだろうが、サムは連続殺人犯ではない」

「ボニーとクライドなんて関係ないわ、くだらない！　トニーの撮った写真に――」

「あれは罠だった。レスリーがバイクを殺して、サムのネクタイを遺体のそばに置いたんだ。トニーは写真を撮ったあとでネクタイを持ち帰った。トニーはまんまと罠に嵌まり、あなたも嵌まった。トニーは写真を見せて、あなたをいたぶった。違うか？　単に反応を見たいがために」

「そうよ。そして見た！　見たのよ！」サムのほうを向いて言った。「あいつはあんたの友人なんかじゃなかったのよ」

　サムは言った。「ほんとうにトニーを殺したのか？」

「あいつはこう言った。『サムは人殺しだ！　ほら、見ろ！　これで刑務所に逆戻りだな！』あのバカはあたしが慌てふためくのを期待していた。あたしは銃を持っていた。二丁も持つのは阿呆だとあんたは思っていたのよね」クロムリーはわたしを嘲った。

「阿呆だなんて、めっそうもない。ほかには多々思っていたけれど」

「万が一を考えて、予備を持っていたのよ」エリッサは続けた。「あんたみたいなクズ野郎にもう一丁を盗まれた場合に備えて。そして、トニーのところへ行ったときも、万が一を考えて持っていった。だけど、あいつも持っていた！　ジーンズの尻ポケットに入れていた。あたしを怖がっていたのよ、きっと。腰抜けが！」

「だって、あんたは銃を持っていたんだろ」サムが言った。「そりゃあ、トニーだって怖がるよ」

クロムリーはサムのもっとも至極な言葉を聞き流した。ようやく脚光を浴びることができたのだ。強い印象を与える、重大なことを成し遂げたのだ。栄光の瞬間をやすやすと手放したくないのだろう。

「あいつの銃に気づいた瞬間に」エリッサは言った。「手から撃ち落とした。射撃には自信があるの。どんな銃でも扱える」試したいなら受けて立つ、と言わんばかりにリディア、サム、わたしと順に銃を向けていく。「あいつは泣き叫んだ。大きな図体しているくせに、情けない！　落ちた銃を拾って、腹に撃ち込んでやった。いい気味だわ。で、少し考えて、手も撃った。そして床にめり込んだあたしの銃の弾をほじくり出し、薬莢も拾った。これは〝薬莢の後始末《ポリシング・ユア・ブラス》〟と呼ぶ手順」と、薄ら笑いを浮かべてわたしに言った。「それから写真を全部消去して、カメラからメモリーカードを抜き取った。ほらね、サム。あたしがいればなんの心配もない。だけど、遠くへ行かなくちゃ」

サムは眉根を寄せてうつむいた。指を一本立てて言う。「トラックのなかの女を殺したのはレスリーだった。だけどレスリーは、おれが殺したとみんなに思わせたくてネクタイを置いた。トニーは信じ込んだけど、ネクタイを持ち帰った。でも、ネクタイの写っている写真をエリッサに見せた。エリッサは頭に来てトニーを殺した。こういうことだな？」サムはわたしに確認した。「間違いないな、スミス？」

「うん、間違いない、サム。銃を下ろせ、エリッサ」

「冗談じゃない。動かないで！」

「なあ、スミス」サムはクロムリーを無視して言った。「レスリーはほかの女たちも殺したのか？　犯人は三人いるんだろう？」

「ほかの殺しはレスリーではない。だが、犯人はまだわからない」いまはサムをこれ以上動揺させたくなかった。

「嘘だ。知ってるんだろ？」サムはリディアに言った。「さっき、電話をしてきたとき、解決したと言ったじゃないか。なのに、スミスは教えない。なんでだ？」顔をしかめて考え込む。「おれが動揺するのが心配なんだ。ということは、おれの好きな人だ。エリッサなら、自分から言う。トニーはおれが犯人だと思っていたから、トニーでもない」その論理は盤石ではなかったが、導き出された結論は正しかった。「ピーターではない。ふたりのうちで異常なのは、おれだから」

サムはしばしうつむいていたが、顔を上げてわたしを見た。稀に見せる、こちらがどぎまぎするような澄んだ目だった。「いや、やっぱりピーターだ。そうだろ？」

「そうだ」わたしは言った。

「どうして？」

「正気を失ったんだよ、サム。あんたが自分のことをそう思っていたみたいに」

「ピーターは酒を飲まない」

「うん」

「頭がおかしくなったのか？」

「そうだ」

「ピーターが？」

「そうだ」

「サム！」主導権を取り戻すべく、クロムリーが怒鳴った。「下に行って、待ってて」

サムはクロムリーのほうを向いた。「あんたはトニーを殺した」サムは言った。「つまり、あんたも頭がおかしい。おれを下に行かせて、スミスとリディア、それにリディアの母さんを殺す気だ」サムはリディアとわたしを守ろうとするかのように、腕を大きく広げて前に出た。

「そんなことはさせない」

クロムリーが言った。「リディアの母さん？　どこにいるのよ」

そのとき、リディアの母親が盆にティーポットと茶碗を載せて、台所から出てきた。ひと目で状況を把握して足を止め、クロムリーめがけて盆を投げつけた。

42

サムを落ち着かせるには時間がかかるだろうと心配していたが、まったくそんなことはなかった。リディアはレスリーのときと同じく、クロムリーの両手を縛って椅子に座らせた。わたしはグリマルディに電話をして、事件にはまだ続きがあったことを知らせた。サムはポットや茶碗の破片を丹念に集めた。漆《うるし》の盆にひとつずつ破片を積み重ねていくサムのうしろを、ミセス・チンがペーパータオルで床を拭きながらついていく。途切れることなくリディアに話しかけ、サムが破片を満載した盆を差し出して詫びようとすると盆を取り上げてほがらかに笑った。そのとき彼女の発した中国語をわたしは解せず、サムも同様だったがにこにこし、笑みを消すとリディアの父親の椅子に戻ってうつむいた。

グリマルディはエプスタインを伴って到着し、念を押した。これでほんとにおしまい？　まだ続きがあるなら前もって教えて。そしてわたしの説明を聞き終えると、全員――リディアの母親も含めて――一時間以内に分署に出頭して供述をするよう求めた。そして、彼女はクロムリーの銃を、エプスタインはクロムリーの身柄を確保して帰っていった。サムはクロムリーに名を呼ばれても反応を示さず、ドアが閉まってからようやく顔を上げた。

「エリッサはおれの友だちじゃなかったんだ」

「そうだね」わたしは答えた。

「トニーも、レスリーも。それに、ピーターだって」

「うん、友だちではなかった」

「つまり」サムはゆっくり言った。「あの連中の言うことを聞かなくていいってことだ。レスリーの言うことは前から無視していた。でも、エリッサやピーターの言うことは聞いた。どいつもこいつも、おれと同じくらい狂っている」

「あなたよりずっとね」リディアが言った。

「おれに指図をするやつはいなくなった。したいようにしていいんだ」

「そうよ」

思いに沈んで、幾度も首を縦に振る。「だったら、シェロンにくっついていなくてもいいわけだ」

わたしはリディアと目を見交わした。「うん、くっついている必要はない」

「おれと契約したがっているギャラリーはほかにいくつもある。自分の好きなギャラリーを見つけるよ。それに、どこかほかのところに新しいスタジオがほしい。おまえ、アートに詳しいだろ、スミス。手伝ってくれないか？」

「喜んで」

「よかった、頼んだぜ」

ミセス・チンはリディアに話しかけてから台所に消えた。電気ポットに水を注ぐ音が聞こえてくる。

サムはリディアに尋ねた。「母さんは茶の準備をしているのか？　だけど、茶を淹れるものがないだろ？」

「ポットはいくつもあるのよ」

「茶碗も？」

「ええ、茶碗も」

「よかった」サムは再び言い、わたしたちはゆったりと座り直してお茶を待った。

解説

吉野 仁

ニューヨークはアートの街だ。

美術館めぐりを大きな観光目的として海外の大都市を訪れる人もいるだろう。なかでもニューヨークは、世界三大美術館のひとつであるメトロポリタン美術館をはじめ、グッゲンハイム美術館、ホイットニー美術館、MoMAの愛称で知られる近代美術館、さらにニュー・ミュージアム・オブ・コンテンポラリー・アートやフリック・コレクションなどがあり、世界中の古典から現代までのアート、さらにテーマによって集められた特別展まで、さまざまな分野における膨大な美術コレクションを楽しめる都市だ。また、ニューヨークには、あちこちにギャラリーが集まる地区があり、現代美術の最前線に立つ芸術家たちの活動とその成果をぞんぶんに味わえる。

S・J・ローザン『その罪は描けない』は、まさにそうしたニューヨークのアートシーンを題材にしたミステリである。私立探偵ビル・スミスのもとに押しかけてきた依頼人サム・テイバーは画家なのだ。ただし、単なる絵描きではない。サムは、女性を殺して逮捕された過去のある男。しかし収監された刑務所で絵の才能を見いだされ、仮釈放された。そしていまや人気アーティストとして注目を集めている。そのサムがなぜビルのもとにやってきたのか。最近、ニュースで報道されている二件の女性殺人事件の犯人は、自分なのだ、とサムは言う。警察に自首したものの、とりあってくれなかった。そこで、おれが犯人だと証明してくれ、というのだ。かくしてビルは気乗り薄ながらサムからの依頼を引き受け、さっそく相棒のリディアとともに、サムと交流のある美術業界の関係者を訪ね歩いていく。

無実の罪を着せられ、その疑いを晴らしてもらうという話であれば、これまで山ほど書かれてきた。探偵小説における王道のひとつといっていいだろう。ところが、自分こそ犯人であり、それを証明してほしいとは、なんともあっけにとられる話ではないか。こうした意表を突いた調子で語られる本作は、私立探偵〈アルバート・サムスン〉シリーズの作者マイクル・Z・リューインの近年の作風にどこか通じていると感じたものだ。リューインの最新作『父親たちにまつわる疑問』は、サムスンが「父親がエイリアンだ」という青年から依頼を受ける短編からはじまっていた。すなわち、常識では対応できない風変わりな人が登場したり、饒舌《じょうぜつ》で減らず口のやりとりが連続したりするなど、作品のあちこちで独特のユーモアが展開されてゆくのだ。

あらためて紹介すると、『その罪は描けない』(*The Art of Violence*, 2020)は、〈リディア・チン&ビル・スミス〉シリーズの長編第十三作である。ニューヨークをホームグラウンドとしたふたりの私立探偵、中国系アメリカ人女性のリディア・チンとアイルランド系の白人男性ビル・スミスが、お互いを相棒としながら事件を解決していくシリーズの邦訳最新作。第一作『チャイナタウン』の刊行が三十年近くまえの一九九四年(邦訳は一九九七年)なので、文句なしの長寿シリーズである。日本でも多くの熱烈なファンを獲得しており、新作を待ち望んでいた人も多い。

もちろん、はじめて本シリーズに触れたのがこの『その罪は描けない』だとしてもなんら問題はない。アーサー・コナン・ドイルの〈シャーロック・ホームズ〉シリーズ、アガサ・クリスティの〈エルキュール・ポワロ〉や〈ミス・マープル〉のシリーズを律儀に発表順で読んでいった人はあまりいないと思う。同じように本シリーズも第一作から順を追って読む必要はないのだ。

ただし、本作を読んで気にいり、これまでの作品にまで手をのばそうとする人は知っておいたほうがいいことがひとつある。シリーズ最大の特徴である、作品ごとに主役が交代するというスタイルだ。すなわち第一作『チャイナタウン』はリディア、第二作『ピアノ・ソナタ』はビルが主人公となっていた。ニューヨークのチャイナタウンで育ったABC（アメリカ生まれの中国人）のリディアは、口うるさい母親とアパート暮らしをしながら探偵稼業をつづけている。そのため、チャイナタウンという土地柄および人間関係、そして自身の中国系家族にまつわる問題が物語に大きく絡んでいることが多い。たとえばシリーズ前作『南の子供たち』は、アメリカ南部ミシシッピ州にいる親戚から頼まれた事件をリディアが解決するというものだった。事件の背景として中国系アメリカ人の歴史が関係していたのだ。

一方のビルは、ニューヨークのトライベッカに住むアイルランド系のこわもてな白人男性である。リディアとビルは、あくまで仕事上のパートナーだが、いつもビルは冗談めかしてリディアを口説こうとする。そうしたやりとりが楽しめるのもこのシリーズの特徴である。また、どちらかといえばビルが主役の作品は、ハードな事件に巻き込まれ、さんざんな目にあう印象が強い。その一方で、語り手（主役）をつとめた最初の作品『ピアノ・ソナタ』では、クラシック・ピアノにまつわるエピソードが披露され、叙情的なシーンが多く、ビルのもうひとつの顔を知ることができる。いつも軽口をとばし腕っぷしが強く無鉄砲でいて、芸術を愛する繊細な男なのだ。第八作『冬そして夜』では、それまで明かされていなかったビル自身の家族に関する話が語られていた。この作品は、二〇〇三年度ＭＷＡ（アメリカ探偵作家クラブ）最優秀長編賞を受賞したシリーズ屈指の傑作である。

そもそも〈リディア・チン＆ビル・スミス〉シリーズは、ビルが主役となった第六作『春を待つ谷間で』が第一作となる予定だったという。だが、出版社の意向により、ニューヨークを舞台とした『チャイナタウン』が最初の作品となった。その後、リディアとビルが交互に主役をつとめる人気シリーズとしてつづいてきたわけである。どうもこうした異色コンビが誕生したのは、かつてロバート・Ｂ・パーカーの〈スペンサー〉シリーズにおいて、スペンサーの相棒であるホークが登場し、人気を集めたことに起因しているようだ。作者のローザンは、これまでにない個性的で特徴ある相棒を創造しようと試み、そこで中国系女性の探偵リディアを生み出したのだ。彼女は白人男性のビルに対し、まったく正反対の個性をもつ人物にほかならない。

また、今回ビルが主人公となるのは、第十作『この声が届く先』以来で、原書刊行年だと十年ぶりのこととなる。『この声が届く先』は、リディアが誘拐され、しかもビルが正体不明の敵の罠にかかって殺人犯の疑いをかけられたなか、誘拐犯が繰り出すヒントを手がかりに必死の救出をおこなうというエンターテインメント性にあふれたスリリングな物語だった。次の第十一作『ゴースト・ヒーロー』はリディアが語り手だったので、第十二作はビルが主役をつとめるはずが、その『南の子供たち』では前作につづきリディアが語り手となっていた。八年間の刊行ブランクを含め、そのあたりの事情は、大矢博子さんによる『南の子供たち』巻末解説に詳しいため、ここでは省略するが、できればこの先もコンスタントに新作を発表してほしいものだ。

話を本作に戻すと、ニューヨークのアートシーンに関するさまざまな話題が取り上げられており、興味深い。たとえば画家として有名になったサムはホイットニー美術館のグループ展に出品することになった。それが〝アート・オブ・バイオレンス――バイオレンス・オブ・アート展〟である。作中の説明によると、「血やはらわただとかの惨たらしい絵」ばかり展示するのではなく、広い意味でのバイオレンスをテーマにしているようだ。そういえば近年日本でも、〝シリアルキラー展〟が開催されている。これは、欧米の連続殺人犯が描いた絵画やセルフポートレートなどを中心とした展覧会だ。トマス・ハリス『羊たちの沈黙』に代表されるシリアルキラーものや異常心理ものが流行して久しいが、小説や映画などフィクションの世界のみならず、実在の犯罪者が残したものや作品は、おそらく人の心にある根源的ななにかを刺激するのだろう。作中でビルは、サムの絵に関して「傑作なのだろうが、逃げ出したくなるんだ」と述べ、リディアの「前に立って鑑賞したくない絵が、なぜ偉大なアートとしてもてはやされているの?」という問いに対し、「サムの絵は、心の奥深いところに触れてくるからだろうな。たとえ嫌悪にしろ、誰もが強い反応を示す」と答えている。

そのほか、本作では、芸術作品を展示販売するギャラリーや倉庫を改造したスタジオなどが登場しており、アーティストやそこに集まる美術コレクターを含め、アートの街ならではの様相が、連続殺人をめぐる探偵物語のなかにちりばめられている。もっともシリーズに親しんできた読者ならば、すでに美術が絡んだ物語はお馴染みのものだろう。そもそも第一作『チャイナタウン』で扱われたのが小さな美術館から磁器が盗まれるという事件だった。また『ゴースト・ヒーロー』では、天安門事件の最中に死んだ中国人画家の〝新作〟が出てきたとの噂の真偽を確かめるという依頼で、現代アート事情が語られていた。この長編では、短編「春の月見」(『永久に刻まれて―リディア&ビル短編集―』収録)に初登場した中国系のアメリカ人で美術品専門の私立探偵ジャック・リーも活躍する。

短編集『永久に刻まれて』といえば、このなかに「チン・ヨンユン乗り出す」という珍しい短編があった。語り手は、なんとリディアの母ミセス・チンなのだ。彼女が主役の短編はこれを含めて数作あるらしい。本作でもミセス・チンの登場場面はとても印象に残った。アメリカで暮らす中国系一家ならではの家族模様をさまざまな面から見せてくれる本シリーズにおいて、彼女は重要なキャラクターであるばかりか、ときおり主役ふたりにひけをとらない個性と魅力を見せてくれる。奇しくも二〇二三年度のアカデミー賞で、アメリカで暮らす中国系移民の女性を主人公にした奇想天外な映画「エブリシング・エブリウェア・オール・アット・ワンス」が作品賞をはじめ最多七部門で受賞となり、話題を集めた。ミセス・チンとリディアの物語には「並行世界《マルチバース》」こそ出てこないが、母と娘のやっかいな関係を軸に血縁や地域社会のトラブルと闘わなければならない現代の移民家族物語ということでは、どこか通じるものがあった。いずれミセス・チンを主役にした長編を読んでみたいものだ。

さて、〈リディア・チン&ビル・スミス〉シリーズは、すでに本国では第十四作となる*Family Business*（2021）が刊行されている。リディアが語り手となる作品で、チャイナタウンの不動産相続問題に誘拐が絡む物語のようだ。この作品は、二〇二二年のシェイマス賞長編賞を受賞している。『ピアノ・ソナタ』『天を映す早瀬』につづき三度目の栄冠だ。ふたりの探偵による新たな活躍が翻訳されるのを愉しみにしたい。

訳者紹介　東京生まれ。お茶の水女子大学理学部卒業。英米文学翻訳家。主な訳書、ローザン「チャイナタウン」「ピアノ・ソナタ」、デ・ジョバンニ「集結」「誘拐」、フレムリン「泣き声は聞こえない」など。

検印
廃止

その罪は描けない

2023年6月30日　初版

著者　S・J・ローザン

訳者　直《なお》良《ら》和《かず》美《み》

発行所　（株）東京創元社
代表者　渋谷健太郎

162-0814/東京都新宿区新小川町1-5
電話　03・3268・8231-営業部
　　　03・3268・8204-編集部
URL　http://www.tsogen.co.jp
DTP　フォレスト
暁印刷・本間製本

乱丁・落丁本は、ご面倒ですが小社までご送付ください。送料小社負担にてお取替えいたします。

ISBN978-4-488-15316-8　C0197

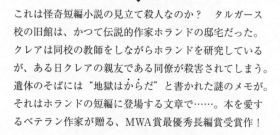

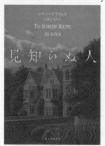

英国推理作家協会賞最終候補作

THE KIND WORTH KILLING◆Peter Swanson

そして ミランダを 殺す

ピーター・スワンソン

務台夏子 訳　創元推理文庫

◆

ある日、ヒースロー空港のバーで、
離陸までの時間をつぶしていたテッドは、
見知らぬ美女リリーに声をかけられる。
彼は酔った勢いで、１週間前に妻のミランダの
浮気を知ったことを話し、
冗談半分で「妻を殺したい」と漏らす。
話を聞いたリリーは、ミランダは殺されて当然と断じ、
殺人を正当化する独自の理論を展開して
テッドの妻殺害への協力を申し出る。
だがふたりの殺人計画が具体化され、
決行の日が近づいたとき、予想外の事件が……。
男女４人のモノローグで、殺す者と殺される者、
追う者と追われる者の攻防が語られる衝撃作！

創元推理文庫

命が惜しければ、最高の料理を作れ！

CINNAMON AND GUNPOWDER◆Eli Brown

シナモンとガンパウダー

イーライ・ブラウン 三角和代 訳

◆

海賊団に主人を殺され、海賊船に拉《ら》致《ち》された貴族のお抱え料理人ウェッジウッド。女船長マボットから脅され、週に一度、彼女だけに極上の料理を作る羽目に。食材も設備もお粗末極まる船で、ウェッジウッドは経験とひらめきを総動員して工夫を重ねる。徐々に船での生活にも慣れていくが、マボットの敵たちとの壮絶な戦いが待ち受けていて……。面白さ無類の海賊冒険×お料理小説！

元スパイ＆上流階級出身の
女性コンビの活躍

〈ロンドン謎解き結婚相談所〉シリーズ

アリスン・モントクレア◎山田久美子 訳

創元推理文庫

ロンドン謎解き結婚相談所
王女に捧ぐ身辺調査
疑惑の入会者